山东省作家协会重点扶持项目
青岛市文艺精品扶持项目

黑云彩

HEI YUNCAI

一也 著

青岛出版集团 | 青岛出版社

目录
Contents

Ⅰ 冰洋，冰洋　　　　　　／001

Ⅱ 老狐安格卢　　　　　　／031

Ⅲ 异 类　　　　　　　　／051

Ⅳ 白 鲸　　　　　　　　／085

Ⅴ 北极光　　　　　　　　／115

Ⅵ 决 斗　　　　　　　　／151

Ⅶ 多情之春　　　　　　　／191

Ⅷ 雪 谷　　　　　　　　／219

Ⅸ 潜行者　　　　　　　　／245

Ⅹ 断 冰　　　　　　　　／269

Ⅺ 荒 岛　　　　　　　　／297

Ⅻ 漂亮的蓝烟　　　　　　／327

I 冰洋,冰洋

黑云彩在杳无人迹的雪地踽踽独行的时候，头脑中浮现最多的画面，是被人抱着来到卢特吉尔时的情景。在随后而来的时间之水疾速冲刷下，记忆深处的影像并未见分毫消退，一直到它三年后被柳叶疤猎手射杀，刻骨铭心的画面宛然如新。那一刻，在致命一枪响过之后枪管冒着的一缕蓝烟里，在洞穿心脏的滚烫血流喷涌而出盛开的一片鲜艳红花里，意识中那个比生命还鲜活、比霞光还绚烂、比岩石还坚硬的画面，奔跑着，跳跃着，飞旋着，呼啸着，越过雪山、苔原，越过苍凉的冰海，最后又像闪电没入黑暗、飞雪融进海水那样，与那天早晨即将奔赴白熊谷的场景，悄无声息地完全重合叠印，并自此定格成了永恒。

雪地里安静得恍若回到创世纪之初，即使灵魂出窍时脱离皮囊发出的嚓啦、嚓啦声，也能听得清清楚楚。黑云彩心灰意懒，神情茫然，浑身上下九万八千根毛管儿，从里到外涌动的全是凉气。魔鬼从最隐秘处探出无形巨爪，一种从未有过的孤独和沮丧俘获了它。天地间塞满忧伤。

那个总是在早晨升起来的被人们称为"太阳"的大火球，已经几天没露脸了。世界藏在一层脏兮兮的灰抹布里，阴沉沉的影像搅动起记忆之海的泥沙。从一万年前刮起就再未停下的寒风，用最笨拙的伎俩诱拐雪花在冥暗天空中翩翩起舞，飞扬旋转中完成所有惊艳动作之后，阴险无耻地挥手一撒，在虚无中生长出来的这些精灵们，瞬间像折翼断翅的蚂蚱，乱纷纷跌落在大地上，绝望地仰视着没有亮色的天宇。黑云彩漫无目的地在白熊谷里跋涉，惶惑犹疑中回眸凝望，身后一行深深的爪窝儿，不一会儿便被棉絮般的降雪填平。

一只爪儿赤红的雪鹈，忍受不了雪谷残酷的静谧和孤独，扇动着玲珑的翅膀飞向冻成冰坨子的山顶，绝妙的弧线带着一丝莫名惊恐切割开粗砺僵硬的天空。嘎儿、嘎儿，凄凉鸣叫低回在史前般空旷的雪谷，一种仿佛铁铲子猛烈抢锅那样的声响，尖锐地刮擦着黑云彩还嫌稚嫩的神经。此后很长时间内，痛苦的刮擦声会时不时地如蚊蚋般畅行无阻地钻入耳蜗，纵横捭阖，大显其能，往昔的欢乐与忧伤像藤子缠树那样占据着它的梦境。

黑云彩是头额心长着一撮黑毛的白熊。它正式拥有这个名字，是在两年前的春天，当时个头还没有吉卜林笔下那个初入狼窝的人崽莫格利大呢。它模模糊糊记得，年衰多病的妈妈到冰洋上打猎，过了七或八个太阳搁在地平线上的夜晚，还没有回来，它饿得眼冒金星，肠子直往脊梁杆上贴，司管消化的那些器官毫无廉耻地敲锣打鼓、弹弦唱歌。妈妈走的时候，曾将它搂在胸前一遍遍吻舔着它细软的颈毛。黑云彩在慈柔温暖的抚爱中抬起头来，看到妈妈乌黑但却昏花的两眼里隐含着浑浊的泪水，忧伤的眼神闪着蓝蓝的冷光。"我很快就会回来，"妈妈唠唠叨叨重复着这样一句话，"我很快就会回来。"一句在极不自信中挂在嘴上的絮语，被老冰洋上无情的寒风顷刻间卷走了。这么多个望眼欲穿的日子熬过去，锯齿狼牙般乱冰堆积的海滩上，再没见到它颤颤巍巍的身影，那餐梦中的美食连同妈妈说出的最后一句话，像疾风搅起的一阵浮土，永远回旋在渐趋迟钝的回忆中。空气里弥漫着一种烂罂粟花的味道，奇怪的是，这味道还有血红的颜色。黑云彩在雪地里嗅闻着有这种颜色的气味，像一片羽毛坠入绝望的黑洞，地狱之门欢快地打开一道黑光闪闪的缝隙。

扑哧、扑哧，日落之夕的雪地里传来的声音清新而又陌生，一种杂糅了恐惧和兴奋的复杂感觉，迅速淤结在敏感的鼻尖。它想叫唤，因饥饿喑哑的嗓子却发不出声来。奇怪的声响消失了，两团巨大黑影云彩般飘落眼前——那是两个人，两个它第一次接触到的会直立行走又强大无比的人。

"可怜的小熊宝宝，"一个声音清脆的女生说道，"你的妈妈呢？"

"不幸之树过早地飘落下一枚果子，"一位嗓音很有磁性的男人叹了声气,"唉,这个小家伙成了孤儿。"

"跟我们回家好吗,小宝宝?"那女的说着弯下腰来,白嫩的脸儿就要碰触到它又黑又小的鼻头。

它闻到一种从未闻过的味道,或者说是一种新奇的带有温度的气息。嘴巴下意识张了张,但心里害怕,身子抖动着往里缩,一双漆黑的小眼睛在惶恐不安中忽闪着长长的睫毛。女的一抄屁股,轻轻把它抱起来,像审视一件奇珍异宝那样仔细端详着。这时候,它自己也不知道从哪里来的勇气,竟然大着胆子迎向那扫视过来的慈柔目光——它看到了一双从来没看到过的美丽眼睛,里面有水珠儿在隐隐滚动,亮晶晶地闪着光。它知道,美丽眼睛里生出的发亮水珠儿,叫眼泪,此前曾在妈妈的眼睛里出现过。看到这女的和妈妈眼睛里都有一样的东西,惧怕感不觉减弱了很多,身子不再打摆子似的抖动。

一只绵软的手在它脑袋、脖颈和脊梁上游走,柔柔的,滑滑的,它想起妈妈吻舔它颈毛时的感觉。女人的这只手,驱散了它心里的最后一点敌意。

"我想它已经饿了很久。"男的说。

女的点了点头,探手从背囊中摸出一块煮熟的驯鹿肉,又抹上一些海豹油,杵到它的嘴边。

"吃吧,小宝宝,喷香、喷香的呢!"她说。

女人说话像风吹岩石缝隙中的冰锥,发出一种好听的金属声。它嗅了嗅那只绵软白嫩的手,表达了自己的好感,又嗅了嗅手上抓着的肉，然后大口吃了起来。它吃过妈妈的奶，吃过海豹的肉，吃过鲸鱼的肉，甚至还吃过雪兔和旅鼠的肉。至于吃驯鹿肉，尤其是煮熟又抹了海豹油的驯鹿肉，还是头一回，嚼在嘴里的感觉真是美妙极了。其实在雪地里响起脚步声的同时，熟肉的香味便已钻进了它嗅觉灵敏的鼻孔，诱人而又活跃的味分子，那会儿差点没勾得它打开喷嚏呢。

吃饱了肚子，它在女人的怀抱中回味着熟鹿肉香味的隽永，不知不觉睡着了。迷迷糊糊中，它随两人赶着的一架十一条狗拉的雪橇，爬沟过坎，来到了一个先是忧戚恐惧后来就再也舍不得离开的地方。这地方叫卢特吉尔，一个往北再也没有人烟的因纽特村子，村口就是终年冰封雪覆的老冰洋。抱走它的两个人，男的叫于大河，女的叫尤尼塔。它是一只灵慧的熊宝宝，来卢特吉尔不久，身上毛发因极好的营养刚刚生发出油亮光泽，上帝赋予它的最优良天性就闪烁出灵动的光芒：它能听得懂人类语言，而且还能从人们的眼神、语气以及其他肢体动作上，揣摩出人们是什么意图。由此，也就不奇怪它为什么很快知道了自己叫黑云彩，知道了男人和女人的名字，知道了尤尼塔、于大河、老猎手爸爸、妈妈和托尼他们之间的关系，也知道了阿黄和其他动物与人类的关系。当然，它知道的还有很多很多呢，只是很少像能言善辩的浅薄人类那样去表达罢了。

"黑云彩"这三个字，最先是从男人嘴里叫出来的，它听得真真切切。

那一天的午后，明丽的阳光把房前雪坡的冰溜照出一层细密的汗珠，他抱着它，脸贴在它毛茸茸的小脑袋上。"咱就叫它'黑云彩'吧。"他对女的说。女的当时正往它嘴巴里喂一条蘸了海豹油的鲸鱼肉，直往鼻孔里钻的香味馋得阿黄流口水。男人二十七八岁，也许是三十七八岁，长一挂络腮胡子，说起话来声音洪亮，尾音里很难摆脱地带着一种方块字的生涩。他是一位从东方过来的极地生物学家。女人是个漂亮的因纽特混血姑娘，略呈浅蓝色的眼珠儿，明亮得像夏季海冰上的融池那样一闪一闪，蓄满了说不尽的话儿。"黑云彩"这个名字显然对了女人的心思。女人拿肉条碰碰它黑炭似的小嘴巴，亲昵地说："这名字好，黑云彩，你以后就叫黑云彩了！"它当时美美地吞下一大口鲸鱼肉，男的和女的都高兴得笑了起来，跟在一边的阿黄，也兴奋得将一条尾巴摇成了风中的芦荻花。

黑云彩对新环境满眼生疏，当生活的宅院突然启开另一扇门扉的时候，它甚至傻傻乎乎一点儿也不适应，但它却知道，是他们硬生生把自己从阎王老儿那里抢夺了回来。当绝望的哀号一缕缕消散在昨天的北风里，它开始重新审视并认识这个让它懵懵懂懂的世界，心里渐升的温度令思维活跃，所有感觉器官包括中空的毛管和皮肤传递给大脑皮层的信息，都让它获得一种从未有过的感奋：他们是这个世界上待它最好的人。这一点,即使用爪子来思索也不会错的,真的,即使自己一直生活在白熊谷,生活在母爱融融的安乐窝里,妈妈能做的大概也不过如此了。黑云彩明白这些,其实是以后的事。因为在初来乍到的那些日子里,心里无法摆脱没有妈妈的伤心与痛苦,对扑面而来的所有的热闹、所有的热情都充满了惊惧和疑虑,魂不守舍的它一时还不能辨别出恩人目光中,连铁石心肠都会被感化的亲善与关切,偶或与尤尼塔和于大河之外的人对视上一眼,都会让它惶悚不安。来来往往的行人、时起时伏的犬吠、袅袅而升的炊烟、飘荡在空气中的丰富气味、村子里随便一点儿动静等等,都会成为小家伙惊得拖挈起脊梁杆子上毛毛的理由。那时候,它的脑子里转来转去总是白雪皑皑的白熊谷,除此之外就是那些充满童趣的往昔。它能清楚地记得谷底那些模样古怪又好玩的石件儿,譬如石臼、石凳、石碾盘、石碴子,譬如石笋、石瓜、石蘑菇和石葫芦等等,上面都裹着厚厚的白雪,白雪下是一层和石头浑然一体的坚冰。吃饱喝足后,像一些大点的熊宝宝那样爬上石头物件哧溜哧溜"打滑梯",这样的事它一点也没少干。从雪堆里拱出来沾了一头一脸雪粉的滑稽样子,总能让因老迈力弱而落落寡欢的妈妈,将脸上时常绷紧的肌肉,舒展得和在夏季沼泽里捕捉花蝴蝶时一样平滑。如果不是老天嫌弃,让妈妈出了意外,它绝对不怀疑自己会和熊城里的同龄孩子们那样,能在一只白熊通常都应该拥有

I 冰洋,冰洋 / 009

的生存环境和生活状态中度过属于它的一生，也即一头白熊既平平凡凡又充满血腥嗜杀的一生。这也是造物主早就划定的一个圈子，谁也逃不脱。

时日的变化似乎总比好运气来得快。浸泡在卢特吉尔蜜罐子里的两年光景，只是忽忽闪闪过了两个半年的白天和两个半年的黑夜，短得就像两天两宿，眨眼就从欢快的小爪子下面蹦跶了过去。黑云彩能理解越是绚烂的彩虹便消褪得越早，越是挂在显眼处的冰锥便融化得越快，却弄不明白为什么它在卢特吉尔过得好好的，于大河和尤尼塔两个人，偏偏要跑大老远把它送回白熊谷，而且事先一点儿征兆也没有。在这个濒老冰洋而居的小村子里，即使东北沟子那头跛足的土狼都知道，它和阿黄，跟尤尼塔以及老猎手爸爸他们，已经成了亲亲热热的一大家子。如果说，一只三个月大的雷鸟能离开母亲呵护的暖巢，但它黑云彩永远无法离开这个爱意融融的家庭。不管怎么说，发生的这件即使智慧女神雅典娜也难以预料的事情，实在太让可怜的黑云彩困惑了，以至于什么时候想起来，心里都跟结了冰似的凉瓦瓦，两条后腿抽了筋般战栗不已。

三天前那个阳光明丽的早上，偏向东南的太阳将一道扇形阴影投在门前大雪堆底下，它和阿黄追逐着古怪的阴影，玩那种天天玩也玩不腻的争夺麝牛头骨的游戏，雪地里烟尘腾腾，那个表面光滑得像塑料面具似的麝牛头骨，在地上滚来滚去，沾满了雪末、冰屑和一熊一犬嘴里黏稠的唾液。哥俩你争我夺正闹得欢腾，尤尼塔走过来拍了拍它汗津津的脑袋，说："小黑云彩，你要开饭了。"往常，它总是和犬兄阿黄一起吃饭，打打闹闹、抢抢夺夺的进食过程，会让平平常常的一餐饭平添许多意想不到的乐趣，连尤尼塔她们看着也很开心。今天的单独开伙让它有点小小的不适应。离开雪堆和光光的麝牛头骨，黑云彩在客厅一个花饰考究的搪瓷盆里，享用了一顿拌了香喷喷海豹油的驯鹿肉大餐，还吃到了平时很少见到的鲜海豹肝脏，这可是难得的美味哩，老猎手爸爸家只有来了最尊贵的客人才能优先享用。爽滑鲜美的余味还在舌尖上颤颤地滚动，它就被请到了那辆红色塔拉马斯牌雪地摩托的车斗里。车子突突启动的瞬间，它看到尤尼塔的家人——老猎手爸爸、妈妈和弟弟托尼，目光里流露出与以往不一样的神情。后来它才明白，人们那怪怪的样子就是恋恋不舍，真的，很揪心又很无奈的样子。阿黄哥哥的表现也极为反常——两只粗壮的前腿扒在车帮上，下巴磕得车帮嘭嘭响，两只明显在流着泪的眼睛，眼珠儿一动不动地看着它。"去吧，黑云彩，白熊谷才是你真正的家呢。"托尼拉着它的一只前掌，跟人握手似的抖了抖说。黑云彩可以拿那个麝牛头骨发誓，它绝对没想到这一回去了白熊谷就再也不能回来。

从卢特吉尔到白熊谷要走好远的路，雪地摩托一直往西北方向开，出发的时候太阳追着屁股照，等到达雪谷，已经柔和了的第三天的夕阳把脑门子都映得红彤彤的。车

I 冰洋，冰洋 / 011

子在雪谷东岸靠近谷底的地方停下来，于大河和尤尼塔亲切地抚摸着它的头和身体，跟它说了好多好多话，就好像再不见面了似的，它因此还纳闷了好一阵子呢。雪谷的光线渐渐暗淡下来，他们发动车子走了。它对此一点也没多想。黑云彩等了一会，不见他们回来。等到乌云遮住搁在地平线上的太阳，从西面雪山刮来的下降风一阵阵卷起地上的积雪，雪地摩托的深深辙印被盖住了，散发在空气中好闻的汽油味和人的味道也远远飘走，两个人还是没有回来。黑云彩老老实实趴在原地，两只枣核般黑漆漆的眼睛，定定地看着它们身影消失的方向。它等待着风把只属于人类才会有的独特气味送过来，眼睛会偶尔闭上，但鼻孔却始终警觉地履行着嗅辨的职能。

  西边的落日十分委屈地在最低处磨蹭了一夜，才老牛似的喘着粗气从北面爬过来，这时她已经长成一个硕大的红彤彤的火球，在东方天际一点点昂起雄视宇内的头颅，冰海和雪原被施了魔法般紫气氤氲，那些水晶似的隆起，还有白玉因折叠形成的皱褶，折射出赤、橙、黄、蓝各种诱人的宝光，这便是新一天的一轮夺目旭日。旭日在万物期待中晃晃悠悠地继续在天宇攀升，用光亮和温暖两只慈爱的大手，将大地角角落落都深情爱抚过一遍之后，便已在不知不觉中绕行了大半个圈子，不久又谦逊地收敛光芒，把自己像圣殿供品似的搁在西地平线上，让稀薄的灰暗暂时占据舞台，公允地分享她巡视过的浩茫空宇。黑云彩趴在雪窝里，眼看着奇妙的太阳起起落落转了两圈。从第三天的午后，这轮奇异大光就羞涩地躲藏进浓重云层，再也不肯朝面了。板起面孔的老天像被谁豁开一道大口子，银粉琼屑从收不住的漏斗里没完没了往下撒，一层厚厚的新雪，像谎言那样将昨日世界又蒙了个严严实实。

"也许他们还和以往那样，"混沌天空留下一丝侥幸的缝隙，黑云彩低头舔了舔干涩发痒的爪子，想，"玩得是同一套把戏呢。"

此前于大河和尤尼塔，有时也包括尤尼塔的弟弟托尼和他们的老猎手爸爸，时常会驾驶雪地摩托拉着它突突突地跑出好远，找个荒僻的雪谷或冰脊啥的把黑云彩往车下一放，他们中的某一位会摸着它毛茸茸的脑袋嘱咐："在这儿好好玩吧，黑云彩，可不要走远哦，我们待会儿就回来接你。"随着几道亲切的目光别转过去，没熄火的车子一眨眼便跑出了它的视线。最难忘的是在鹿角山下的东北沟子，那回也是他们第一次和它玩这种游戏。出发前它就听于大河跟尤尼塔在小声嘀咕："多给它创造一些野外独处机会，将来放归自然兴许会少吃点苦头。"尤尼塔看了它一眼，说："只怕小家伙会有些不适应呢。"对于他们说的话，黑云彩当时似懂非懂，等它独自一个面对空旷而又陌生的冰原时，淹没一切的孤独感海潮般汹涌袭来，心里突然惶惑失落。它觉得自己就像一片飘在风中的树叶那样无助，两只小眼睛不时地去看天上的太阳，盼着她快一点往西边跑。它很清楚太阳行走与希望的到来，中间存在着一种怎样的关系。然而这个耀眼的大怪物，总慢腾腾得像蜗牛在爬。黑云彩成了奥古斯特·罗丹雕塑刀下的一件作品，老老实实蹲在原地，看着自己的影子被太阳拽扯成各种古怪的样子。

当然，独处野外也不全是那么可怜兮兮。黑云彩在好多回虽然不情愿但又必须去体验的经历中，曾意外结识了十狼弗里特，孤寂中的短暂陪伴和共同玩耍，不仅收获了一段一直到死仍念念不忘的深厚友情，而且还从弗里特身上学到一些不独处可能永远也无法学到的东西，真的，这对它后来迅速开启游侠式的狩猎生涯大有裨益。此外，聪慧的黑云彩从鸟的鸣唱和风云的际会中学会了辨识天气变化，从雪下旅鼠的嬉闹以及冰洞寒光的闪烁里瞧见了另一个世界的秘密。独处也激活了潜沉在它身体深处的某些能量，因为每一回从冰原上被接回来，它总觉得仿佛又长大了一些。关于这一点，或许从尤尼塔说的话里就可以看得出来。有一回她摸着它的脑袋，对老猎手爸爸说："黑云彩眼见着比过去更成熟、更威猛了。"老猎手爸爸说："你瞧它那前爪，多么结实有力！真要拍到海豹脑袋上，只怕命再硬也凶多吉少哇！"

一大片边界不清的云乱纷纷从头顶滑过。黑云彩仰脸望着天际，像渔夫篮子里那只会唱歌的太阳鸟那样，一度陷入了幸福的橘红色冥想。它一点也不怀疑于大河和尤尼塔他们，是在一个并不为它所知的地方玩"躲猫猫"，或许只需嚼食一条海豹肋排那么一小会儿，两人就会像奥德修斯降临到珀涅罗珀身边那样，突然出现在自己面前——黑云彩虽然不懂人类编造的那些玄而又玄的神话故事，但它却知道两个热心肠的人绝不会丢下自己不管。它期待着带有小小意外的这样的惊喜。它打了一个盹儿，甚至还做了一个飞身在云朵中那样的梦，一群长着三个翅膀的海鸟擦身而过，阿黄也长了翅膀飞来，它们在云端里相聚，欢快得又蹦又跳，环斑海豹吓得躲躲闪闪，它们不管不顾，又玩起争抢麝牛头骨的游戏。一阵热热闹闹之后，它狼吞虎咽地饱餐了一顿海豹肉……

升升落落又现现隐隐的太阳漠视了它可怜的需求，漠野雪谷以亘古不变的荒凉、窒息生气的空寂、凶险莫测的狰狞和无处不到的寒冷，试图唤醒这位冰雪游子少小时候的模糊记忆。这里的风比卢特吉尔的硬，扑到地面或山石上又狂又猛，恨不得将挡着它去向的任何阻碍都吹透气儿，闷闷的声音听上去，总带有些地狱般的颤抖，全然不如吹到木屋或户外器物上的节奏；天上的云彩跟出窍的野魂一样神秘飘荡，诡谲多变得让它眼花缭乱，黑漆漆的小眼睛圆了也看不明白；谷底积雪虽然坚硬厚实，可供玩耍的石头物件到处都是，它却觉得都比不上卢特吉尔。啊，卢特吉尔，卢特吉尔，此刻充斥黑云彩脑海里的所有画面，全打着卢特吉尔的鲜明印记——那片充满诱惑力的冰冻海湾，那条深深雪谷直通冰海的东北沟子，那座两只犄角探进老冰洋的鹿角山，那道给了它无尽快乐的村前雪坡，那些住着人的木屋和木屋里冒出的炊烟，所有的一切，似乎只有在童话王国里才能经历。对往昔的美好回望，点燃了它沸点很低的血液，随阿黄哥哥在雪坡上打滑梯的快感，电流似的涌遍全身，爪儿一阵酥酥发痒，小腹和肛门又鼓又胀。

倏然而来的兴奋感过了很长时间才潮水般消退下去，黑云彩在一阵飙然来袭的疾风中打了个寒噤。肚子里的鼓点敲得一阵紧似一阵，仿佛有一万条毛毛虫争先恐后地从下面往上乱拱乱钻。喉咙又干又痒，它使劲吞咽唾沫，努力想用口腔与喉咙里黏稠液体做成的炮弹，把那些恬不知耻的家伙狂轰滥炸下去。毛毛虫们一批批倒下，又一批批爬上来，越发肆无忌惮。无奈之鼠在心灵之域横冲直撞，疯狂啃咬着情感中最柔弱的部分，黑云彩低下头大口大口啃食起了冰凌。不怀好意的旋风刮起一柱积雪，像一个灰色陀螺在眼前兜兜乱转。黑云彩从"陀螺"的旋转中看到了那个花纹漂亮的搪瓷盆子，还依稀闻到了肉味，含义模糊的惊喜飞上眉梢，它悄悄咽下一口唾沫，舔了舔滴下涎水的嘴角。冰凌块儿在嘴里嘎嘣有声，它有点后悔那天没听于大河和尤尼塔的话，他们一再要它多吃些，于大河还拿着一块肥海豹肉直往它嘴里塞哩，说一会要出门远足，不多吃点不行。怨谁呢？它因为要出远门而兴奋得忘乎所以，四只爪子乱蹦跶，吃得反倒不如平时多。黑云彩又嚼了几口冰咽下肚里，咚咚乱响的小鼓暂时停止敲打，天下太平些了，便又趴下来，静静地等那两个其实永远也不会等来的人。

焦虑与渴盼中的又一个夜晚，伴随着没完没了的落雪姗姗降临，与世隔绝的神秘雪谷无聊得只有风在装神弄鬼。缩在雪里的黑云彩烦躁不安，整整一个晚上，都听到雪地里沙沙的响，像有许多人来回奔走，间或还有急促喘息声。黑云彩两只耳朵天线般支棱起来，试图从风的聒噪中捕捉它熟悉的音符。它一次次受到戏弄与欺骗。那些气流摩擦岩石发出的撩人声响，很容易唤醒它保鲜在记忆中的灵虫，有人类和狗生活的那个热闹世界，遍布在幻觉的每个角落。

躲在灰暗帷幕后面的夜阳，终于到达清晨应该到达的位置，隐隐的光亮穿透了云霭稠密的纤维层，飘舞的雪花镶了一层橙黄的金边。黑云彩从厚厚的雪被下面钻出来，猛地打了个喷嚏，哈出一口浊气，便摇晃着脑袋爬上一块离地面两三丈高的石砬子。空气里干净得一点希望没有，视野中空空荡荡，只有那些六角形的"飞蚁"恣意狂欢。一只"飞蚁"趁它仰头之机，侵入睫毛防卫森严的眼睑内侧，来自地狱深处的冰冷直透心底。一头海豹从清雪纷纷里缓缓游动过来，浑身披满湿漉漉的金黄甲胄。一片龇牙咧嘴的阴云，带着该隐对待亚伯式的嫉妒，乘着风车从后面紧追而来，无形利剑毫不留情地斫向它的尾、它的鳍，又斫向它的身子和脑袋，阿喀琉斯被阿波罗神箭射中那样

Ⅰ 冰洋，冰洋 / 017

的淡红的血,在空气里四处播撒、漂浮。黑云彩远望着滴血的东方,心悸地跳下了石碇子。阴云吞噬了最后一抹亮色,两岸山影紧紧挤压过来,它的心头蒙上黑暗的幔帐。

"它们不会回来了。"黑云彩脑子里忽然灵光一闪,意识到美好的过往就如天上流云般一去不返,它一屁股瘫坐在雪地上,非常难过地流起了眼泪。其实这一切早有预兆,可自己傻傻的愣没往深里去想。那些天里,虽然尤尼塔一家人在对它的饮食照料上一如既往,但它却总感觉有些奇奇怪怪。有一回,于大河和尤尼塔站在雪坡下热热闹闹说着什么,还不时地对它指指点点,它摇头晃脑地跑去他们身边,两人猛地拄住话头不再吭声。它从两人的眼神和几乎同时伸向它脑袋的手上,觉察到了比往常有那么一点点不同——经历了失去母亲和流落他乡被人收养这些变故,它变得对什么都特别敏感。这一点,与那些被人类豢养过久的动物大不相同。现在想来,当时的感觉不是没有道理,或许两人就在密谋着把它送回白熊谷呢……

希望之炬的最后一点火星熄灭,有如当初的失母之痛再度袭来,黑云彩像一片枯叶坠进无底深渊。

"呜——"雪谷里响起一声悠长的哀吼,高崖上的积雪刷刷地往下落。

此后,长吼变成嗷嗷的小声叫唤,一声不罢一声,声声都往心尖尖上扎。黑云彩真是可怜极了,两只粗壮笨拙的前爪,在雪地上噗噗地乱拍,似乎要把厚厚的谷底击穿。

撕心裂肺的吼叫刺痛了清冷空寂的峡谷。一阵凄婉的低回在雪地上簌簌擦过。不远处一座冰冻的崖壁上，正用长喙给妻子安诺梳理羽毛的雷鸟伊利，循声抬起头来，鹰一样锐利的眼睛，看着雪地里黑云彩痛苦难受的样子，像被刺棘扎了似的，心脏猛地抽搐了一下。

"即使在我们这片自由快乐的雪谷，也总会有些不如意的事情发生，"伊利灰褐色的翅膀不自觉地抖动了一下，声音低沉地说，"你瞧，这位白熊老弟，简直就是痛不欲生。"

穿一身白中带褐漂亮羽衣的安诺，顺着伊利眼神所指方向望过去，心中最柔软处瞬间被那幅凄楚画面所拨动。

安诺嗓音颤颤地说道："咱们过去看看吧，这是雪谷里新来的客人。"

伊利点了点头，两个便一前一后从崖壁上轻盈飞下，翅膀一收落到黑云彩跟前。

"亲爱的朋友，"伊利仰起脑袋，骨碌着黑豆般漆亮的眼睛，询问道，"你为什么这样伤心啊？"

善良的安诺也踮起脚尖，歪着头，一脸同情地看着黑云彩。

黑云彩见素不相识的雷鸟夫妻对自己如此关切，不觉心里更加委屈，呜呜了两声，哽咽着说道："他们不要我了。"

伊利和安诺让这句没头没脑的话弄懵了，夫妻俩颇感疑惑地对视一眼，又往黑云彩跟前走了两步。

"是人，我的恩人，把我扔这雪谷里，不让我回家了。"

黑云彩不愿意把心事憋在肚子里,就用它们弄得懂的语言,带着哭腔,把事情原委诉说了一遍。

伊利和安诺也是白熊谷一带的资深居民,自小生在荒野大漠,看惯了云卷云舒、风来雪去。弄明白事情的来龙去脉,这对雷鸟夫妻晃悠着葫芦把儿似的脑袋,咯咯、咯咯地笑了。

安诺说:"我以为天塌下来了呢,原来只是把你送到白熊谷。你知道吗,朋友?这里本来就是你的家呀!你看,你要是趴在这雪地里,身上的颜色和白雪简直一模一样呢。"

伊利说:"是呀,你是白熊,不把你送来白熊谷送到哪?嗨,凤翔九天,龙游大海,你应该高兴才是呢!要是老让人养着,天天吃软饭,那才没劲哩,不光没有自由,往后你恐怕连只海豹也逮不了。"

安诺说:"到时候别说海豹,连海狮崽子也没有能耐捕捉了。嘿,那才叫可怕哩。"

伊利踮着脚,摇摇晃晃走了几步,说:"白熊谷天高地阔,老冰洋上又有的是好吃的、好玩的,天不拦地不挡,要多快活就有多快活。兄弟呀,这里是最长出息的地方!"

雷鸟夫妻说着清了清嗓子,扑打着翅膀合唱起了一曲《快乐歌》:

雪谷啊雪谷好地方,

往南是苔原，
往北是冰洋。
拳头大的有饭吃，
自由自在当大王。

唱完歌，伊利用长喙啄了啄自己的翅膀，说："在雪谷安下家，你就知道住在这里的好处了。"

"雪谷是个很有意思的大世界，"安诺亲昵地看着黑云彩，说出的话不无夸耀，"这里除了你们显赫的白熊家族，还有狐、狼、兔、鼠，有各种各样的飞禽，夏季到来，百草繁茂，你们并不讨厌捕捉的驯鹿、麝牛，偶尔也会来凑凑热闹。往后你会有很多很多朋友，还会有自己的后代，有趣的事多着呢。"

听了雷鸟夫妇美妙动听的歌声，黑云彩大受感动。入情入理又不失豪迈的解劝，句句都往心里去。黑云彩边听边想，惆怅和疑虑慢慢打消了，笼罩在心头的乌云飞走了。"这般弱小的雷鸟儿，都活得如此乐观通达，凭俺黑云彩高大壮实的身躯和一身力气，在白熊谷里待下去又有什么可愁的呢！"黑云彩这样想着，有一搭无一搭地又呜呜了几声，便渐渐平静了下来，爪儿也不再拍打雪地了。

一缕缕金线从天上垂下来，风的梭子不停地往来穿行，金线被织成了光的布，像包袱般将桀骜不驯的阴云悉数囊括其中。惯于相伴并搭载寒风的漫天飘舞的雪花，也在不知不觉间悄然隐退。白熊谷换上一副少有的笑盈盈模样,山石和冰雪泛着只有伊甸园里才会有的柔和光亮。

一波比先前更难忍受的饥饿海潮般汹涌袭来,黑云彩甚至在新结识的雷鸟夫妇面前,也难掩饥肠辘辘的窘迫之态,它下意识地舔了舔干巴的嘴唇,觉得再对肚子里面那些祖宗们不理不睬,它们真的要扯旗造反了。

"别傻愣愣待下去了,"雷鸟夫妇早已看出黑云彩的饥饿难耐,就善解人意地催促它,"快去弄点东西填填肚子吧,吃饱了,阳光会更加灿烂。"

黑云彩揖别好心的雷鸟夫妇,撒开腿向雪谷北边走去。

从北面吹过来的风里,它嗅辨出了那么一丝淡淡的腥咸味道,每一头白熊都会公平拥有的本能告诉它,再往那个方向走不太远,就是举世闻名的老冰洋。妈妈在它很小的时候就告诉过它,那片冰封的大海就是生命的摇篮,是它们取之不尽、用之不竭的粮仓和饭店,只要有本事,尽管去那儿取,想吃什么就会有什么。冰海对勇敢者永远慷慨无私。为此,它很早便对冰海有一种莫名的憧憬,只是没有单独去领略的机会罢了。或许,这也是雏燕对蓝天的向往吧?记忆之灯也在此时亮起隐约的微光,谷底那条摆满白熊脚印的崎岖小径,正是当年妈妈带它去寻找食物的悲情通道。

走在世代白熊都难以逃脱宿命的古老小径上,黑云彩嗅出一千年前月亮和那些飘忽不定的极光留在岩石上的青涩味道。西面一道长长的雪坡，就是它们这一庞大族群赖以打洞居住的隐秘城府。往昔之书中一些零散的纸页一张张翻开，它依稀还能从一闪而过的影子中，拾取起小不点时候几许顽皮的碎片。唉，那时候有妈妈，世界上所有的颜色都是让它喜欢的橙色，梦境、冰雪、山石、天上飘来的云、峡谷里穿过的风，在它眼里全是柔柔的朦胧的橙色。橙色是印留着妈妈乳香和体味的永久底色，每每要走回幼时储满幸福记忆的宅院，橙色往往就是打开房门的最好钥匙。时间的锉刀无情磨蚀掉造物主留下的刻痕，黑云彩记忆中的橙色渐渐淡化成清风一缕。

沿着雪坡走了一程，它看到了熟悉的碾盘石、冰滑梯和饽饽顶，看到了长长雪坡上那些总是在梦境里出现的白熊洞府，也闻到了那些让它既感到亲切又心生畏惧的复杂气味。

在饽饽顶冰冻石下面，黑云彩迟疑地停下了脚步。小时候，这块饽饽状的大石头给它带来无尽欢乐，大石头的硕大浑圆、光滑难攀，总能激发它浓厚的挑战兴趣。并不是每次呼哧、呼哧的攀爬都能成功，有时也要靠妈妈在后面助推上一把，但抵达顶端之后，看着素日里高大的妈妈比自己都矮了一头，它真是得意极了！下滑的感觉更是美妙无比，在坡顶，屁股往下一坐，擦着冰石的身子立马成了离弦之箭，心也嗖地蹦到了嗓子眼，自己雪猴子似的连骨碌带滚扎进了雪窝。洒满童年欢乐的饽饽顶，现在看来也只不过是一块人头高的冰冻石而已,自己只需一纵身,便可轻松跃过。感情刻刀在岁月的崖壁上留下深深印痕,睡梦中无数次出现的"游乐场",让它忽然又有了那种攀爬和下滑时的兴奋,两腿及小腹间一阵通电般的快意震颤,它不由高高翘起一条后腿,朝上面撒了泡热尿——这番神操作其实连它自己也感到匪夷所思。形影不离跟阿黄哥哥玩了两年,身上竟有了好多只有犬类才会有的习性,譬如撒尿,见了有兴趣的墙角、立柱、石头或冰山啥的,忍不住就有了尿意,如果不和阿黄它们那样多少撒上一点,心里便不舒坦。

　　没有哪棵树上的叶子是完全相同的。黑云彩在对往昔之书的翻阅中,也检索出一些并不喜欢继续回味和品读的章节,即令是时隔两年之久的重温,也依然心存芥蒂。离开饽饽顶,视野里的雪坡地貌突然变得复杂起来,一条条深浅不一的沟壑竖切其中,漫漫长坡在这里被分割成若干不规则的小块。假如站在远处眺望,善于包容的平视会忽略或隐去许多不和谐的画面,收进眼底的仍旧是一片略微起伏的银装美景;但只要走到近前,嵯峨嶙峋的沟壑,会用险峻和奇异让你惊讶得目瞪口呆。黑云彩记得,它从前的家就在其中一条断沟的斜坡上,舒适的洞府里面有它度过的一段印象并不深刻的时光。那时候,趁着晒太阳,它会见到很多小熊宝宝,有比它大的,也有比它小的。但大家的关系似乎并不怎么融洽,尤其是那些身高马大的家长们，即使见了邻居也戒备心很强，生怕谁会对自己的孩子下毒手，一个个表情冷漠，煤核眼瞪得滴溜圆。

空气里有股熟悉而又陌生的气味，淡淡的，有点腥臭，还夹带着一种很特别的氨水的味道。黑云彩像叫马蜂蜇了，突然间不安起来，脊梁杆子上的皮一阵发紧。黑云彩想起夏季沼泽地里的蚊子，它们会恐怖地糊满眼睛、鼻子和嘴巴。它还想起遥远的过去，耳边有许多飞虫鼓翼的回响。它变得小心翼翼起来，尽管它长得威猛壮硕，个头比最健壮的麝牛小不了多少。

果然，在一座积雪堆成的小山跟前，它遇到了坎图曼。对这头动辄就以体大劲蛮欺压人的公熊，黑云彩脑海里残存的唯一一点印象，还是遭受到了它的欺凌：有一回自己在洞府前的雪坡上玩雪球，恰巧路过的坎图曼趁妈妈不留神，突然冲上来给了自己一巴掌。黑云彩被扇得在雪地里打了好几个滚，站起来好久，耳朵眼里还嗡嗡地有三只海雀子在聒噪。那时候，坎图曼的个头已经远超过一只小牛犊子，眼里放射出的凶光像一根根钢针，总是刺得人浑身难受。天上飘荡着北极光的季节，仅仅变幻过了两个轮回，坎图曼的身量就蹿长到让白熊谷居民感到恐怖的程度，无论身高还是体长，都要略胜于黑云彩。此刻，它蕴藏着惊人力量的庞大身躯，像一堵墙似的横挡在路的中央，眼睛里的一根根钢针充满敌意地射向黑云彩，那种不可一世的傲慢、凶狠和鄙夷，你只要蹭上一点边儿都会感到毛骨悚然。

九尺饥肠空空荡荡，变态的饿鬼正在上面恣悠悠荡着秋千，揪着肠子晃来晃去的感觉，让黑云彩身上有些微微发颤。回击饿鬼的手段或办法有一万一千八百种，但唯一正确的招数只能是安抚——用果腹的食物来安抚。不然，"秋千"就会一直荡下去、荡下去……黑云彩心里烦乱，实在不愿意在此时此地横生枝节，和坎图曼徒费精神气力。稍稍犹豫了一下，在离那个家伙还有一截路的时候，它选择跳下一道恰好没过身子的冰沟，又兜了好大一个圈子，才转到那条通往老冰洋的可以找到食物的道路上。

雪不知什么时候住下了，北风却越刮越猛，冰面上的积雪玩偶似的被卷起来，在天上疯狂飞舞了一阵，又被狠狠摔到地上。黑云彩顶着凛冽的北风，孤独地行走着，迎面扑过来的雪粒子很容易打到眼睛里，它为此不得不往一侧歪着脑袋。寒风，冰雪，这似乎是冰洋上的全部了。它没有发现可以用来果腹的食物，心里不由有些懊恼起来。它想起了在卢特吉尔的日子，只要肚子饿了，就有鲸肉或海豹肉吃，有的时候还能吃到鲜美的驯鹿肉呢。那真是无忧无虑的好时光，吃饱喝足它就跑到门前雪地里，和阿黄哥哥打闹嬉戏。"瞧，"它时常听到尤尼塔这样说，"这小家伙身上的肉膘，蹭蹭地往上长哩。"

这是黑云彩第一次走进老冰洋。虽然它从出生以来所吃的食物，全都产自这里，换句话说，它也是老冰洋养育大的。可现在，除了食物之外，它对冰洋几乎一无所知。这里充满着诱惑和挑战，但它对什么都懵懵懂懂。一切，都是靠本能在指引。它漫无目的地走着，恨不得脚下出现的每块碎冰都能变成海豹肉。前面有一座小冰山，底下还有乱冰形成的怪洞，黑云彩走过去，想在背风处趴下来歇息会。风雪里折腾大半天，实在有点累了。

刚刚在冰洞里趴稳身子，咦，怎么有一种熟悉的气味，在一个劲地往鼻孔里面钻呢？用舌头舔着嘴唇仔细想了想，它忽然兴奋地站起来，跳出了冰洞。

熟悉的气味来自东北方向。片刻也没犹豫，爪子带着它就奔了过去。

极富诱惑力的气味准确地将它引到一片融冰区域，发出气味的也正是黑云彩最喜爱的美食——海豹。黑云彩看到，不远处的一块浮冰上，一头海豹正四仰八叉躺着睡大觉，凭那肥嘟嘟的身子，只怕三天两天也吃不完。想象着香喷喷的肥肉，黑云彩舌头底下的口水流成小溪，肚子里面的毛毛虫纷纷往上爬。

可是，美食与惦记美食的嘴巴，还隔着三十余丈宽的海水。黑云彩两眼直直地盯着，一时不知如何是好。

踌躇再三，它决定潜水偷袭。这种掠食机巧，在自己刚刚断奶能够吃肉的时候，妈妈便教给它了。"这一招一辈子都用得着的。"有次打猎回来，妈妈说。可惜当时自己只顾着贪玩，妈妈讲的一些潜猎战术的精微之处，并没真正记到心里去。

一个猛子扎下去，黑云彩划动四肢，奋力游向那块寄托了全部希望的浮冰。潜泳的实际行进路线与目测方向发生了偏差，出水一看，目标竟然比原先还远了。黑云彩调整呼吸，憋好一口气再度潜了下去。在水中，它看到了那块压在头上的浮冰，顺着边缘猛然翻身跃了上去——浮冰上已经光光溜溜，海豹隐没进深深的冰海，眼看着的美味大餐成了梦中画饼。

第一次狩猎，耗费了不少力气，又一无所获，这不能不让黑云彩有些丧气。它爬上冰面，傻傻地望着海豹逃没的方向，半天没回过神来。

海水泛着死亡的黑光，消失的猎物没再露面，大片大片的荷叶冰随着涌浪起伏，上面连根海豹的毛毛也看不到。

看着再没了指望，黑云彩迟疑地转过身，拖着沉重的步子向东走去。空气像用清洗剂洗过，干净得没有一点能引起它兴趣的味道，而之所以不再往北，完全是为了避开呛人的风口。

夜晚降临了，太阳从云层里拱出来，在西地平线上露出了圆圆的脸庞，洁白的洋面染了一层胭脂红。饥饿的黑云彩无心贪恋美景，依然执着地在冰封的洋面上搜寻着它迫切需要的东西。在一处闪着红宝石光泽的碎冰区，白熊艾玛一家正在美滋滋地享用一只肥胖的环斑海豹。那是艾玛耍了不少花招才逮上来的。两个宝宝吃得一头一脸肉汤血水，妈妈趴在一边舔着自己的爪子，眼神里流露出一万分的惬意。

　　黑云彩吧嗒了一下嘴唇，远远地看了一会，又继续了自己的搜寻。它心里清楚，如果再往前走那么一点，艾玛就会用怒吼来发出警告。在这样的环境里，食物就和命根子一样，永远是最可宝贵的，保卫和抢夺，都会付出血的代价。它不想也不愿意为此而卷入一场凶残的打斗，虽然越来越强烈的饥饿感不断地折磨着它，有时不得不靠吞吃冰块来糊弄一下咕咕叫唤的肚子。

II 老狐安格卢

欲望激活了地球上这片死寂的角落。

老冰洋在诱惑与凶险、期待与恐惧中开始了新的一天。

一头披着一袭银灰色长袍的琴海豹,以胡狼阿努比斯般的敏捷爬到光洁冰面,瞪着牛头怪弥诺陶洛斯那样的眼睛,扫视了周边浮冰和用来逃生的洞口,接着,又以三头犬刻耳柏洛斯的机警和九头蛇许德拉式灵异的蠕动,找到一块可用来放平肥大身躯的松软雪窝,打出一个在冰海中憋闷已久的响屁之后,便舒适地躺卧下来,将两个铜铃铛般的大眼珠,半闭半锁在厚厚的眼睑内——渐次升高的太阳让它感到周身温暖舒坦,它在用惬意的假寐和对未来生活的甜甜的展望,享受着静静流淌的极地时光。

黑云彩在海豹尚未从冰洞钻出来之前,就悄悄埋伏在一个冰包的后面。它有冰洋霸主的耐心,却缺少应有的经验和技巧。本来猎物在洞口一露头,奋起一击便可大功告成,然而由于潜伏地点的选择不当,致使隐蔽处与目标间的距离过长了一点,海豹完全可以在致死一击来临的前一秒,从容地扎进水里逃走。后来发生的事情也的确证明了这一点,黑云彩所实施的霹雳打击,虽然如电光石火般极为迅猛,但警觉的海豹依旧赢得了也许是百分之一秒的黄金逃生时间。一场看似完美的伏击,因为一个小小的失误而被对手化解于无形……

不远处两只等待捡拾残羹剩饭的鸥鸟,目睹眼前一幕,发出几声夹杂着遗憾与惋惜的鸣叫,把头转向了一边。

谁能体会到,眼瞅着煮熟的鸭子又飞走是一种什么样的心情!当精心设计的一场夺命猎杀功亏一篑之后,黑云彩嘴里重重地哈出一口粗气,一屁股坐在雪地上,心里既懊恼又自责,一股战神阿瑞斯那样的无名火儿无处发泄。它甚至怀疑自己是不是吃老冰洋这碗饭的料。两番出手两番失利,这不能不让既累又饿的它自信心严重受挫。

"呜——"一声不无丧气的吼叫过后,黑云彩脑袋无神地低垂下来。一阵轻佻的寒风拔地而起,卷裹着沙子般的雪粒,在最不恰当的时候袭扰了它。黑云彩厌倦地侧转脸,闭上睫毛长长的眼睛。

冰上发生的这一切,都被一个冷静的旁观者看在眼里。当失败的捕猎者沮丧难抑时,它从幕后走到了前台——这个旁观者叫安格卢,是一头雄性的北极老狐。也不知在冰天雪地中历练了多少年月,原本雪白的体毛闪着靛青与乌金混杂的光亮,胡须、睫毛以及长长的尾梢都变成了铁锈红,谜一般的长眉下,一双眼睛虽然时常半睁半闭,却总难遮掩住那道穿云破雾、透视世相的亮光。

安格卢不是一头寻常的狐狸，从黑云彩慌爪忙脚踏入老冰洋的那一刻，它犀利的目光就注意到了这副陌生面孔。以其阅世度人、见微知著的洞察力，它发现这个额心长着一撮黑毛的匆忙猎者，虽然看上去孟浪毛糙、稚嫩朴拙，但内里却有种罕见的灵慧，透出红宝石般的光亮。这是它那些庸凡的同类永远也不会具备的，更不是张三李四谁打量一眼就能看出来的。这一发现让老狐既颇感诧异，又莫名惊喜，长长的眉毛随着瞬时加快的心跳微微抖动了几下，一种强烈的好奇促使这位颇得道行的灵异老狐，做出了一个让自己也不无吃惊的决定。"或许只须稍加点拨，"安格卢嘴上说道，"丑小鸭就会变成白天鹅呢。"此后，便像一阵风或是一片云一样，悄悄尾随在年轻猎手的身后。至于它为什么要这样做，就连老狐自己也没弄明白。但它毫不迟疑，继续按照心灵的指引，去做一件只有上帝才清楚的事情。

年轻的白熊在冰上漫无目的的奔走、毛毛躁躁的狩猎以及看到艾玛一家进食时的复杂反应，种种映照进安格卢眼睛中孤立而又零散的表象，无一不在印证着安格卢最初的判断。老狐心里有了底，是该让一直处在明处的莽撞猎者知道自己的存在了。

"在这片冰海，一切都得从零开始。"

安格卢现身走到黑云彩跟前，声音像隔了一层厚纱似的低沉地说道。

黑云彩抬起头来，惊愕地看着突然出现在眼前的老狐，眼神慌乱，手足无措，一时不知该怎样做才好。

"冰海里没有'同情'俩字，更不怜悯软弱和鲁莽，"老狐说，"至少，捉海豹得先懂海豹，光凭蛮力是不够的。知己知彼，方能百战不殆。"

冷冷地撂下几句话，老狐转身离去，眨眼便像风一样消失在冰海深处。

黑云彩低头略加思索，恍然若有所悟。它不无羞涩地举起一只前掌杵杵脑门，然后顺着雪地里留下的浅浅脚印，一溜小跑追了上去。

安格卢神通广大，在老冰洋上什么世面都见过，啥事体也明白，就连刮风下雨、起雾落雪也能预先感知。黑云彩跟着它在雪地里奔波了一天，当太阳转到北面的时候，它们来到岸边一处秘密囤粮点，那是礁石下一个还算宽敞的冰洞，安格卢在这里储藏了不少鱼、鲸肉和海豹肉。

"只有傻瓜才会过了今天不想明天，"弄开封在洞口的冰块，安格卢看着黑云彩狼吞虎咽地吃着东西，说道，"多留点后手，就会比别人多一些生存的机会，老冰洋从来都是偏爱那些有准备的人。"

黑云彩对安格卢心生无限敬佩，一边吃一边点着头。

它们在这里吃饱喝足，伴随着从冰洋深处传过来的闷闷冰裂声，又美美地睡过了一个阴雾迷漫的白天。夜里，寒风骤起，沉雾散去，从西面平射过来的阳光弄得岸边五颜六色，像撒了一地碎金散玉。它们穿过乱冰堆积的冰河口，走进还没解冻的苔原带。

看到和卢特吉尔一带景色极为相似的冰原，黑云彩的心情不禁复杂起来。在这片冻土的那一角，有很多让它难忘的美好记忆：它跟着阿黄刨过藏在雪下的旅鼠，追过七月里沼泽边飞舞的蝴蝶，戏耍过晚风中狗尾巴般调皮摇曳的芦荻花。如果不是被送回白熊谷，这会儿它也许正和阿黄哥哥依偎着进入了甜蜜梦乡呢……

冰原上起伏有致的地貌越来越熟悉，看着远处挂着半壁冰雪的隐隐山尖上，黑云彩感到有种让人血脉偾张的东西，正在一下下撞击着自己的心灵。它们还在不停地奔走着，刮风、下雾和落雪都没阻挡住前行的脚步，身后时隐时现的一长串脚印，在有意无意间出卖了它们不平常的来历。黑云彩不明白安格卢为什么要带它离开惊险刺激的老冰洋，又为什么要昼夜兼程跑上那么老远的路，来到这食物并不比老冰洋更充足的茫茫冰原？难道老狐是从日渐增多的微微南风中，嗅闻到了更多有利于生命成长的气息？或者是想让它从并未远去的过往中，捡拾起浸泡着美好回味的记忆残片？黑云彩不愿去做更多猜想。但它毫不怀疑这个让人崇仰的老狐，能将自己从迷茫混沌中导引到一条正确的道路上，因为在长眉老者身上，总有一种能与自然交接沟通的神秘力量。黑云彩心甘情愿地跟随老狐，默默

II 老狐安格卢 / 037

地跨山越岗，一点没表现出畏难的样子。

一天午后，黑云彩的视线里出现了狗橇跑过的路，上了一座冰雪覆盖的小山头，又隐隐看见一些熟悉的灰木板屋顶，空气里也飘过来让它倍感亲切的烟火味道。久违的景物和气味唤醒了睡眠深处的梦。在一片散发着夏季沼泽地中青草气味的玫瑰色中，往昔与现实，在扭打纠结中妥协。一阵欢喜的浪涛猛然袭来，黑云彩想也没想，撒开腿就要往山下奔。

"离开了就再也回不去了，"安格卢已经知道了黑云彩的身世，喝住它道，"告诉你，最需要小心提防的就是人。"

"他们救过我的命。"黑云彩说。

"更多人是想要我们的命，"安格卢说，"它们喜欢我们身上穿的衣服，能换好多好多的钱。"

黑云彩正想说什么，忽见一架雪橇在一片犬吠声中疾驰而过。一头被枪杀的白熊躺在上面，耷拉在雪橇厢帮上那可怜的脑袋，左摇右晃，正往下滴着殷红的血。瘆人的血腥味随风飘散，满眼雪白瞬间变成一片恐怖的赤色……

黑云彩心里像被戳了一刀子，猛地一阵刺疼。

"这、这……是怎么一回事？"它恐惧地收回目光，嘴里嗫嚅道。

安格卢说："看到了吧，人是这个世界上最可怕的动物。要想活着，就得远远躲开它们，没有别的办法，只有躲开它们。"

黑云彩虽然难受得要哭出来,但仍对安格卢的话将信将疑。

"也许这只是个意外呢,"它在心里说,"于大河跟尤尼塔就不是这个样子,还有托尼和他的老猎手爸爸,他们是好人,是天底下最好的人,他们永远也不会让我们的白衣服染上鲜血。"

想起自己的恩人,黑云彩的心里涌上来一种异样的感觉。铺了一层暖色调的美好往昔,网一样圆圆地撒开来,浓浓的甜蜜瞬间包裹了它。黑云彩想,安格卢老者肯定多虑了,世界不会那么糟糕的,朝阳和落日总是让人心动。

黑云彩虽然不太情愿接受安格卢的观点,但事实又真真切切摆在那里,因此,心里敲小鼓似的始终安稳不下来。接下来发生的一件事,或许导致了黑云彩固有意识中最后一道防线的被击垮。在穿越一道雪谷的时候,一股淡淡的血腥在风里穿梭,在岩石和雪地里打旋。循味找过去,发现雪坡上有星星点点的血迹。零星血滴在突出的坡顶凝成一个碗口大小的血疙瘩——似乎谁也不会怀疑,血疙瘩下面就雪藏着一具什么动物的肉身。渴望食物的生理本能撩醒了隐藏在肠胃深处的饿魔,强烈的好奇和对鲜美冻肉的向往,诱使黑云彩快步跑过去,伸了舌头便要去舔血疙瘩。

"不能碰,"安格卢急忙制止,"这里面有诈!"

黑云彩抬起头来,满脸疑惑地看着安格卢。

"冰原上凡有房子的地方,到处都有两条腿的人在耍这套把戏，血块里面埋藏着锋利的刀子，有好多动物朋友，都是这样不小心中计身亡的。"安格卢说着，仔细端详了一阵，便用两个坚硬的前爪，从一侧挖刨凝血的冰疙瘩。随着冰屑的四散飞去，一把刀尖朝上的利刃，寒光闪闪地露了出来——

黑云彩惊愕地瞪圆了眼睛，小腿不由一阵哆嗦。心想，假如不是安格卢，今天自己一定会吃大亏。

安格卢告诉黑云彩，冰原上嗜血如命的掠食者，尤其是在饥饿的时候，见了血疙瘩都会拼命去舔。舔着舔着舌头就冻麻木了，舔到刀刃上也没有了知觉。舌头很快被劙破，血流出来也不知道。越流越多的鲜血加剧了对食物的渴望，一边流一边不停地舔，一直到把血流光……

安格卢的话一点没有夸大。它们沿雪沟走了不多远，便看见了另一处血疙瘩。中招的是一匹可怜的年轻灰狼。嘴里流出的血水，成了把自己和冰雪牢牢胶合在一起的黏合剂，一双再也闭不上的灰黄色眼睛，疑惑地紧瞪着已经露出木柄的刀把……

两天后的傍晚，安格卢和黑云彩进行了一次成功围猎，一头体型硕大的公麝牛成了它们的战利品。这实际上是发生在山坡前的一场智慧与勇力的较量。当它们在雪地上遇到三头正在刨食野草和苔藓的麝牛时，安格卢马上展现了它非凡的猎捕谋略。在向麝牛发动进攻之前，它已经悄悄观察好了地形：就在左侧不远有一处深不见底的悬崖。此后它和黑云彩密切合作，向一头最健壮的公牛挑起争战。受惊的公牛一开始只是闪来躲去，但安格卢和黑云彩没完没了的缠斗彻底激怒了它。公牛一时性起，挺着两只威武的从未遇到过对手的尖角，疯狂而又自信地追逐着入侵者。安格卢和黑云彩不疾不缓，攻防有度，就这样一步步把猎物引向致命陷阱。结果自然是可想而知。被追逐的猎者在悬崖边突然灵异转身，而狂奔的公牛却在万分惊愕中，带着临死前深深的绝望失蹄冲下了陡壁。

它们在冰原上又游历了一些日子，天气变得暖和了一些，上年入冬前飞往南方的棉凫、白枭、鹬雀以及灰斑鸫等，那些赶早的已经陆陆续续往回飞了，空气里甚至还能隐隐约约闻到北迁驯鹿的气味。冻土带下面隆隆作响，生命的涌动川流不息。安格卢和黑云彩没有在陆岸继续等候这些随季节变化迁徙的朋友，而是兜了一个令人疑惑的圈子，沿着一条兽迹罕至的荒凉雪谷，重又返回了老冰洋。离开后的这许多时日，山顶积雪虽未见明显变化，但冰面上已经有了因天气变暖而形成的融水潭，再往里走一段，可以看到一道道蓝波荡漾的宽大冰缝。老冰洋的春天如约而至，最早顶开冰雪的草尖上，飘荡着荷尔蒙独有的香甜气味。

一个云淡风轻的日子，安格卢带着黑云彩来到一座菱形小冰山上。前面是一片未结冰的海域，水面漂着的一些小块浮冰在微波中闪着清冷的寒光。稍远处，有一块三间屋大小的梯形冰，有只全身呈棕灰色的格陵兰海豹，在安详地享受着太阳带来的温暖。

见到海豹就像鸟儿见到虫子，黑云彩兴奋得眼放亮光，两只前爪儿往起收拢，似乎随时准备一跃而下。虽然来这里之前，它们已经在安格卢的另一处囤粮点饱餐过，即便再有三天不吃什么也不会感到饥饿。

"要耐得住性子，"安格卢轻轻说道，"今天咱们到这里来，主要是为了看别人打猎。"

听了安格卢的话，黑云彩安静下来。它趴在老狐身边，眼睛紧盯前方，身子犹如一枚吸附于磁石的铁钉，贴在冰面纹丝不动，两只竖立的耳朵和灵敏的鼻子，却共同交织起一道疏而不漏的无形之网，在清冷的风中过滤着舒缓的气流，从中捕捉那些游离本体的声音与气味的"散兵游勇"。

让它产生兴趣的气味，就像流水之于水草，越来越强烈地冲撞着鼻腔里司管嗅辨的那些神秘纤毛；一种它预料中的不特别注意便无法听清的轻微声音，也紧擦冰面积雪的表皮，颤颤悠悠地传递到了脚下。即使俱留孙的弟子施行遁地术，也不会有如此神奇，眨眼工夫，不知从哪里冒出来的一只体貌壮硕的大白熊，便晃晃悠悠走了过来。就在黑云彩暗自惊诧中，那大白熊机警地驻足并仰起了头，它终于看清楚了，原来是大公熊坎图曼。

毫无疑问，坎图曼的出现是为了冰上那头海豹。黑云彩甚至知道，此时的它一定饥肠辘辘，恨不能一口就把不远处肉滚滚的海豹，像嚼吃一只旅鼠似的吞进肚子。然而它却表现得不慌不忙，甚至有些优雅从容，就像吃饱喝足后在自家花园里漫不经心地散步。世界于我和我与世界，都是那样和谐静美，两相无害。而对于那头它馋涎欲滴的海豹，嚄，更是睬也不睬。

坎图曼的表演技能，不能不说是十二万分的高超，如果把它看成是一个天才的魔术表演家，好像也不算太过分。一个即将制造血腥恐怖场面的凶残嗜杀者，在冰上雍容大度的出现，却没引起周围环境的任何异常。一群海鸥在太平胜景中安详地梳理着羽毛，栖落在冰堆上的几只海雀，继续在宁静的时光流淌中，享受上帝赐予的幸福，叽叽喳喳的欢快歌唱，总让人忘记此时何时、此地何地。躺在梯形冰上的海豹，大概是因为在橙色美梦中，与它的另一半相会得到极大满足，此时舒坦地翻了个身，胸鳍微微扇动了几下，发出一声闷闷的呼噜，然后继续在海雀们忘忧的鸣唱里，畅游进多彩梦境，美滋滋地追寻意犹未尽的浪漫之旅。

坎图曼在离梯形冰还有好远的地方就悄悄潜到了冰下，就和一滴水在太阳底下蒸发了一样，空气里没有了它的气味，水面上也没有了它的影子。一场残酷杀戮就要来临的时候，竟然会像创世纪之前那样安宁。天地祥和，世间静美。

在好奇心被空前调动起来的神秘旁观者眼里，时间刻度中的每一秒，都和金坨子碾成的丝线那样长。终于，坎图曼再次出现在黑云彩视线中，但这已经是好大一会工夫以后的事情了。坎图曼时机把握得再好不过。它悄无声息又十分准确地从梯形冰的另一边，也就是海豹的下风处探出头来，瞄一眼预定的大餐还在，又淡定地潜到了冰下……

即便是瞪大双眼从陆地上进攻也不会有如此精准——坎图曼这一会冒出水面，恰好是在海豹的头部位置，只见一道耀眼的白光闪过，黑云彩甚至没有看清怎么回事，那海豹的脑袋已经着了致命一掌——完美伏击给猎捕者带来一顿美味大餐。坎图曼坐在冰上，从容镇定地给猎获物开膛破肚，空气里弥漫着一股只有神仙筵宴上才会散发出的香味，憨霸王直吃得头上嘴上都像用红漆料刚涂抹过，肚子撑得滚瓜溜圆。

方才那群悠闲的海鸥和歌唱的海雀，见坎图曼得手，便齐呼啦飞了过去，一边欢快地捡吃着丢在冰上的骨渣肉屑，一边咕咕咕叫着，给了坎图曼一些肉麻的赞美。有只领头的黑首赤嘴的萨宾氏鸥，还莫名其妙给坎图曼献唱了一首词意含混的颂歌。坎图曼得意洋洋地蹲坐在一边打着饱嗝，眼睛微眯着，一副很受用的样子。

"你很快就会比它出色。"看着黑云彩出神的样子，安格卢说。

"坎图曼干得很漂亮。"黑云彩由衷地赞道。

"对我们来说，打猎虽是一项非常重要的生存技能，"安格卢说，"但要在冰洋上真正立于不败之地，仅凭这一点是远远不够的。十天后，也就是这个月最后一天太阳落到西方最低位置的时候，我要在锥子山专门为你安排一个交友大会，雪狐界最有本领又最有威望的首领都会前来相聚，到时候，我把你郑重地介绍并托付给它们，让各路雪狐首领认识你、接纳你。往后你就会有众多的朋友，这对你在老冰洋上的行走、游历，都将会大有裨益。"

黑云彩感激地点了点头。但它并没听出安格卢的潜台词。

此后几日，它心里非常向往锥子山的聚会，以至于在接连三个晚上都做得内容大致相同的梦里，它和众多雪狐首领欢聚在一起，唱歌跳舞，打猎嬉戏，还一起跨过冰原游历到很远很远的南方。这些提前于梦境中和它相会的狐中之杰，个个身怀绝技，又足智多谋，和它们在一起的每一秒都过得开心，还长了不少见识。最让它在醒来之后心存不甘又感慨万端的，是于特别清晰的梦中回到了卢特吉尔，它把狐界好友带到尤尼塔和于大河跟前。两个它永远无法忘记的人在那一刻是多么高兴啊！他们不停地摸着它的脑袋，夸奖它离开卢特吉尔后长了本事，又交上了这么多有道行的朋友。哦，在梦里，它还见到了好友阿黄哥哥，再次分手的时候，它看到阿黄哭了，眼里流下的泪滴一颗接一颗，颗颗都比海豹的脑袋大……

II 老狐安格卢 / 045

数着指头盼望的这一天，终于在一个轻雾缭绕的早晨来临了。安格卢带着黑云彩早早赶到了锥子山。就和当年初到卢特吉尔一样，黑云彩对这里的一切都感到那样的新奇，两只眼睛好像都不够用了。

这是一座上头尖窄下边圆阔的花岗岩山峰，距离黑云彩的老家白熊谷并不太远。尖尖的峰顶裸露着赭色的怪石，而下面大部分山体都被千年冰雪所封裹。从远处看，这或许只是极区环境里一座寻常雪山，但只要一走近，就会发现它的玄奥隐秘之处：山的底部有一处巨大且四通八达的洞穴。这既是安格卢的洞府，又是雪狐们聚会碰面的地方。

当这一天的太阳落到最低点的时候，各路雪狐首领陆续赶到了锥子山。

黑云彩跟着安格卢站在闪着幽幽蓝光的洞口，恭迎了这些翩然而至的白袍君子。赴会的二十一位首领谁也没空手，有的带来了鱼和野果，有的带来了驯鹿、鲸鱼和海豹的肉，有个叫桑巴的壮硕公狐，居然还倒腾来一整只斑纹海狮，杂七杂八的礼物把洞口边的一个大石桌都堆满了。

"今天召集大家来锥子山，"看到各路首领已经到齐，安格卢站到洞中一个高台的中央，声音苍老地说道，"就是为了把一个新朋友，接纳到我们这个大家庭里来。"它把黑云彩叫到自己跟前，"刚才在门口大家已经看到了，这就是白熊黑云彩。"

进门时看见一只大白熊站在安格卢身边，大家就有些吃惊,这会儿听说还要把它接纳进狐群,首领们顿时议论纷纷。

喜欢在冻土带游猎的白狐大长腿,急哇哇说道:"我们是纯一色的雪狐家族,从来就是狼行狼道,狐走狐路,不和别的食肉动物交朋友,更不要说是什么白熊了。要是开了这个头,往后恐怕会有很多的麻烦。"

一直习惯于跟在掠食者后面蹭肉吃的细尾拉丁,看了黑云彩一眼,道:"这个个头高大的家伙,如果实心实意地和我们交往还好,万一哪天弄得不好,发起狠来,咱们又怎是它的对手?依我来看,还是谨慎小心为妙。"

桑巴说:"我们最敬重的尊长安格卢老前辈说要接纳它,就必有其道理。我们狐群虽然历来不乏有聪明才智者,但往往小心谨慎有余,果敢勇猛不足。有了黑云彩这位朋友,这对于转变雪狐种群的观念意识会大有帮助。再说啦,在这样危机四伏的自然环境里生存,多一个朋友就会多一条路。因此,我完全赞成安格卢老前辈的提议,接纳黑云彩,让它成为咱们族群的朋友。"

桑巴说完,竟动情地鼓起掌来,一边鼓着掌一边向黑云彩喊了一句:"欢迎黑云彩先生!"站在台下稍远处的几个首领,也响应桑巴的提议,跟着热烈鼓掌。黑云彩情难自抑,暗暗向桑巴投去一束感激的目光。

"要依我来看呢,"在狐群中身高力壮又有谋略的公狐摩西卡,用激赏的目光看着黑云彩,说道,"黑云彩能够和咱们站到一起，已经说明了问题。没说的，我完全赞同桑巴老兄的意见，欢迎黑云彩——我们的新朋友！"

"即便是能和咱们站在一起，又能说明什么问题？"大长腿摆摆手，粗暴地打断了摩西卡的话。

"说明黑云彩和别的白熊不一样，"摩西卡接过大长腿的话，不慌不忙说道，"咱们都是在老冰洋上谋生活的，谁都知道白熊们的德行，耍惯了冰上霸主的威风，从来不把谁放在眼里，其至想欺负谁就欺负谁。远的不说，就说你大长腿开春前那回吧，是你先发现了一头冰冻的海豹，结果才啃了没几口，就被坎图曼强行霸占了过去。像这样的事咱们以前遇到的还少吗？黑云彩就不一样了，一过眼就知道够朋友。"

摩西卡扫视了一眼大伙，又说："我没说的，不光是赞同老前辈的主张，而且还得感谢老前辈给咱们带来一个好朋友，当然也得感谢黑云彩能够屈尊与咱们狐辈结交。无论如何，这都是一个前所未有的良好开端，我相信在以后的日子里，我们一定会合作愉快。"

摩西卡话音还未落地，大家便一齐赞同地使劲拍着巴掌。已经在苔原带南部定居的母狐娜娜提，一改往常聚会时的少言寡语，罕见地高调表态，热情欢迎黑云彩，而且带着一种母性的慈柔和多情，力邀黑云彩在必要的时候到她的领地去小住一段时间。娜娜提说，南方虽然没有这么多晶莹的冰雪，也没有美味可口的海豹肉，但繁茂的泰加林带和绿地毯一般的广袤草原，景色也十分迷人。"

"我和在那里生活的朋友，都十分期盼您的光临。"娜娜提暧昧地向黑云彩抛去一个飞吻。

曾经花费两个狩猎季节的精力，同时又搭上在四块沼泽地采集的野果和两大片来之不易的鲸鱼腹肉，疯狂追求娜娜提却终无实际性进展的大长腿，此时醋意大发，寓意含混地斜了娜娜提一眼，忍不住在心里骂道："这个骚狐狸，到了啥时候也不忘勾引男人。"

此后，它和细尾拉丁低头坐着，谁也没再放出一个屁来。

"我代表黑云彩感谢大家的接纳，"安格卢看到经过一阵磨合，大家都愿意和黑云彩交朋友，就高兴地大声宣布，"那么从今往后，黑云彩就是咱们狐族的好朋友了，谁要是阴一套阳一套耍鬼把戏，做了对不住朋友的事，当按咱们家法处置！"

赴会的二十一位首领一齐表示赞同。

安格卢说完走下高台，带着黑云彩逐个拜见雪狐首领。摩西卡和桑巴几个欢喜万分，趁机簇拥着安格卢和黑云彩跳起舞来。

欢乐的气氛感染了所有会众，洞穴大厅瞬间充满欢歌笑语。有几位年纪稍小又勤快能干的白狐首领，把安格卢预备的丰盛吃食摆上高台，大家一边跳舞唱歌，一边吃吃喝喝，一直狂欢到次日凌晨，洞里洞外的岩石冰雪上面，都跳动着欢乐的乐符。太阳转了一个大圈又从云朵里钻了出来，洞口的蓝冰映上一缕缕橙色的光芒。直到都已尽兴，大家才互相恋恋不舍地作揖道别，各自沿着来时的冰上通道，分赴占山为王的神秘领地。

　　黑云彩头一回经历这样的场合，虽然不太适应，心里却有说不出的高兴。在白狐首领们又唱又跳的时候，它一直和安格卢坐在高台上静静地观看，安格卢不时地给它讲一些狐群里的秘闻和规则，间或也介绍各个首领有什么特点和爱好、在哪里活动等等。黑云彩听得着了迷。

　　黑云彩很庆幸自己回到野外能遇到安格卢，跟着它从南走到北，从东闯到西，风里雪里的看了很多光景，长了很多见识，也学会了不少生存的本领。现在安格卢又苦心孤诣为自己安排聚会，自己结识了一大群狐族朋友。黑云彩对生活对未来信心满满，甚至跃跃欲试，渴望尽快独自一个到冰洋上闯荡世界。

　　在锥子山上又小住了几天，安格卢给黑云彩讲了很多冰洋法则和狐界的生存之道，还把自己几处最为隐秘的囤粮点都告诉了它。此后，黑云彩就告别了安格卢，下山向白熊谷走去。安格卢告诉它，作为一头白熊，它必须回到它的那个世界里，开始属于自己的生活。

Ⅲ 异类

黑云彩回白熊谷，有如经过十年特洛伊战争后的伊塔卡岛之王重返故土，空气里那些趋于饱和的不祥水汽，似乎随时会化作屈辱而又凶险的水滴飞溅下来。在神秘的锥子山成为刻留于记忆之屏的美好风景时，黑云彩沿着冰海崎岖险峻的雪岸，再度踏上了让它熟悉又陌生的出生地。站在那道承载着幼小时全部影像与情感的冰坡前，黑云彩眼睛里放射出的灵异之光全部聚集在一片略呈凹陷状的雪地——那下面的一处曾储满爱与温馨的舒适洞府，早在熟悉的气味随着七月之风四散之后的某个早晨也或者是晚上，便被一场突如其来的暴雪压塌并深深掩埋。黑云彩凭吊般久久伫立，一幕幕逝去的场景，潮水般冲刷着情感的河床，淤积在脑海深处那些生活的碎片散屑，被一浪浪波涛搅动并有棱有角地浮现出来。它想起了拖着孱弱病体的慈爱的妈妈，想起了光滑无比的冰石玩具和洞府中无忧无虑的日子，漫漶得像留在白纸上的陈年水渍那样的印象，总是恍若游丝，神情专注的对于过往之事的打捞，时不时会为一些意想不到的记忆错位所打断。它影影绰绰记起，自己还有一个调皮的弟弟和一个弱小的妹妹，它们的眼睛、鼻子和嘴巴，好像永远都是卡通画上长不大的稀奇古怪样儿。时间的雾翳早把许多东西侵蚀得迷离模糊了，弟弟和妹妹因为食物引发的一场争斗，依依稀稀还晃荡着那么一点点影儿——那一会，弟弟把妹妹吃在嘴边的一条海豹肉抢了去，受了委屈的妹妹围着妈妈不停地转圈，声声乞求主持公道的哀号充满了夸张和矫情，趴在一侧的妈妈始终一副无动于衷的样子……记忆深处还是窖藏了好多东西的，挖取的过程痛苦悲凉，总有种什么东西在一丝丝涌出，又一丝丝抽走，雾一般的飘飘忽忽让它无从把握，凄苦的冷雨敲打让孤独者的心隐隐作痛……

凭着在冰坡洞府的居住经历和对往昔说不上多么清晰的记忆，黑云彩完全有资格称得上白熊谷的合法居民。由此，一只土著白熊在此享有的诸如定居、玩耍、交游、猎捕甚至婚恋交配等权利，像鱼儿归到水里似的顺理成章，这一点不容有一毛钱的置疑。然而此后一连三个刮转窝子风的白天和晚上，它在心绪复杂的忘情流连中，那些有违常情又不合常理的种种举动神态，却如鸟群中突然侵入一只猛禽那样，几无悬念地在白熊谷这片冰雪霸王的家园，引起骚动不安，尤其是于不自觉中表达出要加入族群且要在此长期定居下来的意图之后，无形震荡如巨石落潭那样，在这一特殊的种群组织内部迅速产生，所形成的气场一度阻碍了谷底空气的正常流动。飞经此地的雪鸦卡门，从气流波动的不同寻常上，感受到了事态的严重，遂一收翅膀落到海象山一处巉岩突兀的高崖上。这里是海雀普里兹们快活的天堂，喊喊喳喳的说话声和音调凌乱的对歌声，如果不想随着极地之风传到很远的地方，恐怕都很困难。

"黑云彩真要在这里长住下来，"卡门瞧了一眼众多无忧无虑的歌唱者，转头向普里兹说道，"白熊谷那些惹不起的家伙，只怕不会善罢甘休。"

"阁下说得没错，"一向对卡门敬重有加的普里兹，深表赞同地点了点头，说，"老王乌拉里斯倒没有什么，让人不省心的是大公熊坎图曼，那道坎儿只怕不怎么好过呢。"

卡门和普里兹的担忧，很快就被发生在雪谷里的种种变局所证实。就在善良的鸟儿们啁啾着闲说话的工夫，看上去平静安详的白熊谷已经蒙上一层不安的阴云，谷底积雪染上了一层焦虑的颜色，一直在雪地里游玩嬉戏的三只毛色灰白的旅鼠，惊恐地窜到了深深的雪窝里。一只眼珠儿碧绿的雪兔，则从雪堆后面窥视着诡谲多变的世界。

似乎一切都和人类社会没有什么两样，白熊谷熊族内部，同样是一个等级分明的强权世界，尊者居其上，卑者拜脚下。只不过，决定登上最高权力宝座的永远只有一张选票，那便是"拳头"——只要你足够强壮，能震慑住那些觊觎王位者，或者智勇兼备，能将已坐上王位者拉下马，那么你自然而然就会被群兽以及白鸟膜拜，成为大家的王。

凡爪印能踩踏到的偌大一片土地，打声饱嗝会平地卷起一阵旋风，放个响屁也能引发百米开外半山腰的雪崩。无论在哪个世界，王位永远是一道最具诱惑力的美妙风景。在这片世上不可多得之地，即便拉屎也得比别人多冒出个尖儿的坎图曼，既有当强梁、做大王的勃勃野心，又有匹配这种野心所需要的凶悍与狡黠，加上基因中十分完好地承袭了弱肉强食的祖传之宝，因而自小便恃强凌弱、横行四野，那种越来越难按捺的控制欲和永不餍足的贪婪，就如夏季沼泽地的水草一般不可遏制地疯长。偌大一片雪谷，不，就是冰雪覆盖的茫茫老冰洋，似乎都有点盛不下它。在自身实力尚不足以支撑起日渐膨胀的野心之时，它也曾在短时间内收敛锋芒、潜伏爪牙，违心向老王乌拉里斯俯首称臣。现在想起来，那真算得上是它生命中最暗淡、最难熬煎的一段时日了。那一阵子，坎图曼摧眉折腰，见了谁都少不了赔小心，即使对海雀甚至蹦蹦跳跳出现在眼前还没有巴掌大的旅鼠，也一改往日骄横，温顺得又点头又作揖，一副礼贤下士模样。凶神恶煞换了菩萨面孔，就如同冰窟窿突然有了炭火的温度，这让雪谷中原本最不受它待见的弱小动物极度不适应。上帝总在谁要走向败亡的时候，先让它忘乎所以地疯狂上一阵子。坎图曼像中了福乐透大彩似的应了这句老话。随着乌拉里斯的高光时刻在昼夜交替中渐渐隐入历史，曾经超群绝伦的嗅觉不再灵敏，降服众酋的爪牙也不再锐利，坎图曼便趁此难得之机逆袭转身，开始用血盆大口中的獠牙，用坚强巨掌上的利爪，用虽经掩饰但早就迫不及待的狂妄和凶残，一点点开启了它图谋王位的霸业之旅。至于那个老得几乎连头成年海豹都逮不上来的过气之王，对不起，坎图曼只能把它看成砧板上暂放的一块随时可以动刀的肉。

看起来一切都是造物主的有意安排。四月里，冰洋上的风将坎图曼觊觎王位的图谋扬摆得人尽皆知，连苔原上一只刚从南方飞来的红胸黑雁达吉，也从一群棉凫和灰斑鸻的叽叽喳喳里，听说了这件让人心生不安的传闻。但作为风暴眼内的白熊谷以及紧挨雪谷的老冰洋冰面上，竟和什么也没发生似的，日子太太平平。那些或慵懒或勤奋的原始居民，当然也包括远行途中偶经此地的过往之客，对大公熊坎图曼眼神里流露的傲慢和前爪挥舞出的狂妄，并未表现出久处偏壤僻乡者那样的少见多怪。一直为糊口之食辛勤奔忙的众多冰雪界精灵们，该刨雪窝的刨雪窝，该下冰海的下冰海，猎获囤粮，养子育雏，哪有工夫去操些蚊子掇弄屁股的闲心思！就是哪天不巧与大魔王迎面撞个结实，多半是能躲便躲，躲不开就站在一边作个揖，递个笑脸，让横着走路的坎图曼先过去，心里却说："你就使劲蹦跶吧！"

坎图曼绝不是一头寻常的白熊。虽然，它看上去感觉比思维更发达，自己也更愿意依赖和施展獠牙、利爪、嗅辨等等这些纯动物的优势和本能；虽然，在荷尔蒙倒灌进大脑时一厢情愿做出的判断，也就是感觉指挥了大脑或者是理性的结果，常常使体内热浪一波猛过一波，从而做出一些匪夷所思的事情；虽然，欲望与好奇，总是过于明显地控制并强化了它的感觉，让它以为老王治下的领地，就是未来供自己作威作福的安闲乐园，因而它对发生在这里的举凡大事小情，都有横插一杠子的权力和义务，哪怕是落在雪地上的一根鸟羽，过往之兽留下的一枚足印，长空闪电消失在山后的一个火球，也不肯轻易放弃凑上去查验一番的机会，似乎不如此就不能体现出它这个未来之王的威仪。然而这些只是表象，更不是坎图曼的全部，因为它在许多时候，比一般白熊更善于运用自己并不笨拙的大脑。如果能用"外粗里不粗"这句话来形容坎图曼，或许会比较恰当些。那一日，黑云彩懵里懵懂闯进来，仅仅和它不远不近地打过一个照面，时间短得不超过大黑背海鸥吞咽下一只小虾米工夫，坎图曼就和吃了一大把旅鼠屎似的不舒服。好好的一头熊，穿着一身比冰雪还要纯净、比云朵还要洁白的礼服，偏偏在额头正中央，那么显眼的位置，长着一撮黑毛毛！呸，黑毛毛！这和丑陋的人马怪或者芬里斯狼，又有什么两样？

如果仅仅在外观上呛眼珠子也就算了，不乐意看大不了少瞄几眼，其实也碍不了多少事。但最最让它无法容忍也不能容忍的是，黑云彩身上带着一种永远挥之不去的腐烂海豹内脏那样的酸臭味——凭着它自小就没离开过白熊谷的纯粹、同类中技压群雄的嗅觉，还有它对处在所有食物链顶端直立行走动物最要命的认知，坎土曼很容易便闻出那是一种人的味道！没错，是只有人才能有的肮脏味道。关于人（它最不想见也不愿提及的字眼），它从远古之时便分毫不差遗传下来的基因中，从血管流淌着有父辈记忆的血液中，从同类同代各种途径互相交流传递的信息中，早就对其形成了一种渗透进骨髓的牢不可破的观念：人，是天底下最可恨又最可怕的家伙。

也许正是因为黑云彩身上的人腥味，它感觉到了某种潜在的威胁。这虽然只是一种隐隐的感觉，就像拔地而起的旋风裹挟着一缕不能确定的气息，急涌而逝的流云投下来一抹淡淡的阴影。现实中其实什么也没发生，黑云彩也没做什么，但坎图曼一见黑云彩就像触了"瘆人毛"，心里生出阵阵让脉搏加速跳动的慌悚。尽管它的外表还和先前一样凶悍，可慌悚，如同一粒着地便生根发芽的种子，不由自主地埋进心田。

"这个一身人腥味的野杂种，真得提防着它点哩。"鄙夷、仇视和对潜在威胁的准确预感，让坎图曼心理发生了一系列微妙、复杂的变化，而镶嵌了五官且又表情丰富的一张脸上，则镜子似的把心中所思所想，一概毫无遗漏地映照了出来。

坎图曼并不是不认识黑云彩。

小时候，它们也曾一起玩耍过，它记得黑云彩长了一副小瘦猴模样，干干巴巴，傻里傻气，身上和毛茸茸的脑袋上，常挂着些因缺失母亲搭理而粘连在一起的黑球球，像老鼠屎似的，又脏又臭。自己结实有力的巴掌，时常忍不住就擎起来，想以最快的速度飞到那张实在没法喜欢的脸蛋上。但那时黑云彩额心的黑毛并不怎么显眼，或者自己压根就没怎么留意过黑云彩的额心。时隔两年多的突然相遇，当初的"小瘦猴子"已经今非昔比，长得人高马大，腿儿爪儿的看上去也十分强壮有力，似乎哪方面也不输自己一分一毫。可是因为它那撮黑毛毛，那撮让人感到晦气又丧气的黑毛毛，再加上一股讨厌的人腥味，自己就铁定会和它势不两立。立在谷底的碾盘石可以作证：那一回，就是黑云彩初回白熊谷经过雪坡下的那一回，假如不是自己刚在冰洋饱餐造成全身血液都跑到胃里去消化食物，从而让一群瞌睡虫儿钻了空子，拱得困倦不堪——当然，也是因为黑云彩还算识趣地从一边绕道拐了过去，这在心理上，就和碱里加进了酸一样，瞬间产生一些微妙的化学反应。要不然，哼哼，自己一定会给黑云彩个颜色瞧瞧的。没错，即使司管北风之神波瑞阿斯知道了，也会让这个不知天高地厚的家伙，这个相貌丑陋又沾了人腥气的野种，知道闯入族种纯一、操守高洁的白熊城府，应该付出怎样的代价！现在，见这个额心长黑毛的丑八怪又来到白熊谷，在那道挖了塌、塌了又挖建的祖祖辈辈都喜欢在这里打造洞府的雪坡前，一连几天转来转去不肯走，坎图曼也就猜到了黑云彩的真实想法。它突然感觉身上像爬满了毒洋辣子,蜇刺得从里到外没有一处自在地方。"可恶的家伙,"坎图曼咬牙切齿地说道,"该让你晓得海水是咸还是淡了。"然后迈着故作轻松的步子,慢悠悠走向雪坡,来到黑云彩跟前。

"虽说这里叫白熊谷,可也不是谁想来就能来,谁想住就能住。"坎图曼虽然说起话来不疾不缓,却难掩一脸凶相,两只充满敌意的眼珠子,如果没有皮糙肉厚的眼眶阻挡,没准会像两个涂满毒药的铅弹子那样,直接射进黑云彩身体。

"雪谷从南到北这么大,我没有别的要求,只是想借宝地一角,找个能放平身子睡觉的窝儿。"黑云彩后腿一矮蹲在雪地上,说出的话和夏天的风儿似的轻柔,听上去既温和又谦卑。

"也不趴到冰上照照自己长得个啥模样?"坎图曼言语间膨胀着一种把天老爷当老二的傲慢,嘴角一撇,揶揄道,"白熊族谱里怕是没有你这一号的吧?哼,什么玩意儿也想到白熊谷里来安家!"

"我是从这里走出去的——"黑云彩脑海里水波粼粼,小时候和坎图曼一起玩耍的光景浪花般翻涌而来,它想在记忆的库房里寻觅某一两件还算愉快的旧事,以增加对坎图曼的好感,同时也稍稍抵减它对自己的耿耿敌意。但搜遍犄角旮旯,捡拾起来的与之有交际的过往,多半浸泡着

Ⅲ 异类 / 061

痛苦和酸楚。思前虑后犹豫好一阵子，想到了几句还算是周到又不伤和气的话，可一到嘴边却变了样子："不过，那时候我还小，好多事情只有点模糊印象……"

"早闻到你身上臭烘烘的人腥味了！你大概是和那些可怕的人，在一起待过是吧？要真这样，就更加讨厌了。人，哼，你知道吗？那些两腿直立行走又会打枪的人，都是些最贪心又最可怕的家伙，他们总弄得这个世界上不得安宁。"坎图曼恨恨地说完，表情复杂地斜了黑云彩一眼。

"我、我……"黑云彩嗫嚅着，一时竟找不到合适的词儿回应。

"只要沾了人的边儿，"坎图曼鼻子里哼了一声，"就没有一个好东西！"

"那……"黑云彩彻底无语。

"我要在明天太阳转到正北的时候，要求老王乌拉里斯出面召开族群大会，让白熊谷所有居民一起来决定你的去留。如果大家伙儿一齐反对，那就对不起了，你就乖乖滚远点，越远越好，最好往后别让我再看见你。呔，你这个被人圈养过的沾了一身人腥味的家伙！"坎图曼说完，用眼神的利器，把最后一枚毒弹向黑云彩发射过去，然后气哼哼地转身离去。

到了第二天午夜，冰海方向投射过来的绚烂霞光，给长长的雪谷披上一件华丽的霓裳，紫雪如蝴蝶般纷纷飞舞，空气里传过来一阵千万只蚊子同时鼓翼才会产生的簌簌振动，白熊谷里终身以嗜杀为业且又自视为谷中贵族、冰上霸王的居民们，都带着一种惯常可见的冷漠，聚集在碾盘石前面的雪地上。雷鸟夫妇伊利和安诺、大白鸥萨沙、雪鸦卡门以及海雀普里兹等，作为特邀代表，栖落在碾盘石右侧一块高高的冰蘑菇上——这是专门为它们设置的座席。碾盘石左边竖着一块两人多高的巨型石笋，这上面坐着雪兔法比奥和旅鼠肯迪尔等另一席嘉宾，它们生性胆小，平日里大都躲在雪下或有草和苔藓的清冷处，不肯轻易露面。年迈的已经能听到坟墓挖掘时黄土回流发出沙沙声响的老王乌拉里斯，虽然还是和早先发号施令的年代那样，坐在碾盘石中间，但孱弱的躯体、昏聩的神志以及越来越缺乏的自信，无一不表明它叱咤冰洋的辉煌岁月正渐行渐远。而动辄便揣摩坎图曼脸色并因此表现出少有的局促与小心，则不打自招地供认了当年何等威风的王者，如今正在逐渐习惯和接受即将被新王取而代之的残酷现实。时间平等地对待每一个走进她会客厅的来访者，先来者的今日正是后到者的明天。

　　黑云彩从未经历如此煞有介事又故弄玄虚的聚会场合。当沉重、迟缓的步子把极不情愿的它带到碾盘石底下时，耳蜗内突然传来一阵蚊虫来袭的嗡嗡声，黑云彩下意识瞥了一眼耳旁、身边，什么也没有。这种声音却持续在响。它试着移动了几步，意外发现飞虫振翅的声响，似乎是来自碾盘石上。

置身在这样一个奇奇怪怪的环境中，黑云彩感到浑身上下都不自在。首先引起皮肤、血液以及大脑皮层出现微妙反应的，不是迎面飞来的一枚枚刨根问底的目光之针，不是洒在白雪之上虚幻的红光和空气里极不真实的响声，而是一个又一个盘桓在脑海里无法释然的疑问。不就是回出生地来挖个洞住下嘛，蚂蚁进窝，宿鸟还巢，咋还用得着兴师动众弄这么大个阵势？嘿嘿，惊动白熊一族悉数到场，已经有蚁食牛驮之嫌，竟然连鸟儿、兔儿和鼠儿等等，这些素来对白熊躲之未恐不及的最底层谋生者，也连吓唬带哄骗，统统给扇忽了过来，好像真的是要征求各大生物部落意见似的。唉，天晓得坎图曼要动些什么样的歪心思？还有一层更像是雾里看花。坎图曼明明不把老王放在眼里——这连藏在沼泽地冰雪下越冬的每一只尖尾虫都知道的啊，可它却偏偏和摆在蜡像馆里的展品那样，坚持要把乌拉里斯推到主席台上。曾经打个喷嚏便能引发海象山雪崩的老王乌拉里斯，即使把做了一辈子的窝囊憋屈噩梦都摞成一堆，也没想到会遭受如此之辱！它看起来还在台上，还像个王，却早失了往日之威，十足地变成一条舔吃嗟来之食的狗，变成一只被拔光羽毛的鸟。看到老王在碾盘石上魂不守舍的样子，黑云彩忽然心生怜意，甚至暗暗为它捏了一把汗。

虽然没像中国神话里二郎神那样，额头上长了三只眼，但作为旁观者的聪明的雪鹗卡门，却从坎图曼尾巴梢子的摇摆上,看明白了它要拉几个臭屎蛋蛋。

"借着白熊谷全体居民大会,"卡门清了清嗓子,对雷鸟夫妇和大白鸥萨沙、海雀普里兹它们说,"首先挫挫黑云彩的锋芒——当然,能借此机会,把外来户黑云彩赶出雪谷就更好了;其次是羞辱羞辱乌拉里斯老王,同时也让它知道,紧挨老冰洋的白熊谷,很快就会只有一个王,那就是它坎图曼,坎图曼!"

"原来总以为坎图曼四肢超级发达,只懂得拼蛮力,好勇斗狠,没想到阎罗殿里变魔术——还玩这套鬼把戏。这是一石二、一石二……"安诺想说一石二鸟,话至嘴边又觉不妥,就支吾几下,借着刚才说到的"一"字,改口说成这样:"这是想一枪打两个眼呢。"言毕,身上刺痒难耐,便趁着向碾盘石那边探头观望之机,若无其事地抖了抖翅膀。

站在一旁的伊利看得明白,急忙跨步上前,挺了尖长灵巧的喙,给爱妻轻柔地啄梳着别人无法体察的痒处。那种无微不至的体贴,使惯于风雪中独来独往的"单身大侠"大白鸥萨沙,感动得差点流下眼泪。

安诺美滋滋地享受了一会其实随时都能享受到的唯有爱情才会带来的愉悦,略带羞涩地收了收翅膀,又继续发表它富有见地的独家观点:"黑云彩或许不会失去什么,真的,关于这一点,我们在座的都能看得出来。但要说到那位曾经不可一世的老王,今后恐怕就凶多吉少了。"

卡门感叹道:"昨日之花正是今日之果。想不到豪强如乌拉里斯者,也难逃末路英雄的宿命,真是可悲复可悲啊!"

私下里叽叽喳喳,说话唱歌总是没完没了的海雀普里兹,每逢聚会或遇到陌生面孔,一张伶俐的嘴巴便贴上封条般不再轻易打开。刚才听卡门和安诺议论老王乌拉里斯,便下意识向碾盘石那边瞥了一眼,只一眼,浑身血液便如遇热的水银柱般蹿升上头顶,结痂的伤疤瞬间绷裂,心尖尖滚过一阵难以言说的剧痛……白熊谷的居民哪个都知道,那是海雀家族最悲怆的一场灾难,而制造者恰恰是现在的这位老王乌拉里斯。三年前,对,是三年前,普里兹和众多慈柔善良的母亲们,在提前到来的春天里产下了一窝窝生命之卵,遍布于高崖的巢穴里涌动着温馨、喜悦的气流,海雀们歌声中的每一个音符都充满对明天的深深期望。但魔鬼总喜欢搭乘人们福乐的祥云降临。那个寒风呼啸的午后,是普里兹们记忆的至暗时刻,乌拉里斯来了,当时还强壮有力、呼风唤雨的它,带着几个为虎作伥的帮凶,爬上危崖,嘴咬脚碾,将只须探身便能从岩石缝隙中寻觅到的鸟蛋——那些海雀们日日夜夜用体温、心血和母爱守护的后代,加以无情残害……缭绕未去的悲情之云,将普里兹又一次裹挟在痛苦难抑的感伤中。

"报应!"眼角滚动着泪珠的普里兹,从牙缝里挤出两个字之后,脑袋一转,凝望着远处谜一般的天空。

北方的夜阳又向东偏过去旅鼠尾巴那么宽一点地方，只见蹲坐在碾盘石上的乌拉里斯突然谦恭地站起了身子，雪地里站着的群熊乱纷纷向两边闪开，坎图曼顶着一片朦胧红光，从熊群让开的一条路中走到前面。它看也不看那些白熊、飞鸟、雪兔以及旅鼠一眼，当然也包括那个战战兢兢的只是名义上存在的大王乌拉里斯，一步跳到碾盘石上。

旅鼠肯迪尔腮帮子神经质地痉挛了一下，发出一声谨慎的尖叫。自视颇见了些世面的雪兔法比奥，瞪了它一眼，将一张最适宜啃食草根的三瓣嘴努了努，露出俩还算齐整的板牙，说："看来兄弟你没怎么出席过规模如此宏大的场面吧？嘻嘻，用不着有什么大惊小怪，咱们就跟着看热闹吧！"

"白熊谷白熊一族各位贤达和有翼及啮齿两个部落的贵宾，现在已经悉数到齐。咱们今天聚在一起是为了共同商量、决定白熊谷的一件重大事情，也就是要不要接纳一位流浪汉重新加入白熊族群，并让它在雪谷里留下来。"坎图曼说。

白熊们过惯了独来独往的生活，对外面那些无关自己的事，向来比吃饱了肚子睡大觉缺乏热情。此番能一个个从舒适的洞府里爬出来参加这样的活动，半是好奇，半是无聊，半是纯粹出于消化食物上的考虑。坎图曼深知同类们慵懒怠惰的性情，开会前耗费了许多的脑细胞，才构想出如此一段足以吊起听众胃口的开场白——这果然激发起白熊们的强烈兴趣：

"流浪汉加入族群，还要住在白熊谷？"

"这位流浪汉是哪方神圣？"

"……"

雪地里白熊呜呜啦啦发着各种议论。碾盘石上尴尬的老王乌拉里斯，好像真的变成了一尊面无表情的蜡像，紧巴巴绷着一张脸儿，如果有飞蛾扑上去甩上一窝卵儿，都不会动一动。分列两旁的那些会飞的和会钻雪窟窿的特邀宾客，眼盯在碾盘石上，各自想着各自的心事，没有一个出来表态说话。

坎图曼旁若无人地扫视了一眼冰蘑菇、巨型石笋和开始闹嚷嚷的雪地，猛然吆喝了一声，要黑云彩站起来给大伙儿亮亮相。

黑云彩双腿站立，直起身子转了一圈，逐个向大家鞠躬致意。

"来，再转一圈，让大家好好瞧一瞧你。"坎图曼审判犯人似的又吼叫了一声。

黑云彩按着它的意思做了，慢慢地转动着身子，表现得谦和有礼。

"怎么样，"坎图曼扑扑地抽动着鼻子，又眨了眨眼睛，伸出一只前掌指着下面的黑云彩，向白熊们喊道，"诸位都看清楚这位阁下的尊容了吧？是不是不一般啊，哈哈。"

其实用不着坎图曼不怀好意的挑动，各洞各路白熊一来到碾盘石底下，便看出这个相貌、举止都和它们不太一样的同类，额心当中长着一撮扎眼的黑毛毛，宛如墨汁里爬出的一只象鼻虫。如果说额心黑毛毛于视觉而言，所引起的还只是强迫症患者那样的生理反应；那么，气味对嗅觉造成的颠覆性冲击，则有十足的理由让它们从心底生发出一种强烈敌意。嗅觉力比十条狗加起来都灵敏的白熊们，尚未走到黑云彩的近前，外来者身上那股在人类聚居区住久了才会有的很特别的气味，那股酸酸的、臭臭的，一旦沾染上便将永远无法抹去的可怕气味，已经抢先一步出卖了它。众多白熊在困惑、疑虑、憎恶当然也掺杂着同情与理解的复杂情绪中，用探询、讶异或警惕的目光，审视着眼前这位不速之客。

坎图曼看透了白熊们的心思，也知道它们的痛处在哪、痒处在哪，就趁此机会继续鼓唇撩拨：

"作为白熊谷的居民，大家不能不知道在我们的族典里，白熊之所以成为白熊，成为熊族中最高贵的一支，除了种属和品性等等之外，还有最重要的一条——嗯，最重要的一条，大家知道是什么吗？那就是对外貌毫不含糊的标准要求：必须一身通白三点黑——"

白熊们摇头晃脑，目光里一片茫然。连多年称霸雪谷的乌拉里斯，也听得如在云里雾里，一脸狐疑。雪兔法比奥和旅鼠肯迪尔支棱着听力超群的耳朵，一会儿看看台上，一会儿看看台下,大气不喘一口。

坎图曼也没想到一直笨嘴拙舌的自己,还能讲出这样一番有根有据的宏论,会众恭敬谛听,风雪也不来打扰,现场效果出乎意料的好。它清了清其实并无不适的嗓子,顺着刚才抻开的话头,又得意扬扬阐发开去:

"大家千万不要小看了这个外貌上的要求,更别以为只有那些可怕又可恶的人类才会以貌取人,不是的,我们白熊族典里就有这样明明白白的标准:一头正宗、纯良的高贵白熊,必须一身雪白如玉,唯独眼睛、鼻头和嘴巴处三点为黑色——三点黑映衬着一身白,这就像星星呼应着月亮,云彩点缀着天空,这就是我们真正白熊的标配,这就是上帝给我们量身定做的华服……可咱们眼前的这位呢——"坎图曼轻蔑的目光瞥向黑云彩,"额头的正中间却多了一个铜钱大小的黑点,那就成了四点黑,这、这还算是白熊吗?还算是咱们白熊谷的族民吗?"

坎图曼说完拿眼角瞟一眼乌拉里斯,说:"您说呢,大王?"

乌拉里斯忙不迭地点头讨好,说:"是的、是的。"

冰蘑菇上的大白鸥萨沙,对坎图曼的一番高谈阔论颇为惊讶,贴在卡门耳边小声说:"真想不到,这样一套套的话,能从它的嘴里溜达出来。"

卡门说:"坎图曼有意要把水搅浑哩。"

善良的鸟儿们不由地为黑云彩担心起来。伊利和安诺急得不停地走来走去,冰蘑菇上一层软软的雪,被踩踏得和玻璃板一样光滑。"和老王乌拉里斯一样,"普里兹说,"坎图曼也不是什么好东西!"

坎图曼不怀好意的煽动,很容易便把头脑简单者身上最劣根的那部分激活。果然,老光棍布里班小丑似的跳出来,蹀躞着小碎步子跑到黑云彩跟前,挤眉弄眼,又是嗅又是看的捣了一阵子鬼,阴阳怪气地说:"哎哟,这哪里是白熊,分明就是个怪物嘛。"

育有一子一女两个娃娃的母熊萨丽丝,是布里班新近勾搭上手的相好,见老光棍开腔,当即飞过一个风骚的媚眼表示支持。然后又凑上前去,接着布里班说话的余音,戏耍黑云彩道:"我说这位小朋友啊,黑点儿长哪不好,你单单叫它长到额心上,这不就叫'丧门黑'嘛。"萨丽丝说着掉转脸朝向大伙,眼睛里掠过一道只有荡妇的眼角才能飘出来的眼神,"这简直就是个灾星哩!谁下冰海碰到它,只怕连个小海狗子也逮不着的。"

有几头素日里惦记萨丽丝美貌却碍于布里班而无从下手的公熊,一听萨丽丝把黑云彩贬得一钱不值,也跟着瞎起哄,有的说"差了种",有的说"不吉利",还有的干脆把黑云彩说成是"伤风败俗",以此来讨萨丽丝的欢心。萨丽丝一脸得意,摇头晃脑。

"这也太欺负人了吧!"熊群中一只还未长足个头的叫维娜的母熊,气不忿地对它的妈妈说。妈妈赶紧用肩膀碰擦了女儿一下，示意它别多说话。维娜说话的声音不大，却真真切切地跑到了黑云彩的耳朵里。黑云彩感激地看了维娜一眼。

"喂，咱们可都是辨气的魁首、察味的班头，"坎图曼见火已经烧起来，又顺势添了一把柴，"难道就闻不到它身上有股什么特殊的味道吗？哼，那简直比不雅的面相还要可怕呢！"

有几个来得晚又离着稍远点的，真的走到黑云彩跟前，一边装模作样地翕动鼻子闻来闻去，一边仔细观察黑云彩的脸上、身上，就像邪恶的洛奇偷觑女神西芙的金发。

有一个说："我早就闻到它身上的味道不对劲，敢情是叫人养了很久吧？"

另一个则戏谑道："让人养着就是个吃软饭的，那你还来这天荒地老的白熊谷做啥？要我看，还是回到又酸又臭的人类身边去吧，大家眼不见心不烦，个个都素净。"

看看火候差不多了，坎图曼也不理睬老王，起身一个漂亮蹿跳，从碾盘石上蹦到黑云彩跟前，眼盯着它凶巴巴说道："怎么样，听清楚了吧？不是我坎图曼为难你，而是白熊谷整个族群都不欢迎你。请你识相点，该到哪儿就到哪儿去吧！"

布里班等一众白熊也跟屁虫似的随声附和，表示不愿意和这样一个有辱门楣的异类同居一城。

黑云彩一看坎图曼那咄咄逼人的架势和众熊态度，

知道再继续纠缠下去，也只是耽误工夫，于是转过身子想离开这里。才走出几步，忽听熊群中爆出一声大喝："且慢着！"

说话的是一头名叫哈利拉的公熊，威武彪悍，豪侠仗义，在白熊谷中颇有些威望。当下见坎图曼几个先是以貌取人，继之又拿身上沾了人味来羞辱黑云彩，它早就看不下去了。一听坎图曼又要赶黑云彩离开白熊谷，立即怒冲冲站出来打抱不平。它道：

"这么大的白熊谷，南达苔原，北通冰海，十座八座大山都装得了，岂能连一个黑云彩也容不下？再说啦，这个额心长黑毛的白熊，小的时候我就见到过，它的爸爸妈妈，说起来还是我的朋友呢，只因为它们死得早，小家伙就成了孤儿……如今这可怜的孩子回到咱们白熊谷，也就是回到了老家，依我来看，我们没有任何理由不收留它！"哈利拉说罢，迎着坎图曼阴鸷、豪横的目光，丝毫也不妥协地瞪了它一眼。

两人的目光在清冷肃杀的空中相遇，你冲我撞，互不相让，但只于眨眼间交战一个会合，坎图曼便低头败下阵来。哈利拉目光中有种毫不迟疑的东西，像直射冰雪的阳光那样，让坎图曼心头发虚，方才那股不知天高地厚的骄蛮，顿然痿泄了半截。坎图曼也不是死鹿蹄子不分丫的主，一看哈利拉如此强硬，所说又不是没有道理，自己也不好继续发难，就乐得个见好就收，却限制黑云彩只能在大石碇子以南，也就是离雪坡熊府约一公里处居住。这一带有歧视性的做法，就相当于让黑云彩做了白熊谷的二等公民。哈利拉和其他几头富有同情心的白熊，知道坎图曼能做出这样的让步，已经算是求之不得，也就没再说什么。

这个最终结果总算让卡门、安诺它们松下一口气来。"只要不远离白熊谷，"卡门说，"黑云彩就算没被族群抛弃。"

黑云彩一点也不在意这些。它不经意间瞥了碾盘石一眼，看到成群的蚊蚋、苍蝇和牛虻环绕着老王乌拉里斯，其中还有两只花斑飞蛾以及五只远古时期的黑肚红翅蜉蝣。它奇怪在这么寒冷的地方，怎么会有这样一群虫儿呢？而且，大家好像都没觉察到。

"怎么样啊，额头长黑毛的外来户？"坎图曼掷冰蛋子似的，冷冷甩过来一句。

黑云彩眼睛离开那些奇异的虫儿。心里想，住石碇子以南就住石碇子以南吧，虽说离熊城中心地带远了点，下冰洋也得多跑上些路，但总归是在白熊谷里安顿了下来，于大河和尤尼塔他们要是知道了，也会放下心来。它不卑不亢地朝碾盘石那边点了点头，嘴上什么也没说。

它转身离开的时候，没忘了向仗义执言的哈利拉和替它鸣不平的小母熊维娜表示感谢。维娜向黑云彩投来深情一瞥。啊，这是一道多么奇妙的目光啊！它从里面看到了天空的湛蓝、太阳的温暖、夏季沼泽地所有花儿的纯情与热烈……这道目光瞬间便印在它的脑子里。

在白熊谷平稳、安闲地度过一段时间之后，黑云彩才发现，虽然回到了属于白熊的世界，但自己和它们总像油遇到了水，很难真正渗融到一起。熊族有意无意地将自己边缘化，加上自己在卢特吉尔生活太久而产生的对熊族的离心力，使得它和这些同根同种又同族的白熊同胞，总如同生活在两个完全平行的世界里。

也许是额心长黑毛的缘故，也许真的是与人类一起生活得太久，白熊谷的居民大都对黑云彩敬而远之，往往还不等黑云彩来到跟前，它们就先早早地躲开，好像它额头那撮黑毛真的能给人带来厄运。也有一些生性平和想和黑云彩亲近一点的，但看到大多数同类的样子，也只好打消念头暂避一边。至于坎图曼和老光棍布里班以及母熊萨丽丝一类，则完全是另一副面孔，它们见了黑云彩，就像西班牙公牛看到眼前的红布，拉着个斗鸡架势，不是龇牙就是瞪眼，脖子梗梗着，总想在瓜蔓子上寻木头茬儿，似乎不如此便不能体现出它们在熊族的地位，也不能满足它们说不上是一种什么的奇怪心理。

此时的黑云彩虽然身体还没完全发育成熟，但要论个头力气的，并不在坎图曼之下。即使要单打独斗，也一点不惧怕。然而它不想和这些充满敌意的家伙，接着撕破脸皮，更不想节外生枝弄出些事端。在卢特吉尔的两年多，它不光从小熊娃娃变为强壮的大熊，一副体魄，威武彪彪，更重要的是长了见识，心路畅达，有了一个和它的同类们不同的大脑——遇上事情不是凭着本能和性子，直接用獠牙和利爪说话，而是先在脑子里多绕上几个弯子，把事情搞明白了，然后再分析种种可能出现的情况，从而做出最适合自己的选择。此外，跟安格卢闯荡一番雪原冰海，又受到很多磨炼，智慧的老狐言传身授了很多处世要略，使它对老冰洋的法则及生存之道，有了更深的理解，知道在这个世界上，光靠拳头和蛮力是远远不够的。上帝在造就某个个体生命时，或低级或高级，一定会把最独特的性与灵，同时赋予给它。在这方面，黑云彩似乎又独享了一些唯有天赋异禀者才得以享受的"特殊待遇"，因此在面对坎图曼它们的挑衅和侮辱时，总是表现出兽类罕见的冷静与克制。

这天，黑云彩刚出洞府，看到母熊萨丽丝带着自己的一双儿女在外面玩耍。两个已经快长成大熊的宝宝，把大石砬子不远处那块冰冻的饽饽顶大石头，当成了托儿所的滑梯。笨腿笨爪子爬上去，又一个屁股蹲儿跌下来；爬上去，再跌下来。骨骨碌碌，眼睛、鼻子和嘴巴挂了一层白，个个雪猴儿似的，快乐得不知天上地下。那做母亲的趴在一旁的雪地里，两只乌黑漆亮的眼珠儿，一眨不眨地瞅着它们，目光里流露出这个世界少有的慈祥与爱怜，即使寒冰冷雪，都能感应到有种要融化的温度。

天伦之乐的美好场景，触动了黑云彩心中最柔弱又最敏感的那个位置。它自然而然想起了印象模糊的童年，温馨、甜美和爱抚它都曾经拥有过，可惜复可怜的是一切都太短暂，短暂得几乎如同极夜中多彩的光束，放开得虽然绚丽，但逝去也非常迅即，到最后留在脑海里的就是一些斑驳的亮点。黑云彩触景生情，心里一阵热乎，就连蹦加跳走上前去，想和小宝宝们一块儿玩耍玩耍。

萨丽丝见了，呜地低吼了一声。黑云彩没听出这是警告，还觍着脸往上凑。那位慈祥的母亲，突然间变脸成一尊凶神恶煞的金刚，身子一挺跃到黑云彩跟前，厉声道：

"呔，丧门星，你这丑陋的家伙，想干什么？"

黑云彩犹豫了一下，说："我没有恶意，只是觉得有趣，想一起溜冰玩耍一会儿。"

萨丽丝道："就凭你额心黑点和身上的人腥味，哼，休想和我的孩子们一起玩耍！"

坎图曼恰在这时走了过来，立即给萨丽丝帮腔："让孩子们离它远一点儿，别沾了晦气。"说完，不怀好意地朝黑云彩龇了龇牙。

黑云彩不想和它们发生争执，转过身，默默离开了饽饽顶。

"喂，丧门星，"坎图曼对着它的背影说，"等着吧，你总有一天要倒大霉的。"

萨丽丝余怒未息地嚷着："没错，这一天不会太远，我们会让它付出代价。"

Ⅲ 异类 / 077

熊城是个永远也消停不下来的世界。雪谷里看上去冷冷清清、单调寂寞，白熊们的生活似乎也只是吃了睡、睡了吃，一切都直截了当、简简单单。实则不然，这里和所有会喘气的生物王国一样，注意，是和所有会喘气的生物王国一样，也是一个充满欲望的世界。洁白的冰雪、纯净的空气和静静流淌的时光，只是其外壳或者表象，某些生物中由攫取食物这一最原始、最基本物质需求，而进一步生发出来的对精神世界的控制，正像从来不会停歇下来的风一样，永远强劲地掠过地球最北端的荒野。白熊谷里各种族居民哪个都心知肚明，坎图曼登上大王宝座公开发号施令，只是迟早的事。坎图曼自己更是半点也不曾怀疑，不仅不怀疑，而且实际上早就急不可耐地在台下耍起了大王威风。既然已经有了做王的能耐，为什么还不把老王像以往任何一个落败之王那样，霹雳火闪地赶走？上帝知道，这正是坎图曼不同于别人的狡黠之处，更是聪明之处——它想通过对已经失威失势成为强弩之末的乌拉里斯，用最后的看似还仁厚的怀柔之策，把老王像玩偶那样随意摆布摆布，"虽欲使之灭，却先使其活"，一方面显示自己的高明手段，一方面欲达收服谷民之心的效果，以此逐步实现对大家尤其是对白熊一族从肉体到意识、意志的统治。黑云彩像天边的一朵白云飘来白熊谷，坎图曼在鄙夷与敌视中，又如兔儿之于鹰隼那样，感受到了一种从天而降的潜在威胁，它本想通过召开族群大会的方式，名正言顺地将黑云彩赶出白熊谷，这样还能借机树立威望，给业已开启的称霸大业铺平道路。哈利拉一顿横炮，把它的精心布局打乱，坎图曼表面上还算克制，并没不依不饶地穷追猛打，暗地里对黑云彩的憎恶与戒备之心，却是有增无减。第六也或者是第七感官告诉它，在未来的日子里，它和黑云彩必有一战。惨烈的决斗既不可免，倒不如趁其羽翼未丰、立足未稳，先将其一刀拿下，永绝后患。

坎图曼一直在暗地里寻找这样的机会。

黑云彩看透了坎图曼的心思，处处小心翼翼，就连去冰洋上打猎，也往往都是等坎图曼它们走了之后，才慢慢悠悠走出白熊谷。到了冰洋，也不和它们去往一个方向，更不会走向同一个地点，只要能不打照面就尽可能避免打照面。打猎回来，又故意磨磨蹭蹭，等这些家伙都入了洞府睡下，才悄悄回到大石砬子南面自己的家。看它老是躲着坎图曼，豪侠仗义的哈利拉很不以为然。有一回，黑云彩从老冰洋回来，路过碾盘石的时候，正遇见坎图曼趴在雪地里晒太阳，它稍微迟疑了一下，便兜了个大弯儿转过去了。

"坎图曼是挺欺负人的，可你为什么要这样怕它？"哈利拉说，"它就是仗着自己块头大，但是你一点也不比它弱呢。"

"弱不弱的，倒也不是怕它，只是不想打得两败俱伤，那样对谁也没有好处。"黑云彩说。

"这是个野心勃勃的无赖，会蹬着鼻子上脸的。"哈利拉说着，抬起前臂来扬了扬。

哈利拉说得没错。坎图曼看着黑云彩一味躲避，以为它胆小不敢接招，便越来越肆无忌惮、得寸进尺。

一个落雪的午后，连着睡了两天两夜的黑云彩，让过于靡费的睡眠弄得有点脑仁儿疼，睁开眼发了会呆，感到闷卧在洞中的时光，像一潭静止了的水，实在无聊之极，就想到冰洋上走一走。冰封雪裹、变幻莫测的老冰洋，总会带来意想不到的新鲜刺激，寻觅与搏杀，使平淡的生活意趣无穷。

老冰洋真是个好地方。这里永远是白熊们的免费饭店，只要饿了，尽管来吃，冰洋自会为你预备享用不尽的美食。当然啦，你也得预备下享用美食的本事。另外，这里又是它们的游乐场，闲来无事走上一走，会让你有看戏般的享受，因为极北之地的所有动物，都会按照各自生存法则，在这个大舞台上真情演绎它们的生动故事，所以每天都会有看不尽的光景。退一步说，即便你啥也不图，只是来遛遛弯散散步，那也是一件很不错的事哩。悠闲地漫步在雪地里的时候，首先那份惬意，就是哪里也比不了的。

黑云彩今天并不饿，也不是来看啥光景，只是想到冰洋上随便走走，兜上一圈儿，散一散心。三天前，它捕获了一头体型并不太小的海象，饱饱撮过一顿，即使再有七天八天的不吃什么，肚子里的存货也消化不完。剩下的肉，一部分赠予了雪鸮卡门、大白鸥萨沙以及雷鸟夫妇等,一部分埋到岸边雪地里储藏起来。这时,又想到了雪狐摩西卡。它的住处离此并不远,就又转了三道雪谷和两座蓝光晶莹的冰山,把它找了来。结果摩西卡跟着大过饕餮之瘾,也仍然没有吃得完,黑云彩只好让它悉数带走。

请朋友们共同分享猎获成果,让黑云彩感到无比的充实和快乐。活着真是太美好了!漫步在冰洋上的时候,它想起了卢特吉尔,想起了阿黄、弗里特和安格卢,还想起冰洋上结交的好多新朋友,它觉得自己还是非常幸运的,在哪儿都有贵人相助。走到离捕猎海象不远的地方,恰巧又遇到了伊利和安诺,这对好心的雷鸟夫妇告诉黑云彩,捕获海象的事让坎图曼知道了,特别是把肉分给鸟和狐狸,却偏偏不向它表示一下,因此像错吃了枪药似的着恼上火,在冰上到处散布黑云彩的坏话,说总有一天会让黑云彩吃不了兜着走。坎图曼的这种小肚鸡肠和咄咄逼人的做法,连雪兔法比奥和旅鼠肯迪尔都暗自耻笑不已。

"我原以为坎图曼劲儿都用在对付老王乌拉里斯上,"伊利忧心忡忡地说,"但现在来看,你才是它心目中真正的对手哩。"

"这当然喽,"安诺说,"乌拉里斯是条蹿到冰上的飞鱼,憋着劲儿蹦跶也折腾不了几下,可黑云彩不一样,就凭身上的那股子生气,也叫它打心里发怵。"

伊利点了点头。

安诺又说:"我俩傍晌天离开白熊谷的时候,看到坎图曼也晃晃悠悠往这一带来了,你一定得多加小心,千万别吃了它的黑亏,这家伙可是啥都能干得出来。"

黑云彩真诚地表示了感谢,同时请雷鸟夫妇它们放心,说自己一定会多加留意,然后和它们道别分了手。

雪越下越大,刚踩踏过的踪迹转眼间平复如初——老天爷总以这种愚蠢的方式掩饰真相,当人们再看到这个世界的时候,往往就成了另外一个样子:历史的疤麻被敷上一层漂亮的白粉——黑云彩并不理睬这些,它快乐得像个溜冰玩耍的孩童。心底和雪一样纯净,情绪如火一样热烈,撒欢追逐着被风旋起的雪龙,遇到像饽饽顶那样的冰包,就飞步登顶,然后倒身下滑,骨骨碌碌打上几个滚儿。爬起来之后,来不及抖一抖满头满脸的雪粉儿,便冲着飞雪的天空,冲着混沌一片的老冰洋,放开喉咙,大吼上几声。

它很喜欢独自一个在雪地里行走、奔跑,扑踏扑踏,脚踩下去就是一个深深的窝儿,柔软平滑,像踏在绸缎上,爪儿的一抬一落间,美妙和愉悦便簌簌地传递到心里。特别是吃饱喝足之后游走在雪地里,天底下静得好像还没出现伊甸园那所隐藏着诱惑的美好园子,跑到眼睛里的什么东西都干干净净,让人有说不上的爽心悦目,偶尔一只小鸟儿凌空飞过,飘来的啾啾鸣叫,就像专门唱给自己的歌。哦,天啊,地啊,老冰洋啊,我喜欢你们,热爱你们,我要给你们跳一曲只有最懂得感恩生活的白熊才能跳出的曼妙舞蹈……

　　雪幕中有个影子，鬼魂似的倏然一闪，忘情在怡然自得中的黑云彩打了个激灵。它停下了乐颠颠腾挪的脚步，凝神细看。慢慢地，那个朦胧迷离的影子、那种特有的氨水气味，与现实中的魔王，聚合成一个真实存在的具象——黑云彩看清了，那是坎图曼。

　　它和白熊谷里其他居民碰上这个冤家一样，知趣地往边上闪了闪，想给坎图曼让个道儿。却是大天白日撞见了鬼，黑云彩往哪边躲，坎图曼就往哪边跟，躲着躲着两头四眼地顶到了一起。

　　"见了我怎么老是躲啊，难道躲就能躲得开吗？过了初一还有十五呐！"坎图曼说完，两眼紧瞪着黑云彩，明显一副找碴儿的样子。

　　黑云彩说："请不要误会，我只是想给你让开一条路，这也是对你的尊重。"

　　"哼，说得好听，是对我的尊重，既然这样，那你弄到海象咋不先来孝敬孝敬本王？我可是连肉渣儿也没看见呢！也许……"坎图曼眼里露出凶光，"在你的眼里，我坎图曼连那些鸟儿和狐狸也不如！"

　　黑云彩说："这话说重了。在老冰洋上，谁家打个海象、海豹的，不都是些平常事嘛。"

　　坎图曼嚎叫了一声，说："老子今天也不管啥平常事不平常事，就想教训教训你这个丧门星！"

说完一掌向黑云彩的头上劈来，黑云彩侧脸一躲，脖子上便重重地挨了一下。坎图曼跟着又是一掌，黑云彩一跃跳到了一边，说："你要是真想打架，咱们可以公开决斗一场，但不是现在。今天我只是想在冰洋上走一走，消化消化食儿，不想把好心情破坏掉。"

坎图曼喘过一口粗气，说："那好，咱们找个时间决斗，就当着白熊谷全体居民的面儿，让你服服帖帖，免得让大家说我坎图曼欺负你！"

黑云彩说了声"定当奉陪"，便转身离开了。

IV 白鲸

即便是最优雅的垂钓者也未必有如此从容——在上午的浓云遮住例行应该将光芒投射下来的那个名叫太阳的可爱家伙时，黑云彩趴在一座比白熊谷碾盘石还要大上几圈的船形冰山上，居高临下观赏着眼前一道乌黑发亮的冰缝，就如同注视着马上要开始一场精彩绝伦歌舞表演的T形舞台。黑云彩双耳微竖，眼睛明亮，神态安闲自信，最具身份标志性的额心处那个黑点，在晶莹寒冰的映照下，透出比黑宝石更温润的光泽。

神奇大自然永远忠实地服从造物主的安排，经无形之手演绎出的所有奇妙，总让人在心灵深处产生持续久远的强烈震撼。昨夜三更时分，如果有哪位神通广大的游侠，恰好途经此地的话，那么它一定会看到黑云彩此刻注视的这道狭长冰缝，在那时候其实是一片能装得下二十甚或三十个足球场的微波荡漾的水域，其间还有一条小河似的水道与另一片水域遥遥相接。雪鸮卡门三天前曾因为替黑云彩传递口信给公狐摩西卡时路过此地，高天飞翔的俯瞰视域开阔，它目光所及的水域披着一层厚厚的银色铠甲，和冰洋上其他地方没有什么两样。回来时，它还栖落到一座造型怪异的冰丘上歇脚，梳理了被风弄得稍微有点散乱的羽毛。

或许只有安格卢那样的得道老狐，才能在一切还不明朗时，便早早看清白熊黑云彩心里业已形成的真实意图。昨日傍晚，海冰发出的痛苦哀号在冰洋上空打着战滚动，簌簌战栗的气流撞散了漫天乌云。刚闭上眼睛准备进入温馨梦乡的大白鸥萨沙，站在冰洋雪地里的两脚，突然感受到雪崩般的震撼，无法言明的恐惧惊得它趔趄了一下身子，然后抬起牛油果似的滑稽的脑袋四下张望。老冰洋的异动，让早已习惯了其喜怒无常的海鸟也难免有些吃惊，萨沙看到（其实是感觉或意识到），从来不知疲倦的洋流大仙，忽然爆发雷霆之怒，上冲下卷，翻涌滚动，很快将披在身上的坚硬铠甲当胸豁开一道口子。紧接着，它的伙伴兼密友风婆子，这位上苍派来的魔幻大使，抓住这难得机会借威发力，在甲衣裂开的缝隙中，不遗余力地施展助其快速分解的神通。即使战神阿瑞斯那样奇特的铠甲，也经受不了同时来自上下两股力量的扭绞、挼揉、撕扯，在轻微呻吟变成震耳欲聋的痛吼声中，终于破开一个巨大的孔洞。一湾子突然失去枷锁禁锢的海水，带着三百年前就梦想见到天日的痛苦渴盼，激动地哆嗦着碧波万顷的柔软身段，鼓荡出因压抑太久突然获得自由而溅满兴奋泪花的层层涟漪。

这有多么神奇啊，原本一片浩浩茫茫的白色荒漠，冷酷，麻木，窒息活力，扼杀生机，只在睡眠时间并不长的鸟儿们做个香甜美梦的空当儿，便忽然变成化育生命、利养万物的水中牧场，那些鱼呀虾呀把这里当成饱食无忧的快乐天堂。殊不知诡谲多变的老冰洋把什么都玩弄于股掌之上，经过一系列反复无常又毫无厘头操作的结果，把这里营造成一个再小心戒备的猎物也不易觉察的死亡陷阱。毁灭与生存，希望与沮丧，这些互相对立的事物，就这样有趣地由着诱惑这一魔鬼的引领与导演，同时显现在地球上这片难得之地，此消彼长，交互演进，热闹非凡。

　　黑云彩是在晨光熹微中登上这座船形冰山的。那时候，这件水与寒冷的杰作，真像一艘远航的船儿那样稳居于波涛之中。如果有合适的光线从合适的角度透过来，会看到她映照在水里的倒影，既沉稳端庄又婀娜多姿，比露在上面的部分更加俏丽动人，这极有可能会让一些长空远翔中急欲栖落冰山的鸟儿，因顷刻间产生错觉而一头扎入水下。冰岸如望风披靡、惊悚溃退的败军之旅，一路丢盔弃甲，获得新生的海水，以本就擅长的桀骜不驯欢庆着迟来的解放，黑云彩驾乘的冰山之舟，以常人不易感觉到的缓慢速度凌波而行。眼尖的大白鸥萨沙，这个把跟在黑云彩后面视作一种快乐的乖觉小鸟，清清楚楚看到碧波中两条体态曼妙的白鲸，紧紧追逐着一群栖栖遑遑的裸盖鳕鱼，从另一片开阔水域游了过来，两道因翻腾而打起的水花，像极了胜利者在庆功宴上狂撒的香槟泡沫。想象力一点儿也不贫乏的萨沙，为预想中的美味大餐兴奋得摇头晃脑，它甚至暗自庆幸在昨日的掠食中，没有和几只远道而来的黑头鸥争抢一块朽烂发霉的海豹尾鳍——适当的饥饿感会使届时的进餐有更好的胃口。

雪鹀卡门、雷鸟夫妇和海雀普里兹等众多朋友，接到黑云彩邀请一起到冰洋上打猎的口信时，黎明前的最后一抹黑暗刚刚从白熊谷东岸山尖上消失。口信是大白鸥萨沙不辞劳苦从老冰洋上飞过来逐个向大家传达的："如果不出什么意外，今天会有一顿丰盛的鲸肉大餐请朋友们品尝。当然，也欢迎朋友们一早就能赶到狩猎场，观赏一下漂亮的白鲸在成为美食之前进行的精彩表演。"黑云彩的盛情让卡门和雷鸟夫妇它们大为感动，几乎没有多作耽搁，可爱的鸟儿们便一路唱着欢快的歌曲，结伴飞到那片才解封不久的无冰水域，选择在一道人头高的冰岭上安顿下来。这里距水边不远，隔着黑云彩所在的那座船形冰山，刚好是一条强壮飞鱼稍一振翅便能滑翔到的距离。

一湾子越来越汹涌澎湃的海水，被风婆子和洋流大仙缠搅得更为凶险难测，水面只有扩大，却不见半分缩小。这些极北之地最有见识也是最有耐心的鸟儿们，的确也在萨沙的指点下发现了那两条尾随鱼群而来的白鲸。但这些水中骄子在宽阔的水域里，远比沙漠里的野骆驼更能惬意享受大自然带给的厚赐与快乐。它们在浪花激荡的海水里，自由自在地遨游，完全看不出有被趴在冰山上的那位觊觎者成功狩猎的任何可能。

狩猎现场的亲眼目睹，让乘兴而来的鸟儿们倍感困惑，一个个抻着细长的脖子，骨碌着状如绿豆、黑豆抑或豌豆般的眼珠儿，茫然四顾，神情怪异。它们对好朋友黑云彩狩猎的宏大计划以及由此而来的美味大餐，少不了产生像人们对堂吉诃德骑士大战风车那样的疑虑。

"真不知这位黑云彩朋友是怎么想的，"海雀普里兹眼望着那座横在波涛间的船形冰山，脑袋一歪，有点丧气地嘟囔道，"烟波浩荡的这么大一片汪洋，它竟有什么法术能将这两头机灵如猴、雄壮似虎的白鲸大侠捉拿到手？"

"是呀，你看它们腾跃游动的样子，多么欢实，多么有力，简直像两条水中霸王，打起的浪花能飞上云彩！"伊利说着叹息一声，又换了一种口气，"与其说这是要成为我们盘中的大餐，我倒更愿意相信眼前的宝贝，只不过是水中的月亮、画里的饼，或者是——唉，怎么说呢，别是黑云彩在做梦吧？"

安诺说："要是黑云彩有阿耳戈英雄那样的本领，兴许还有点希望。"

"要依我的拙见，"卡门不急不慢说道，"既然黑云彩能那么肯定地请咱们赶来吃白鲸大餐，它自然有它的道理，我以白熊谷的大石碇子发誓，它可从来不打诳语。无须着急，上帝赐予咱们的时间非常充裕，闲着也是闲着，耐下性子慢慢等着吧。你们瞧，水里的涌浪越来越小了。"

一直习惯于跟随黑云彩打猎的萨沙，从清早到现在，就像第一次依靠自己能力飞上蓝天的雏鸟一样，难掩内心的兴奋。它接着卡门的话说道："对呀，咱们有的是时间，就按卡门说的那样，慢慢等吧，我们的好朋友黑云彩完全值得信赖！"

安诺点了点头。伊利和普里兹它们也没再说什么。在静静流淌的时光中等候美餐的降临，是一种唯有奥林匹斯山上的众神才能得到的超值享受。退一万步说，即使最后美餐化为美梦，仅凭与好友们聚在一起观看一场白鲸戏浪表演，也毫无遗憾可言。

朋友们忧虑的雾翳，也曾在黑云彩的眼前飘过。昨日傍晚它踏足老冰洋的时候，受到某种神秘力量的指引，四条腿儿不知不觉间将它带到了这片险象环生的冰区。"不要拐弯，到这里来。"恍惚间，一个苍老的声音自空蒙的远处滑过黑云彩的耳畔。天空紫电闪耀，雪尘翻滚，云彩如一群受惊的非洲大象向东北狂奔，发出的阵阵嘶响使人恐惧。黑云彩如踩在即将喷发的火山顶上那样，小心翼翼择路而行。足下冰盖瑟瑟抖动，像有千军万马随时要从地府中杀奔而出，身上毛毛被一波波强气流戗得如原上之草般望风倒伏。即使白熊谷的大石砬子突然崩塌也不会让它如此惊奇：眼前浮冰随着末日丧钟那样的巨响分崩离析，白茫茫的冰区化为一片黑潮翻滚的汪洋，风催流涌，冰山摇摇，鲱鱼、茴鱼、鳕鱼、比目鱼，就连有"海中金丝雀"之称的白鲸，也游了过来。

或许，只是那个隐形巨掌的一节小手指，在不经意间轻轻一点，一切便在眨眼之间做了重新安排。

"看见了吗？"仿佛还是那个苍老的来自空冥的声音，悠远回响犹如隔着一条星汉灿烂的银河，"水中畅游的白鲸，将是你和你朋友们快乐聚会的晚餐。"

在爬上那座似乎是专门为它准备的船形冰山之前，似有若无的声音仍如掠水之燕，贴在水面上低低回旋。"白鲸啊白鲸，你这迷人的家伙，咱们今天算是见面了！"黑云彩嘴里说着，眼睛看向正在波涛间戏水的两头白鲸，忽然又满腹狐疑，不太敢想象它们健壮灵活的漂亮身躯，会与自己的晚餐产生一种怎样的联系。"即便是把海神波塞冬的三叉戟借过来，"它想，"只怕也拿这些欢蹦乱跳的精灵没啥法子。"

前后只是单腿直立的红胸黑雁闭眼打个瞌睡的工夫，疑惑的云雾便已经从黑云彩心头飘散殆尽。远处传过来一声沉闷的喘息，像是什么人重重地呼出了一口气，随着而来，激飚熛怒的西南风，忽如狂奔的野马被绊索套牢，桀骜不驯的洋流，也像泄了气的皮球无力鼓荡。冰上积雪柔光融融，水面波平如镜，空气里飘散着夏季沼泽地里的酸甜气味，一派少见的宁静与祥和，抚慰着性情暴躁的老冰洋。两头看来已经于追逐猎捕中得到满足的白鲸，在奇迹突现的平静水面上悠然自得、乐而忘返，全然不晓得吞噬一只扑火飞蛾的烈焰，已经在它停不下飞翔的翅翼之前熊熊燃烧。

冰洋剧烈动荡之后出现的短暂平静，是冥冥中垂自太虚幻境的一道愈发模糊难辨的雾幛，那些目光短浅又不善于对任何事物做深究细研的冰洋生灵，凭本能和直觉做出的反应，十分滑稽可笑。有的像极夜过后第一回见到日出那样欢天喜地，有的则如看俙了刮风落雪似的麻木不仁，它们只是觉得更安稳、更舒服了一些而已，然后一如既往重复着自己从老祖宗那里复制过来的往昔。黑云彩自然没有这么简单。仅仅是风向、风力的微妙变化，洋流、冰情的隐隐异动；仅仅是一片云、一簇雪、一块冰、一滴水；仅仅是一缕光的明灭、一抹气息的有无，它便能和躯体之于灵魂那样，从中感受到那束来自神秘之地的灵异之光，穿过凡俗的昏昏怵幔，穿过时间的荒荒尘垢，烛照到最容易在寻找与选择中迷失自我的幽冥心底。

现在，它感觉到了，一点没错，那束石火般一闪即过的灵异之光让它捕捉并感觉到了：老冰洋上一场新的突变正在平静中坐胚孕育，空气在不易察觉的微微颤抖中显出倒流端倪，水面皱起的罗圈纹也于无意间预泄了未来秘密。黑云彩带着比已经猎获成功还要满足十倍的兴奋，找到守候在不远处的一座冰崖上的大白鸥萨沙，让它把自己心中的盘算，赶快告诉卡门、普里兹和雷鸟夫妇等——捕猎的惊险、有趣过程和盛宴的快乐，如果没有好友参与分享，那一切都会变得索然寡味。

一条蚯蚓拖着长长的棕黄色尾巴，带着孤独的忧伤，从南面天际浓厚的云层中爬了出来——那是一道迷失了太阳的光，也或者是被蚕食得只剩下了一道光的太阳。她在云的封裹下虽然微弱到可以忽略不计，但在黑云彩心里却明丽无比。"你眼睛就是身上的灯，"它挪动了一下已经卧得发僵的身子，把两条前腿放得更舒服了一些，想，"也许，那蚯蚓，就是一个不错的兆头哩。"

摩西挥动手里的杖，红海之水退去又复合。黑云彩眼前仿佛真的有那样一根神奇的杖挥过，先前远遁的支离破碎的冰，那些冰的逃兵，经过逆变的风和倒戈洋流的网罗整合，经过酷寒加倍的凝结和重塑，又以一股超乎寻常的回旋力和毫不逊色于初时裂分的加速度，反扑、兜转了回来。这像是一个打开又合上的盖子，像是一扇敞了又关严的门，海水的自由在新一番拉锯战中被再次剥夺，无冰之域变成一片被蚕食的桑叶，一点点退缩、消失。一泓才见天日不久的澎湃汪洋，仅仅张狂到大半下午时，已经收敛成了一条不及白熊谷底一半宽的水道，如同被玉帝老儿遗弃在地上的半截破腰带，可怜巴巴躺着，等候被岁月尘封。

"你们瞧瞧眼下光景，"卡门说，"现在该知道黑云彩的良苦用心了吧。浮冰合拢其实是迟早的事，那两个宝贝，唔，我说的是白鲸，只怕插上圣马可飞狮那样的翅膀，也是在劫难逃了。"

伊利在风向骤变、浮冰乍显合拢迹象时，已经对自己原先那番抱怨有了悔意，此时，觉得黑云彩实在太了不起了，居然能通过气候的微妙变化预料到现在这样的结果，感佩之情油然而生。因而脱口说道："能够见证并观赏老冰洋上最优秀的猎手打猎，实在是一件很有趣也很美妙的事情，即便没有晚餐分享，我也照样心满意足！"

安诺点点头，爱意深沉地为伊利啄去溅在身上的一块冰屑。

"看呐，水面现在已经缩成了一道缝，四面的冰冰，就是四堵牢不可破的铜墙铁壁，嘻嘻，我的白鲸乖乖，普里兹甚至都闻到了你的肉、你的内脏、你的骨头和你的血液的那种特有香味。"普里兹像个幸灾乐祸的小丑，一边快言快语说着，一边甩头打了个响亮的喷嚏，两脚一颠，激动地在冰上跳着独步舞。

萨沙扑棱着轻盈的翅膀，前前后后到处飞，嘴里勾勾嘎嘎唱着歌儿，三番五次飞到冰缝上方兜圈子，替好友黑云彩巡视猎食者即将施展技能的战场。

冰上与水下，这是看起来挨得很近，其实却是两个根本无法连通的世界。猎者与猎物，一方生命的延续，靠得就是另一方生命的终结，二者会有交叉，却永远不会讲和。上帝让它们在各自的世界里做着各自的盘算，最后用某种特定方式进行不会再有第二次的拣选。

沃克和索尼娜是白鲸大家族中的一对恩爱情侣。它们和同族、同类的亲朋好友本来生活在北极圈偏南海域，温寒适宜的大洋环境加之肥美丰富的鱼虾，滋养得它们浑圆白胖、健壮有力、性情开朗。每一天，在别人看来是辛苦艰难的猎食活动，它们都会当成一件新鲜有趣的事情，唱着歌、跳着舞就愉快完成。忧愁、焦虑和恐惧之类，似乎永远不属于它们。命运之神在某个阳光半隐半露的下午，把一片注定会成为不幸的阴云投向了它们——沃克和索尼娜在快乐的嬉戏中悄然滑入宿命不可逆转的旅程。那一天，一群裸盖鳕鱼和一群比目鱼，几乎同时出现在它们的左前方，欢腾的鱼群下潜上浮，左回右旋，耍狮舞龙般制造出的一片片白色泡沫，如同鼓荡在春风中的万树梨花。已经在早些时候饱餐过的情侣两个，受到鱼儿们情绪的强烈感染，心情像龙宫中快乐仙子那样亢奋，突发奇想欲与鱼群做一个追逐玩耍的游戏。

"就跟着这一大群玩吧，"索尼娜妩媚的短喙向着鳕鱼群一撅，有些娇滴滴地说道，"它们往哪，咱们就往哪，即使是到天涯海角！"

"我想这一定是件再有趣不过的事情，"从来也不违逆爱妻意愿的沃克，把额隆凸起的圆头一点，立马做出积极响应，说，"反正，跟着这些可爱的鱼儿呀，永远也不用担心饿肚子——"

沃克说完吐出一长串珍珠般的水泡，然后猛地腾身跃起,在空中做了一个几臻完美又有相当难度的滚翻动作,嚓地一声笔直落入水里,水面竟连一朵水花花都没打起来。

以游玩的轻松心态跟随自己的猎捕对象悠然远足,无论如何也不能说它们缺乏想象力和创造力,更不能说它们不懂得浪漫和没有情调。沃克和索尼娜以前无先例、后无来者的惊世之举,就像赫拉克勒斯追逐亚加狄亚山坡上金角铜蹄的牝鹿那样,边歌边舞地跟上了鱼群。

它们选择了那群裸盖鳕鱼。这些头大口阔、脊梁杆子发黑的家伙,看上去族群更大、更生猛健游、心智似乎也更胜比目鱼一筹。但没过多久,鱼群首领便发现了两名锲而不舍的危险追随者。这其实是一支有大有小,又有银、牙、狭、蓝和黑线等各类鳕鱼混杂其中的庞大裸盖鳕鱼军团。在可以想见的短暂慌乱之后,首领启用了大多生物种群在危险状态下都会启用的一系列应急预案,它们将一些弱小者裹入中间,让体强力壮的担起在外围周旋保护的责任。迅速调整后的鱼群军团临危不乱,在首领的带领下加速向北狂游,凭借着奇鲁海神赐予的有限智慧和自身无限的求生本能,努力向北,向北,向着夜间有北极星的方向,一刻也不停地游动。鳕鱼们知道,假如不能在疾速游动中甩掉这两个看上去傻呵呵的恐怖魔头,那么,彻底脱险的希望,就只有寄托于浮冰密集的极北海域了。在那里,白鲸出水换气会变得困难,而鳕鱼则丝毫不受影响。

白鲸们欢天喜地的尽情游玩和嬉戏,对鳕鱼族群而言则是一场从天而降的灭顶之灾。顶风，逆流，远距离仓皇奔逃，一路伤亡及失踪事故频发，鱼儿个个担惊受怕，再加上一拨卑鄙无耻的环斑海豹和胡子海豹在半路上设伏，趁火打劫，裸盖鳕鱼军团终究还是以自身个体的弱小，再次体现了生物链条安排上的有序性和合理性，这也就是大自然的残酷性。在到达白熊谷附近海域时，弱肉强食的老冰洋法则，已经让它们元气大伤、溃不成军。原先浩浩荡荡的一支庞大队伍，只剩下惊魂不定的一小股，又被沃克和索尼娜紧咬着屁股赶到一条狭长水道，进入了碰巧和黑云彩相遇的那片开了又合的离奇冰区……也就是在这里，追逐者的角色开始发生意想不到的转换。

  不远千里追逐鳕鱼军团，把游玩与猎捕两种完全不同的生活状态，水乳交融般轻拢一起所获取的从未有过的体验，十分新鲜好玩，这让白鲸沃克和索尼娜一路上欢快无比。一泓水冰相映的大洋，爱意荡漾，情趣无限。

  在被鳕鱼引到那条水道并进入致命水域的时候，不知危险将至的沃克，为索尼娜表演了一手精彩的下潜绝技，它屏住呼吸，钻入水下，待了足足有给小鲸崽儿喂顿奶的工夫。起伏不平的海底世界，向沃克展现了迥异于水面的另一番风光：五花八门的水生植物长成一片葳蕤的森林，随水流摆动的婀娜样子，简直美艳到了极致！它在魔幻般的水下丛林中穿梭了几个来回，最后用短喙上海怪利维坦那样锋利的牙齿，采下两片最大、最长又最好看的橘红色海带，顶在圆而凸起的脑袋上浮出水面。

"漂亮海带是我送给你的礼物。"沃克张口喷出一股水流，一边说着，一边将从海底采来的宝物戴在索尼娜头上。

橘红色海带像极了一件丝绸云肩，索尼娜还从未披戴过如此好看的头饰。

"这太让我高兴了！"索尼娜紧贴沃克，甜甜地亲吻了一口，接着尾巴一摆，浑圆白胖的脑袋往上一扬一扬，欢快地跳起了"水草舞"，水面荡起一圈又一圈的桃花纹。随着漂亮波纹的增多增大，索尼娜舞蹈的花样也在翻新。它猛一下把这些宝贝高高地抛向空中，海带上的水滴便和珍珠似的四下飞散，每一回不等海带落到水面，又用灵巧的头颈准确接住，然后再抛起来，乐此不疲。

沃克看着索尼娜欢天喜地的样子，心里洋溢着满满的幸福。噢噢、嘎嘎、嗬嗬、啪啪……合着索尼娜舞蹈的节奏，它用鳍和尾轻轻拍打水面，追逐着那一圈圈的桃花水纹，情不自禁地为心爱的伴侣开怀伴唱。一群小鱼儿小虾儿也跟在它的后面，不停地转圈圈，冰海里歌舞升平，蒸腾着一派喜乐景象。

趴在冰山上的猎手黑云彩，眼见着即将成为到嘴之肉的猎物竟然欢歌曼舞、不知祸之将至，觉得很是不可思议，嘴里叹道："可怜的白鲸啊，你们难道一点也不知道，进入这四面是冰的水域，会有什么后果吗？这风向，唔，还有流向，对你们可是很不利呢！"

站在冰岸上看热闹的海鸟们，此时投向白鲸的目光中，也夹杂了很多疑惑。

是的，如果不是在此时此地，如果没有随后即至的以付出生命为结局的危险降临，沃克和索尼娜的欢快表演堪称精妙绝伦，对于听者和观者，也会是一种不可多得的美妙享受。然而，托浮它们身体游动的却是一片不祥之水，带来欢乐的歌舞也无异于一场死亡游戏。

当宽阔的水域变成一道窄河、坚冰扣棺材盖板似的紧着往一起合拢之时，白鲸们终于意识到大事不妙。欢娱之厦顷刻坍塌。索尼娜惊叫一声，一阵戳心剜肺的悸动在空气中传出很远，它猛地甩掉颈上玩物，口里扑噜、扑噜吐出一长串绝望的水泡。一块棱角骇人的碎冰，剑一样直刺过来，正在尽情歌唱着的沃克受到惊吓，一串刚发出的本来高亢的乐符，到后半截带着凄哀、尖锐的下滑音，倏然沉入水底。此后，命运比它们先前的追逐物好不到哪里去的两只不幸白鲸，沿着越来越狭小、越来越没有希望的水道或曰是冰缝，奋力向一端游去——天真的它们总把世界想象得过于美好，以为前面一定会有连通外界水域的生路。一番拼命的游动，其实只是更早一些证明了什么是尽头和无望。折回来再游向另一头，灰暗情绪再加添了一重沮丧。求生本能很容易使绝望中的精灵变成无头苍蝇。沃克和索尼娜慌乱中不停地重复着这一无效的怪异循环。漫无涯际的浮冰，露出死神的狰狞面目。它们闻到了末日来临时深海泰来草的花香，由此带来的颠栗在身上持续滚动。沃克和索尼娜东一头、西一头，一阵沉入水底，一阵又蹿出水面，性情越来越狂躁……

与仓皇挣扎的白鲸相比，黑云彩完全是另一种心境。它从未猎过白鲸，此前连活着的白鲸长啥样儿都没见到过。可从它在这片水域里第一眼看见它们，身体中的隐秘字典，立马自动检索到了白鲸的词条，当然也就明白了作为一名狩猎者应采取的战略战术。正如任何一个聪慧而又老到的猎手都会做的那样，它选择了以逸待劳。它知道，属于自己的馅饼，终归会落到自己的盘子里。

白鲸越是惊慌失措，便越加证明了黑云彩判断和选择的正确。它在用铁杵成针和披沙拣金的耐心，静等着冰缝合拢的那震撼一刻。即使冰洋上最老辣、稳健的猎者，也未必能像它这样沉得住气。真的，它一点也不着忙，甚至心情舒泰地看了一会儿天上飞渡的乱云，还闭上眼睛假寐，想了想卢特吉尔、阿黄和锥子山雪狐首领们的聚会。天地与它同在，它有的是时间和耐心。

遇到两头白鲸之前，它到离此有大半天路程的一片乱冰丛，拜访了雪狐摩西卡。冰雪构筑的临时洞府虽然过于简陋，冰冻过久的食物也不怎么鲜美，但摩西卡的热情豪放让它大受感动，加上胃口又特别好，直吃得嘴里冒油、肚皮溜圆，到现在一点儿饥饿感也没有。

摩西卡真够朋友。作为狐狸，它一点也不像人们说得那样既狡猾又卑鄙,时不时地还要玩上点小把戏。事实恰恰相反,它聪明、勇敢、豪爽,待黑云彩特别真诚。吃饭的时候,毫无保留地给它讲了很多狐界的生存之道,讲了自己的冰上阅历和猎食经验,还把在冰原沿岸的几处秘密藏粮点告诉了黑云彩(这一点很像安格卢)。要知道,在极北之地这样做,那就等于把命交到了别人的手上。它和黑云彩是在恋恋不舍中分手的,摩西卡在飞扬的雪里,一直把黑云彩送出了好远。

黑云彩想,冰缝里的这俩宝贝,又大又肥,只要把其中一个搞妥实,就够它和朋友们吃上一些日子了。它对此比狮子拿下一只非洲羚羊更有信心。"等猎物到手,就去找摩西卡过来。"黑云彩自言自语地说。在和这位投脾气的仁兄共度的所有时光中,轻松愉快,毫无顾忌,留下的回忆都是那么美好。因为摩西卡,它理所当然地又想起了安格卢。离开这位智慧的老狐已经有好长时间了,也不知它此时云游到了何处,心里隐隐有些牵挂。

黑云彩狩猎白鲸的消息,在冰洋上不胫而走。黑云彩的朋友们的亲朋好友,同以往遇到类似蹭吃蹭喝的好事总会闻风而动一样,立即成群结队赶了过来。有些毫无瓜葛甚至连个照面都未曾打过的海鸟,因为听说黑云彩豪侠仗义,从不恃强凌弱,也厚着脸皮从很远的地方蜂拥而至。这些前来打秋风又兼看热闹的鸟儿们,深谙冰洋规矩,自觉地在先到达者的后面站成一片。许多的鸟儿凑在一堆,爱叽叽喳喳的可敬习性表露无遗，离得很远，便能感受到它们强烈的因为鸣管超级发达而形成的音频磁场。但那些喋喋不休的聒言絮语，实际上都是有一搭没一搭的无关紧要的废话。它们内心里却是依从着肚子里的意思，老是惦记盛宴何时才能开始，真正能吃到自己嘴里的肉又有多少。对于它们来说——如果它们也有宇宙观的话，那么，此刻整个宇宙缩小得也就只剩那两条白鲸了。

卡门、萨沙、普里兹以及雷鸟夫妇这些黑云彩的铁杆好友，看到一时凑过来这么多张蹭饭讨吃的嘴，还聒聒噪噪地吵个不停，不觉有些嫌烦。它们贴着脖颈嘀嘀咕咕，开了一个人类社会到消亡也不会有如此简短的小会，便一起飞向黑云彩那里，在冰山半坡一个平缓处收住翅膀。

"我们忠实的朋友，"卡门两脚刚踩稳冰面就嚷嚷道，"你带来的总是好消息。"

安诺说："我们已经在那边待了好久，看你狩猎，就和看到雅典娜种下希望的橄榄树一样，真是一种难得的享受。"

黑云彩说："碰巧遇上两个不知深浅的家伙。其实在水域还开阔的时候，它们有足够的时间逃生，只可惜光顾着唱歌、跳舞，就成了现在这个样子。"

伊利和普里兹几个，也欢快地和黑云彩打了招呼。

黑云彩很高兴有这么多朋友到来，它从冰山顶上走下，站在大伙的中间说："欢迎各位前来观战，过会儿捉拿白鲸的时候,希望大家给我加油助威。"

卡门尖着嗓子说:"别的忙帮不上,加油助威自然是少不了的,再说了,这也是我们的看家本领呢。"

粗门大嗓的萨沙,瞥一眼稍远处那一大群食客,高声对黑云彩说道:"要说加油助威,今天这些新来的朋友,个个都是顶尖高手,到时候就瞧好吧。"

"要是摩西卡大哥在这里就好了,"卡门说,它和摩西卡也是好朋友,黑云彩打了猎,它们经常会聚在一起分享,"那样啦啦队阵容将会更强大。"

"这样的事不能少了摩西卡,"黑云彩点点头,说,"只是,我想等大功告成之后再去找它,一起享用美餐总是件令人愉快的事情。"

"那又何必呢,"卡门呼扇了呼扇翅膀,说,"趁着现在时间还早,不妨先去把它找过来,让摩西卡大哥也早点高兴高兴。"

卡门一说,萨沙和雷鸟夫妇也极力赞成,而且萨沙自告奋勇要去找摩西卡。

"这事儿还是我去吧,反正它常溜达的地方我都熟悉,再说啦,萨沙大哥一大早就飞了一趟白熊谷,您就待在这儿好好歇息一会吧,找到了摩西卡,我们很快就会过来的。"卡门说了声"一会儿见",两只脚轻轻点了点地,轻灵的身子一抖便迎风飞上了天。

越来越多的蚯蚓从云彩里爬出来,五颜六色的虹躺在雪地上。冰缝变魔术似的越缩越小,两端的冰眼瞅着合拢到了一起,有水的地方只剩下个一铺炕大小的冰窟窿了。

两头白鲸看来是彻底绝望了。它们每次从水里探出身子,嘴里都会发出一阵哇哇或噢噢的大叫声,听上去比啼哭更凄惨。

看着火候差不多了,黑云彩不紧不慢走到冰窟窿边上。雷鸟夫妇和萨沙、普里兹等,也随着往前靠了靠。它们一个个瞪起眼睛,紧盯着黑云彩那魔法师般的一举一动。

黑云彩盯准了那条个头更大、体型也更浑圆些的白鲸——沃克。在冰缝还看不出有多么危险的时候,它为欢舞的情侣索尼娜伴唱得多带劲啊!那时候,阳光、空气、海洋、美味的鱼虾、无忧无虑的时光,世间所有的美好都像是为它们预备的。但眨眼之间乾坤倒转,斑驳的霞光吞噬掉了美梦中最后一丝甜蜜,冰窟窿成了它们与地狱之神共用的透气孔。已经失去理智的沃克潜在水下,一次次用脑袋拼命撞击浮冰,试图冲开一条带领索尼娜突破围困的血路。浮冰用比奈河桥上的石板更可怕的坚硬和无情,回答了它末路英雄式的拼争与无望,沃克头上血肉模糊……

"如果我没看错的话,你还真是个有血性的家伙呢,"黑云彩走上前去,瞅着浮出水面换气的沃克受伤的脑袋,说,"对不起了,白鲸兄弟!"接着便猛力击出一掌。

仿佛被巴珊山一块塌落的巨石砸中,沃克疼得往上一蹿,然后就在水里上下翻腾起来,打起的水花像倒流的尼亚加拉瀑布。站在冰上看热闹的萨沙和普里兹等,也被溅了一头一身。

索尼娜受此一惊,噢噢地大叫了几声,慌忙中一头扎下水底,一直到冰缝完全合拢,也没见再浮出水面。

萨沙和雷鸟夫妇它们见击中白鲸,一齐兴奋地拍着翅膀喊道:"好!"

萨沙朝前跳了两步,翅膀一扑棱,亮开嗓子给黑云彩加油:"再打呀,打呀,继续打呀!"

那些沾亲带故和不沾亲不带故的鸟儿,也呼呼啦啦围了上来,一齐踮脚拍翅跟着喊:"打呀,往死里打呀!一二,打呀!"灵禽们齐声叫喊发出的巨响,不亚于高卢地区全部雄鸡的合唱,雪花受了一时喷发的声浪鼓荡,乱纷纷地无法落到地面。

黑云彩好像并不急着要将猎物即刻杀死,它屁股一矮,顺势在冰窟窿边上坐了下来,一副局外人的样子看着白鲸转着圈子乱翻腾。

这下轮到雷鸟夫妇着急了。安诺说:"是时候了,赶快再来几下呀,我好像已经闻到鲸肉的香味了!啧啧。"

伊利也喊道:"对呀,再喂给它几个响巴掌吧,这声音听上去是那么清脆悦耳。应该说,这是老冰洋上最动听的声音了。"

"对呀,对呀,"普里兹尖着嗓子说,"简直比俄耳甫斯弹奏的最美妙的乐曲也好听！"

看着受到重创的白鲸又昏头晕脑转了几圈，黑云彩说道："白鲸啊白鲸，就让阁下尊贵的脑袋，再受俺几掌吧！在你闭上眼睛之前，俺跟你说句心里话，要是有来生，跳舞一定要选个好地场，别傻不楞登看不出火候，白白误了性命！"说完，举起粗壮有力的右掌，对着那个已经惨不忍睹的头颅，结结实实又是几下，还扑上去咬着撕扯了一阵。即便金刚不烂之身，也经受不了黑云彩一番极其专业而又强悍有力的暴击。一来二去，可怜一头雄壮的白鲸，曾经欢快歌唱的沃克先生，眼见得就不行了，尾巴在水里扑腾了几扑腾，圆滚滚的肚皮便翻转了过来。

围观的鸟儿们跟着就是一阵欢呼。安诺高声赞道："太棒了，黑云彩！你的猎杀本领和力量简直和柯帝一样完美无敌！"

群鸟一齐跟着大叫："黑云彩，太棒了！太棒了！你就是郊狼柯帝！"

卡门和摩西卡在黑云彩正要打捞白鲸的时候，急匆匆赶了过来，它俩一个在天上飞，一个在地上跑，却是同时到达。还未喘匀和一口气，摩西卡就对黑云彩大声说道："紧赶慢赶还是来晚了一步，没亲眼看到黑云彩老弟搏杀白鲸的精彩场面，真是太遗憾了。"

一见摩西卡过来，黑云彩精神头更足了，它声音响亮地回答："你能这么快来到这里，已经非常好了，就请稍微歇息一会儿，待我把这个大家伙弄上来，咱们再好好享用。"说着把身子探向冰窟窿，一口咬住了鲸的后脑。

白鲸在水里还没看出什么，但往上拖拽的时候，却像麦金利山上的巨石一样沉重。黑云彩四脚蹬着地，拿出雅各与神较力的劲头，铆足了全身力气往冰面上拉，结果白鲸脑袋上来了，庞大的身子却让冰沿给死死卡住，任凭怎么用力，它只跟长在下面似的纹丝不动。卡门和萨沙急得喳喳乱叫，伊利和安诺跳过来跳过去，想添把手又使不上劲。

摩西卡见状急忙跑过去帮忙。鲸身圆滚湿滑无处下嘴，它就牢牢咬住胸鳍，像参孙晃动庙柱那样使出了浑身解数。摩西卡援手相助，黑云彩稍稍缓过劲儿来，它稍稍喘过一口气，便和摩西卡合着一个节奏，憋足劲儿往上拖。

安诺一步跳过去，高声喊道："一二三，加油！"

众鸟儿也一齐仰着脖子喊："一二三，加油，加油！"

伴随着鸟儿们齐声高唱的号子，黑云彩和摩西卡一起发力，好了，"巨石"一点点松动，大白鲸庞大的躯体以每年一厘米的速度，在肉眼无法察觉中缓缓地往上移动。

"加油！加油！"啦啦队不遗余力的呼喊把一波波声浪推向远方，冰崩的隆隆声也被盖了下去，死寂的老冰洋上充满了生气，夕阳抛下了五彩之光。

黑云彩和摩西卡大受鼓舞，在加油声中又是一阵齐心发力，大白鲸终于被拽了上来——那流线型身躯猛然脱离

IV 白鲸 / 109

水面的瞬间，像极光掠过夜空，闪电划开雨幕，简直漂亮极了，每一双看过的眼睛从此都毕生难忘！

"嘎——"

"噢——"

大家围着这头让每位食客都垂涎已久的猎物，爆发出一阵倾情欢呼。

这工夫风小雪住，老冰洋的无形巨手已经将崩裂开的坚冰重新捏拢到了一起，刚才还有白鲸戏水的冰缝、冰窟窿，现在连个狗屁影子也看不见了。历史又滑进了一个新的单元。

享用美好大餐的时刻到了。冰面突然安静了下来。摩西卡、卡门和雷鸟夫妇它们都分列在白鲸周围，静静地注视着黑云彩。

黑云彩趴在冰上喘了一口气，便沿着白鲸腹部脂肪厚实的地方，又啃又撕地弄下来一大片好肉搁在了一边。它说道："这是留给安格卢的。"然后招呼大伙："来吧，朋友们，咱们一起享用，大家放开肚子，想怎么吃就怎么吃！"

这无疑是老冰洋上最有趣也是最友好、和谐的一次筵宴。黑云彩把着白鲸的腹部，摩西卡、卡门、萨沙、普里兹以及雷鸟夫妇站在背部，其他鸟儿则居于头尾部分，大家谁也没有客套，更没有推让，啄、啃、撕、拖、咬、舔、吮、吞，各自发挥祖传的专长，熟练运用咀嚼进食的一十八般技巧，把自己喜欢的肉皮骨筋、五脏六腑什么的，只管往总也填不满的肚子里面拾掇。上帝站在空中乐呵呵地看着。

忘情盛宴进行到一半的时候,又有恰巧路过此地的三只灰斑鸽和闻味赶来的十二只鹨雀,齐刷刷站在一边,眼瞅着饕餮者大快朵颐,馋得直淌口水却又不好意思插进嘴来。黑云彩抬眼望见,也慷慨地邀请它们加入。快乐大餐让动物之间关系简单,世界变得分外美好。

小冰山下这一幕亘古少见的场景,被一双刻毒的眼睛看了个仔细。这是距此不远的一道乱冰沟,坎图曼趴在下面已经好久了。也许连它自己也没完全搞明白,为什么对黑云彩这样一个势单力孤的"外来户",一个身上带着人腥味的"小盲流",会如此耿耿于怀?从昨天夜里,它就一直像幽灵一样悄悄尾随外出打猎的黑云彩。当黑云彩站在小冰山上长时间盯着一泓海水的时候,它一度在心里窃笑:看来这真是一个雏儿呢,你痴狗望月似的瞅着这片水,就是瞅到猴年马月,难道能瞅出个肉滚滚的海豹来?喊。坎图曼甚至怀疑以往高估了黑云彩,凭这种傻狍子或翻车鱼般的智商,还怵它在白熊谷里翻了天?

然而接下来所发生的事情,却让它彻底目瞪口呆。暗自嘲笑黑云彩的最后一道纹路还未从嘴角荡平,却见海水对面的浮冰像被哪位魔法大师的手推着似的,正在一点点向眼前靠近,而渐趋缩小的水域里恰有两头戏水的白鲸。它忽然明白了黑云彩为什么要站在小冰山上久久地注视着海水了，也明白以前的担心不是多余，这个黑云彩确实不简单。要知道，辨风晓雪，察冰知水，轻轻松松将最狡黠、最难斗的猎物搞到手，这样的本事就连它坎图曼也是差得很远哩。果然，当宽阔的水域变成狭窄的冰缝时，两头疯狂挣扎的白鲸成为黑云彩口中之物也只是迟早的事了。

更让坎图曼匪夷所思的是，黑云彩捕猎时，竟有狐狸和那么多长脖短颈的鸟儿前来帮助它，那一声比一声高亢的助威号子，喊得这位暗中的窥测者一阵阵妒火中烧。要在过去，它会毫不犹豫地扑过去，赶走混账的鸟儿和狐狸，它们都是些什么东西啊，只会跟在别人屁股后面偷偷摸摸捡东西吃，永远也不知道害臊！然后再撵跑黑云彩，由自己来独享美味。但现在不能了，它没有这份自信。那天和黑云彩过手，虽说被挑战者并没轻易接招，但坎图曼已经从它不卑不亢的理智避让中隐隐约约感受到，这绝对不是一个好惹的主。

坎图曼趴在冰沟里苦苦盘算了大半天，眼前的坚冰让不安分的爪子挠了个洞，最后还是选择忍气吞声地悄悄离开了。

黑云彩在饱餐了一顿鲸肉并稍做休息之后，便告别了摩西卡、卡门及雷鸟夫妇等，自己带着鲸肉去了锥子山。空灵的山上连只鸟儿和老鼠也没有，雪地上只有风走过的痕迹，空气洁净无比。安格卢没在山上，洞口被厚厚的冰雪封裹，看来已经很久没有开启过。黑云彩在这里静静守候了三天，锥子山用无声的落雪默默地陪伴着它。最后只好把鲸肉放在洞口雪堆里埋起来。

"安格卢老前辈，待方便时再来看您吧。"黑云彩说罢，神色黯然地下了山。

V 北极光

那个通红的火球从铺着黑灰色缎面的天幕上往下滑落的时刻,无比绚烂生动,似乎全世界的郁金香和矢车菊都集中在这一瞬间精彩绽放,被寒冷囚禁的老冰洋美艳得发出致命颤抖,所有浮冰的向光面都骄傲地披上只有湿婆神妃帕尔瓦蒂才有资格穿着的玫瑰纱丽。黑云彩站在一座高大的冰包上凝神注视着难得一见的极地奇观,一身纯净如雪的白毛礼服滴淌着琥珀般的高贵殷红。"呜——嗷——"它对着西面天际亮开嗓门大叫了一声。括约肌兴奋得犹如狂潮来袭时沙石滚动的海滩,发胀,松弛,然后是一阵更强烈的发胀。"嘭、嘭、嘭、嘭"的美妙撞击,犹如羔羊扑奶,一股因情绪过于良好生发的腹内之气,在左突右旋之后,终趁隆隆冰崩得以豪放排出,肚子里面轻轻松松,黑云彩痛快、舒坦地扭动着滚圆的屁股,与此同时,天上火球拖曳着一片片令人惊恐的黑鸢尾花的花瓣,仓促地向她曾用光的长舌亲吻过的大地,做了个短暂告别,然后便一头栽进深不见底的冰窟窿。溅起的碎金散银撞破地球形成之初的混沌，久久不落。

漫长而又酷寒的极地之夜，诗一般降临在地球顶端这片洪荒之地，绛紫色的梦叹息着敞开温暖襟怀，柔柔地揣搂起万里雪原冰海。

当极夜来临前的预兆还在白熊谷东岸那座最高的雪峰之巅暧昧地跃动时，先知先觉又反应灵敏的鸟儿，已经感知到翅翼下的球体正在缓慢转向背朝太阳的至暗时刻，它们遵从古老先祖与神祇签下的永恒约定，像出埃及的以色列人那样，携家带口一批批飞向上帝帮助拣选的迦南之地。天上，地面，水里，三股肉眼可见的和肉眼看不见的律动着生命的涌流，在最迟的一缕阳光打老冰洋上抽走之前，风一般往南奔去，空气簌簌颤动，大地发出交媾时快感攥牢所有神经的呻吟。上帝站在高处，暗自欣赏着由自己一手创造并巧妙安排的迁徙奇观，巨硕、慈爱的脸庞上露出一个不易觉察的微笑。

大白鸥萨沙也飞走了，它的离开带有一定的偶然性。因为在太阳即将成为黑暗囚徒的那些让人心惊肉跳的日子里，一群黑首燕鸥中的一只左脚微跛的女性，只是于不经意间朝着一座冰包哼唱了几句有一搭没一搭的曲子，正巧栖息在上面的萨沙便痴痴呆呆发了老半天愣怔。此后它神魂颠倒，扬毛飞羽，不顾种群和生活习性的差异，不顾对那只燕鸥包括那群燕鸥还缺乏丘比特对普赛克的了解，仅仅因为受了只有年轻异性才能自然流露的那种风骚的吸引，便在一阵血脉的持续偾张之后，义无反顾地一头扎进结局谁也无法预料的浪漫故事里面，跟着快乐的队伍振翅南飞。不过，见惯了风雪、落日的雷鸟安诺，在萨沙和黑首燕鸥族群即将腾空离开老冰洋的那一感情复杂的瞬间，说了一句只有诺查丹玛斯或汉米尔帕克那样的预言家才能说出来的话："放心，它不会走很久，或许用不了半年，萨沙老弟就会原路回来。"

对于意料中如期而至的极夜，黑云彩并没有像大多数极北之地的生灵那样表现得诚惶诚恐、举止失措。恰恰相反，它倒和久居平川者初次走进大山似的，对那些高耸入云的峰岭包括坡梁间的道道皱褶，都会感到神秘莫测，并由此生发出许多不乏天真可爱的联想，这些在大脑皮层下进行的属于精神世界的高级思维活动，远远超过了一只白熊进化万年所应具有的认知能力。但真真切切的，黑云彩就是这样，像拉普拉斯或约翰内斯·开普勒迷恋他们的天文学星空那样，对广邈深邃的黑暗世界发生了极大兴致。

夜空中的日月星辰，是遵照既定节律来取代太阳的，彼一扇大门关上了，此一扇窗户便洞开了。哦，那是一帧神秘而又瑰丽的绘画宝卷，幽暗的幕布上，每颗星星都如同闪着冷光的太阳，在遥远的穹窿深处，各安其位，各司其职，于有序运行中展示着自己独一无二的强大存在。黑云彩出神地盯着头顶上方，张开鼻孔，嗅着来自宇宙深处的奇妙味道。那些星星，个个都是通了灵性的活物，蹦蹦跳跳，欢欢喜喜，带着八百年前便和它相熟的热情，笑容满面地点着头，跟它友好地打着招呼。夜空绚烂，天地间挂满千万道熠熠生辉的金线。

正上方稍偏北一点那颗最大、最亮的星星（它曾听尤尼塔他们说过叫北极星），哦，她一定是群星的首领，硕大又明亮的眼睛很是调皮地一眨一眨，黑云彩真切地听见她向自己发出问候。地面上的宝贝儿虔敬地举足颔首，内心充满了亚伯兰受到上帝点化后那样的光亮，也快乐地学着她的样子，仰起脖子将眼睛眨了眨，深情地向那星星致意。一道看似微弱的光束射向邈邈苍穹，目光虽然比不上星光，却也是光与光的回应，情和情的交流，碰撞出的火花温暖了酷寒，划破了长夜，将万丈缩于寸间，天和地紧紧相拥。

"寂寞的时候就出来看看吧，"那星星说，"只要没有云雾遮挡，你就会天天看见我们。"

"您能下来走走吗？老冰洋上很好玩，这里有好多的朋友，唔，还有很多好吃的呢，有海豹肉、鲸鱼肉……"黑云彩像拇指姑娘喜欢那只"滴丽、滴丽"叫着的美丽燕子那样，喜欢上了大星星，并真诚向星星发出邀请。

"就和你黑云彩小朋友现在到不了天上一样，"星星和蔼地说道，"我们也无法下到地面，不过，"星星眨了下眼，明亮的光一泻千里，生出许许多多的小星星，像春风中的花瓣那样悠悠洒落，此后接着说下去，"只要你愿意说话，我们总有很多见面的机会，夜长着呢。"

"那太好了,我会经常出来看您,跟您说说话儿,玩耍一阵。夜里在雪地玩耍,更清静自在,谁都不会来打搅。"黑云彩说,它高兴得一阵摇头晃脑,心里扑扑地跳。

"夜间的景色其实同样美好,只可惜很多人这工夫都酣眠在温馨的梦乡,错过了欣赏。过一会儿,你会看到天上五颜六色的北极光,那可是太阳底下永远看不到的美景呀。"星星说完,向黑云彩摆了摆金光闪耀的大手,闪到一片紫色云霭的幕帘后面去了。

一挂粉红色瀑布飞泻在西北天空,鼓荡游弋,晃晃悠悠,没有了太阳的世界,在那些看向她的惊异目光中,不断变幻模样,空气嗡嗡作响,一股夏季沼泽地爬地柳、蚂蚱菜、蒲公英、野罂粟和仙女木混合在一起的芳香弥漫开来。身着雪白衬裙的野棉花的子女们,随风翩翩起舞,蜜蜂和蝴蝶们拥在后面撒欢儿追逐,珍珠四处迸溅,空中飘着还未进入旧石器时代的节骨草气味。

"哦,北极光!"黑云彩像那条希望之船上的人看到鸽子叼回橄榄枝,眼里泪光闪动,情难自抑地高叫了一声,滑下冰包,在雪地里打了个滚。它很自然地回想起卢特吉尔那道幸福嵌满骨髓和毛孔的冰坡,它跟阿黄在下面玩抢夺麝牛头骨的游戏,站在雪地里的于大河和尤尼塔,投过来的目光无限慈爱。

飞泻的瀑布渐渐幻化成一道扯地连天的巨大布帘,颜色也由单一的粉红变成绛紫、嫩绿、浅蓝和淡黄的混合体,宝石般的动人瑰丽，带着湿漉漉的水汽，在上帝之手的挥舞下，奔涌回旋，一股美艳无比的穿透力直指地下。酣睡在雪巢中的雪兔法比奥和旅鼠肯迪尔，打着极北之地居民最肆无忌惮的呼噜，把梦里的所有影像和声音，都涂抹上夏季沼泽地全部花草的明丽色泽。

正如哪个世界都是有人欢喜有人愁一样，同样的极夜，不同生灵的感受、经历和心态等却大相径庭。白熊谷老王乌拉里斯，在同类族属大都进入似饥非饱的洞穴半眠状态之后，也如玩具里预设的发条一般，依从上帝的安排，钻入宽敞舒适的洞府，开始了每一年中恰有一半时间要以卧眠方式度过的冬夜生活。安眠与庇护不仅没有给它带来片刻宁静，反而让它心怀惴惴，无边的恐惧塞满栖居的雪洞。一闭上眼睛，成堆的蚊蚋、苍蝇、红蜂和牛虻，还有两只花斑飞蛾以及五只远古时期的黑肚红翅蜉蝣，便嗡嗡地扑上来，眼睛、耳朵、鼻孔、嘴巴，甚至连尾巴没遮严实的屁眼，偶尔仰身露出的肚脐以及撒尿的出口，全趴满了这些讨厌的飞虫，特别是那些蚊蝇之类。它们拱呀钻呀，恨不得把空心的毛管，也变成能长驱直入身体内部的通衢大道。它伸着两只前爪不停地在挥舞驱赶，还张开往常能一口咬烂海豹脑袋的血盆大嘴，伸了能一下将驯鹿从肚皮舔到肠子的带刺巨舌，发疯般狂咬乱舔，有时还发出自己都觉得凄厉的吼叫加以恫吓，指望能把胆大妄为的入侵者赶出去。一切都无济于事。这些看上去聪明而又执着的虫虫儿，越聚越多，直到它寿终正寝再也没离开。这真是一个要命的时刻。它一度觉得自己的心肺肝胆、骨肉肠胃以及脑子、血管、神经等，几乎无处不受这些虫子的啃咬啮噬。睁开眼来，虫子早飞得一干二净，潜入体内的也老老实实。它奇怪在极寒之夜的白熊谷，又不是七月的苔原草地，哪来这么多的虫虫儿呢？栖身的洞府倒如布满铁蒺藜的陷阱，浑身的毛囊、毛孔个个都是老大的不自在。作为称霸白熊谷多年的老王，乌拉里斯何曾受过这种窝憋气？觊觎王位的坎图曼步步进逼，必欲将它置于死地的狼子野心，连飞到亚洲最南端越冬的勺嘴鹬也心知肚明。如今连小小的虫儿也欺负起它来了。命运册页的翻动也来得太快了些。记忆之海潮水漫卷，翻腾起来的都是过往春风得意的浪花。

乌拉里斯早在黑云彩的姥姥还年轻时，便凭着最壮健的身躯和最凶残的性情称霸白熊谷。在那个以好勇斗狠展示青春活力的美好年纪，它斗败过黑云彩的姥爷并顺势将其年轻的姥姥短期霸占；打跑了公熊哈利拉的父亲巴托；搞残了母熊萨丽丝爷爷罗斯的一条后腿；还经过三天三夜一刻也未曾停止过的追逐打斗，将从外地窜来试图横行雪谷的一头没留下名字的大公熊成功咬毙，那只可怜的熊在雪谷外暴尸半个月，才让一群狐狸和海鸟吃掉……无情岁月夺走了它恃强凌弱最可依赖的雄健和威猛，也磨蚀了它充满控制欲的自信和意志力。上帝顾怜它的最后一点温存，便是让其苟延残喘地度过最后一段屈辱的时光。

乌拉里斯实在忍受不下去了，钻进皮毛及身体里的那些虫虫儿，又在往死里折腾，每一根神经都串起一嘟噜一嘟噜瘙痒的燎泡，脑门子迸溅出一溜儿火星，下意识中发出的一声岔了气的吼叫，飞出冰封洞穴。那两只花斑飞蛾和五只远古时代的蜉蝣，也趁着夜深时星星的微光追了出来，翩翩飞动的优美舞姿与乌拉里斯的歇斯底里，构成了一幅不俗的画面。

一阵暴烈的风雪，簇拥了那些值得敬佩的虫子。乌拉里斯望着黑云彩倾心瞩望过的天空，望着调色盘打翻在天帝的霓裳羽衣上才会灵动表现出的极光和灿烂的星星，却没有一丝一毫黑云彩那样的心境和感受。身上被虫虫们蛀咬过的地方，鼓起密密麻麻的鸡皮疙瘩，眼里散发出颓丧昏暗的浊光。它不敢和头上方那颗最亮的星星对视，因为亮光有一种直抵心灵的穿透力，一与它散乱的目光相接，心里便鼠见猫般惊恐、畏惧，进而会产生更无药可救的绝望。饥饿开始拨动它身体的钟摆，卑鄙无耻的肠子以加快的蠕动，表达着前所未有的强烈生理诉求。乌拉里斯逆风迎雪，向北面的老冰洋走去。多少年记忆的辞典里写满这样的词条，按着肠胃给出的"索引"和老祖宗遗传给它那些活命的本能，花了一个低纬度白天那样长的时间，找到冰洋深处一片被积雪覆盖的冰面。这里有一些唯有细心的白熊才能发现的海豹透气孔，没有打通的浮雪薄层，为每隔一定时间必得要换气的水下精灵，提供了良好伪装。乌拉里斯凭着从来没有失手过的直觉，找到一个它认为海豹最有可能会出现的圆形水洞，屏住呼吸，静静地蹲了下来。仿佛凝固了的时间和不断加剧的饥饿感，蚂蚁蛀骨般啃噬着它的神经、摧残着它的耐受力。它比那位战国时守株待兔的农夫幸运，因为一种蚕在进食桑叶时发出的舒服声响，以特有的神秘频率传送进它的耳鼓膜内。像每次猎捕海豹或海狮什么的时候一样，心脏以加速的跳动开启兴奋模式，两只其实远不如往昔清亮的眼睛连习惯性的眨动也暂时停滞。一头鞍纹海豹拱破了那层薄薄雪壳，湿漉漉的热气和飞溅的水珠，借着一股突然爆发的冲力涌向飞雪的风中。乌拉里斯瞅准那只闪动着铜铃大眼的可爱脑袋，用尽全力击出狠狠的一掌——倘在以往，也就是它踌躇满志的青壮之年，再坚硬的猎物脑壳也抵挡不了如此致命一击。然而，这一巴掌虽然有着和旧年同样的凶狠，也有着对食物同样的渴求，力道与速度却因为时空相隔而大大打了折扣。或许只是慢了十分之一秒的工夫，海豹肉滚滚的脑壳与那只残忍的熊掌之间，便产生了一个只有气流存在的缓冲地带。于是，乌拉里斯和那位守株而待的农夫，也就有了一个极为相似的黯然收场。

曾经不可一世的老王在颓丧地坐在雪地的那一刻，涨满内心的是坠崖者即将最终松开所攀附巉岩的无奈。环绕在头顶上方的花斑飞蛾和远古时期的蜉蝣，魔性十足的翅膀总是扇动出末日来临前紫睡莲的迷人芬芳。如果不是顽固的求生欲耍出像蚜虫腻死花蕾那样的无赖，它也许会做出阿耳戈英雄波忒斯听到女妖歌声之后那样的选择，以从海豹洞跃身冰海那样的壮举，来维护一个雪谷之王的最后体面。当然它没有，也不可能有如此英雄式的一跃，因为这时候它眼睛里流露出的是乞怜的目光，耳朵梢子都因为肠胃里面的内斗而簌簌震颤。大概只要有块沾上一点皮肉的骨头，它就会毫不犹豫地出卖耶稣。

　　那些隐秘的或半隐半露的冰洞，像沉睡中五彩缤纷的梦，发散出海豹肝、白鲸肺、驯鹿胸脯和麝牛肋排搅和在一起的诱人香味。乌拉里斯鼓起阿伽门农与阿喀琉斯攻打特洛伊城那样的勇气，对一个个有着四十大盗藏宝秘洞般诱惑的透气孔，逐一耐心守望并用守望的耐心验证了它非凡的判断力，最终却和守候第一个透气孔时一样，空劳一场的失望，总在以倍数叠加并击打着它。乌拉里斯在坚硬如铁的事实面前，发出夏蝉感受到寒冷秋风一般的悲鸣。无力的老腿驮着已呈羸弱之状的身躯和一颗不再灵光的脑袋，机械地往远处移动，脚下的冰雪映射着星星清冷的寒光。一片未被坚冰完全封严的碎冰区出现在它的视线内。它一点也不怀疑，它的同类中一定会有不甘于长夜寂寞或耐受不了饥饿的狩猎者，因为生活的惯性、捕猎过程中的刺激和身体的实际需要，毫无规律可言地逡巡在那里，等候海豹或海狮什么的冰海宝贝，能随时给它们带来施展身手的机会。有些时候，谁说捕猎不是一种捕猎者的自娱自乐呢？其愉悦身心和满足嗜杀快感的功效恰如人类玩棋牌或电子游戏，总会使你欲罢不能。在它身体还很强壮的时候，也就是它在白熊谷的称霸地位还无人撼动的那些年月，所有冰洋上的猎捕者，凡捕到的猎物它都有权一同参与分配，有时还直接剥夺攫为己有，有哪个敢哼出半个"不"字？不劳而获诚然省心省力，也能够体面地维持白熊谷之王的应有威严，颐养令人胆寒的杀气，但它还是喜欢在食饱餍足之余，不时地以独力进行的猎捕活动来消解因为空虚滋生出的寂寞和荷尔蒙偏多造成的亢奋，由此获取只有达到生命极致时才会享受到的游戏体验。对于它而言，这和去强暴那些柔弱或娇小的母熊，具有同样不可替代的作用。

　　美好的往昔总比风中之云飞逝得还快，无可挽回的要命衰老以及眼下肠肚内越来越明显的饥饿感，早已经将回望之路斩断，同时也将怀念之树残存的叶子震落。它的全部心思，它的视觉、听觉、嗅觉以及触觉的全部搜索甚至认知功能，都聚焦在脑干最要紧处一个突起的点上，那就是食物——一旦拥有便会抛却一切忧愁、烦恼，便会忘掉外面世界，便会卧榻高眠永做美梦的食物。

　　不远处立着一块和周围环境几无差异的海冰，若明若暗的夜色中，海冰突兀的影子像千年古刹门前的一尊石雕，在无边寒冷的寂静中述说着岁月的沧桑。虽然渐趋模糊的视力不能让它如往常那样一眼看个清楚，侧逆的风向也使

V 北极光　/　127

嗅辨的本领难以施展，但它还是毫不犹豫地断定，这块看上去像石雕的海冰，其实是一个正在专心狩猎的它的同类。作为冰洋上的狩猎者，在出手前静如处子这样的工夫，其实只是打猎的一项入门课，哪一个都不难做到。乌拉里斯遵从着所有白熊在此时都会遵从的冰洋规则，悄悄趴卧在原地，等候那位潜伏的猎者，以奇妙的方式实现自己的猎捕意图。

时间似乎是在倒退到造物的第一天之后，又回过头来开始往现在的方向缓缓滑动，跟随在身边的花斑飞蛾和远古时期的蜉蝣，也忍受不住堵塞了时间沙漏般的漫长折磨。它们焦躁地飞来飞去，翅膀拍打空气发出的嗡嗡声使雪花受到强烈震颤并提早降落。终于，那尊石雕暗影还原成跃动着鲜活生命的壮硕肉体，在花斑飞蛾与蜉蝣敛翼收足的一个轻灵瞬间，水银泻地般倏然没入暗黑的冰海。乌拉里斯心头猛地一阵痉挛，受到撞击后的某些复杂感觉像金头蜈蚣千百只的足脚，无情抓挠着它敏感而又脆弱的神经。

没入冰海的白熊再次返回原先冰面的时候，光洁的冰雪上多了一个黑乎乎的家伙，块头比那个捉它上来的猎手还要大出许多。"天呐，这真是个狠角儿！"乌拉里斯诧异地张大了嘴巴，不由惊叹了一声，口里的涎水也随之不可阻挡地冲决而出。凭着魔鬼都会佩服的超常感觉，它知道猎物如果不是盛年的大胡子海豹，就是一头处在发育后期的海象。类似这样的庞然大物，即使在它出门横着走路的最高光时期,要想捕捉到手,恐怕也和赶着一群大象穿过八英寸高的镜框一样困难。白熊谷里最强壮、最威猛的大公熊,都在脑子里排着队过了一遍筛子,七大八小都打记忆的网眼里漏了下去,也实在想不到哪位爷有如此的神力和能耐。食物万难抵御的诱惑和狩猎者潜隐在身上的种种神秘,如磁石般吸引着它悄悄向前靠近。

一只雪鸮在黑幽幽的天幕上划了个半圆的弧,闪电般飞落到冰上的猎手跟前。叽叽喳喳,咕咕哝哝,小小的鸟儿跟高高壮壮的白熊,像亲兄弟似的一阵"交头接耳",轻盈的话语擦着冰面盘旋低回,温暖的画面焐热了冰冷的夜。乌拉里斯在空气的嘶嘶作响中忽然想起了什么,心里像被火燎了一把,刺刺挠挠有老大不自在。

过了不多一会,一群鸟儿乌乌压压飞了过来。乌拉里斯认得出来,那里面有尖翅长尾的北极燕鸥,有颈弯如锄钩的楚科奇白鹤,有长着一张怪嘴的勺嘴鹬,有母鸡般温顺的雷鸟,也有个头如鸽的海鸠和体型更小一些的海雀等等。它奇怪白鹤和勺嘴鹬为什么没飞到温和的南方过冬。更为讶异的是,大大小小的鸟儿和猎手的关系都非同寻常,它们拥上去亲亲热热打招呼,相互间嘘寒问暖的样子让人心里生疑,真不知道这种场景是在梦里还是天上。

"尊敬的阿耳忒弥斯女神哟,"乌拉里斯大感不解地嘟囔了一声,说,"该不是您老姑奶奶下凡了吧,怎么会有那么多的小鸟儿围着它?它们可不像是仅仅为了那一口吃食啊！"

更让这位迟暮老王惊掉下巴的一幕随之而来——四只长尾飘飘像拖着大扫帚的雪狐，竟然不知深浅地跑到凶猛猎手的鼻子底下，交颈吻背，喁喁而语。这哪里还是正常的白熊与狐狸相处？分明就是久别重逢的至爱亲朋！

脑子里拐过一道弧度漫长的弯子之后，它终于想明白了，这位勇力超群的神秘猎手一定是在族群大会上被坎图曼斥为"沾了人腥味"的"杂种"。哦，是它，是那个叫黑云彩的白熊！那天夜里只是打眼一看，它不卑不亢的样子就让人不敢小觑。现在，总算知道坎图曼为什么处心积虑必欲赶走黑云彩了，心里倒生出一些看到赫拉克勒斯搏杀尼密阿巨狮那样的窃喜。

"坎图曼，你这卑鄙无耻的家伙，这下有克星了，哼！你想欺负犹太人，神偏偏给你安排了个力大无穷的参孙！"它不无得意地骂了一句。

乌拉里斯没有弄错，眼前与鸟儿和雪狐们欢聚在一起的猎手，正是被坎图曼它们倾轧、排挤的黑云彩，那个身上总带着一股人类腥臭味的"杂种"和"丧门星"。

自从和天上的星宿相识并说了话之后，黑云彩忽然如受到上帝点化的先知，心里倾注光明，身上也储满了雅各与神较力般使不完的力气。似这样激越人心的幸福感如果不和好朋友们及时分享，它心里会时时刻刻不得安宁。

"亲爱的雪鹀老弟，"这天午后，它找到卡门在山岩上的家，按捺不住内心的激动说道，"请您告知伊利、安诺和普里兹它们，咱们今天晚上到冰洋上搞个星光派对，大家欢乐欢乐。啊，这有星星和极光的夜晚，是多么迷人哇！"

卡门才从一个海鸟朋友那里串门回来，正觉得崖头独居的日子索然无味，闲下来面对漫漫长夜和砭骨的酷寒，无聊萦怀，寂寞难遣。见黑云彩召集朋友们到老冰洋上搞星光派对，当即高兴得大声叫好。

"在雪花飘舞的老冰洋上搞派对，上面有星星用金子般闪耀的亮光做照明的蜡烛和篝火，还有那么绚丽的北极光，给我们呈现天宫最惊艳的美景，这真是太奇妙了！只怕海神公公和风老婆子都要羡慕了。"卡门尖着嗓子说。

"只可惜萨沙老弟为追寻爱情，跟着那群迁徙的鸟儿去了南方，要不然我们就更快乐了。"黑云彩的话语里充满了惋惜之情。

"没关系，萨沙不在，就邀请它的那些亲朋好友过来嘛。这些日子，我发现有些往年还没入冬就飞走的燕鸥、白鹤，还有勺嘴鹬，今年居然在老冰洋上留了下来。"卡门说着，在岩石上轻盈地跳了跳。

"那就这么说定了，请这些朋友都过来一起热闹，等西南方镰刀头似的月牙儿，再往上挪动竖过来的一头海象那样宽，咱们的星光派对就正式开始。"黑云彩歪头想了想，又说："那时候，我将会准备一份丰盛的美食，请大家尽情享用。没问题，一定会有一份丰盛的美食！"

"凭着这亮晶晶的星星和北极光，我立马去通知大家伙儿。"卡门说完，又和黑云彩商量好了碰面的地点，两只橙黄的小脚一蹬地，展翅剪开凝固的空气，飞向星光闪烁的夜空。

黑云彩到达那片半是海水半是浮冰的碎冰区域时，有几只在浪涛中戏耍腻烦了的小海狗子，正懒懒地趴卧在浮冰上享受着星夜极光浴，一副恣悠悠的样子，神仙见了也会心生嫉妒。黑云彩没有惊扰它们的美梦，它在寻找一个更符合它"丰盛美食"标准的目标。因为即便是逮到一只肉少皮多的小海狗子，也仅够这么多的朋友打个牙祭，弄得不好还会惊驴甄马，使这片海域很长时间内再不会有猎物露头。

仁慈却又脾气乖戾的老冰洋，从来都会以自己独有的高冷方式善待每一个苦心孤诣者。黑云彩以化作石雕般的坚韧和融入冰雪之中的极致伪装，让近在咫尺的最警觉的鳍足目哺乳动物们也丧失了警惕。世界上的一切都正常得不能再正常，镜面般平静的海水黑光粼粼，跳动着诗行的夜空繁星万点，浮冰比任何时候都像扣在欢乐之谷上的盖板，天上没有一朵不属于这里的雪花，风里没有一点不属于这时的声响。那个看似睡着了或枯萎了的猪笼草般的石雕物象，却用一对感知的触须借助着流动的空气，向臆想中的猎物发出对方永远无法预知的致命探测。

气流的搏动似乎已经有了赴会者扇动翅翼的轻微震颤，

气定神闲的黑云彩消逝在结果难料的等待中。雪花在它身上编织着厚厚的冬衣，它脑子里回想着有些遥远的某个太阳明丽的早晨。世界将她的美丽打开一道小缝儿，许许多多的蜜蜂和蝴蝶飞过来，围满了沼泽边一片盛开的罂粟花。那花儿开得多艳啊，直到三个月后的一场大雪袭来，空气里还满是那迷人的芬芳！它和阿黄，还有于大河和尤尼塔，都站在一起静静地欣赏，洋溢在大家脸面的笑容也都和花儿一样灿烂。那一刻，对着天上那颗最亮的星星发誓，它就和现在这样，突然石化了般，一动也没动过。它心里后来时常潮上来回味的喜悦，同时又免不了有些吃惊：它、阿黄、于大河、尤尼塔，在面对同一景物的时候，居然能有同样一种心情！这一发现作为秘密，一直保守在它的心里。

美艳无比的罂粟花和欢快的蜜蜂、蝴蝶，在一层水雾后面重现了！黑云彩心里涌上和那个早晨完全一样的兴奋。"哦，漂亮的花儿！"它心里说了一句。水花落下，雾气散去，美丽的罂粟花和追随花儿的飞虫瞬间变幻成一具模糊的肉体——那是一只个头巨大的髯海豹，此时正动作笨拙地爬到一块不规则四边形浮冰上，通体舒泰地躺了下来。啊，这简直就是上帝送来的派对礼物呀！因为即使下单定制也不见得有如此可人心思。

老到的猎手有意地用意念之手拨慢时间指针的律动，也借此放缓自己的心跳。它能感觉到，在海里饱餐过一顿的大胡子海豹，在呼出一口憋闷已久的浊气之后，迅即注入肺部的新鲜空气和着越来越多地涌向胃里的血液,正诱使藏在身体深处的瞌睡虫子向外爬动。果然,天和地缩小成一粒可以忽略不计的豌豆,又退隐在了它的脑子后面。可怜的海豹发出跃上浮冰后第一声酣畅的呼噜,奇妙的吻部那两百多根钢针般的胡须,随着呼出的气流在奇妙地翕动。只是,这些本来有着探测和预警功能的触感"天线",暂时被造物主撇下的一片水草叶子遮住,胡须由此便如漂亮女士帽檐上一朵装饰的绒花,仅剩下了那么一点观赏的价值。

上帝总让自己那么称心。黑云彩抬起头来,虔诚地仰望着深邃的天空,那颗最亮的星星懂得它的心思,微笑着点了点头,千万根金线在黑暗中交织成一朵凌寒而放的梅花。西南方天上的月牙儿也非常善解人意,她明白了即将发生在老冰洋上的一切,因而努力推开遮挡在她面前的一块乌云,用慷慨的清辉为海面上的那个宝贝照着亮。一场隐秘和神速到连天神朱庇特也会感到吃惊的奇袭战,只是在翻滚了几个并不太显眼的波浪之后,便几无悬念地宣告结束。大胡子海豹的脑袋被咬成了一个血葫芦,一切都是那么自然、那么迅捷、那么完美。一直到黑云彩拖着它的战利品也就是那头大胡子海豹,从从容容地再度返回到原先待过的浮冰上,那些散睡在其他海冰的懒虫——海狗子们,才塌了天般恐慌万状地钻入水下。一个个顾头不顾腚的样子令人发笑,嘴里发出的呼儿唤娘声有一大半化为咕咕噜噜冒出水面的气泡，其余的则随之被拖进了深不见底的大海。

钩钩朝上的月牙儿真是给力，她用和人的脉搏、心跳相一致的频率，循着人的想法，往她的斜上方缓缓挪动了一韭菜叶子，又挪动了一头成年海象身长那样一段距离。这是多有意思的一段天路啊！勤奋的鸟儿们和雪狐们，恰好付出和这段天路运行长度相等的时间，便带着进入极夜后最轻松愉悦的心情和它们最可信赖的朋友黑云彩欢聚到了一起。时间死去了，只有这一段还活着；浩瀚无垠的老冰洋沉睡了，只有这里还醒着。

平坦的浮冰此刻成了天底下最适宜表演的灵动舞台，流彩溢霞的极光成了背景最壮丽的幕布，一钩弯月，满天星斗，则是它们的聚光灯、柔光灯、追光灯、回光灯、造型灯、照明灯和投景灯，而帮助精灵们进入情感剧场并迅速达到情感高点的特有点缀，呼啸的北风和漫天飞舞的雪花，也具有无可替代的烘托作用——设若没有它们，不啻是冰洋，就是这样的星光晚会也定然会大为逊色。当然，不能忘记了那头黑云彩从冰海里捕获上来的大胡子海豹，它作为一餐丰盛美食躺在冰上的样子，像极了神祇供桌前的祭品。这时候，以最适宜于满足普罗大众口腹之需的诱人姿态，稳居于会场也就是舞台的中央，让每一位亲临现场者在边歌边舞绕着它转圈时，都抑制不住对苍凉冰洋产生莫名的敬畏和感恩。

一场亘古未见的老冰洋派对，像柔风轻拂绿树那样进行得极为欢快自然。总习惯于在风里雪里独来独往的灵鸟雪鸮，一抖漂亮的翅膀，展现出天使般矫健的身段。它表演的是一段难度很高的鸣禽类独舞戏。起舞前，先是单腿趾尖点地，黑喙插在翅下酝酿了酝酿情绪，接着便在众目睽睽之下翩然而起——却是一只翅膀紧贴着地面扇动，另一只翅膀捆住了似的一动不动。以这种绝无仅有的方式且飞且舞，绕着那头海豹兜了三个诗意满满的大圆。激赏中的大家还沉浸在曼舞的无穷回味中，卡门一扇轻盈的翅膀昂首向天上冲去，猛然飞升带起一股股游龙般的雪尘，那些脱离地面的圣物在到达一定高度之后，又裹挟着欲落未落的雪花，流星雨一样随着气流四散播洒，就如仙女撒下的一片片多情花瓣。从未在老冰洋上过冬的楚科奇大白鹤，本就对这样的派对惊奇不已，此时看了卡门独创的单翅舞，激动得眼珠发直，抻长的大脖子一时也忘了往回收。善舞的燕鸥也是头一回见到这种场面，它直着嗓子嘎嘎地大声喊叫，两脚轮番跺着地为卡门加油助威。

伊利和安诺这对雷鸟夫妇的款款出场，总让人想起春天，想起美好的事物，想起上帝造的那所安适恬然的园子，想起园子里淙淙流过的溪水和溪岸葳郁的树木，想起欢快的小鸟和甜美的果实。它俩翅膀连着翅膀，落落大方地转着圈儿，向围在髯海豹四周的朋友们鞠了躬。然后像世界上最优雅的歌唱家登台那样，夫妇俩默契而又深情地对望一眼,就在众人的期待下亮开嗓门,演唱了一首堪为天籁之音的歌曲《赞美北极光》——

> 你是飘舞的彩霞,
> 你是流淌的虹霓。
> 你就是神奇的北极光,
> 让长夜没有孤寂。
> 啊,北极光,北极光,
> 生灵们多么爱你!
> 醒了挂在幽黑的天上,
> 睡下躺进我们的梦里。
> 啊,北极光,北极光,
> 生灵们多么爱你!

伊利和安诺的倾情歌唱让月牙儿听得入了迷,她怕走远了错过欣赏,便痴痴呆呆地盘桓在原先那个位置,一时间竟差点忘记了还要按照天体运行的规律围绕着地球公转。淡淡月光下的老冰洋,欢腾的浪潮压住了风的喧闹,水下所有的精灵敛气屏息,唯有不时传过来的海冰崩裂声,像音乐里伴奏的锣鼓点儿。雷鸟夫妇越唱越动情,亢奋激越的音符飞得又高又远,不时地又有些鸟儿循着歌声聚集了过来,听众在美妙的歌声中无不感动得热泪盈眶,血管里迅即奔涌出喷火的液体。早就按捺不住激动心情的楚科奇大白鹤，两只比世界上最宽大的芭蕉叶还要大出许多的白翅膀，发出啪啦、啪啦一阵响，随着雷鸟夫妇歌唱的旋律和节拍，一忽一扇，两条大长腿起起落落，跳起了最善于跳舞的鸟类所能跳出的最美的舞蹈。脚掌子发痒的燕鸥、海鸠和海雀们，以及那些虽未受邀却闻声而来的鸟儿，一个个遵从着内心最明亮的那道电光的指引，各自瞅准机会，纷纷然却又不失节奏感地加入为伊利和安诺伴舞的行列。雪地上百鸟翩翩、银屑翻滚，高歌的声浪和劲舞的旋风簇拥起一个宝雾蒸腾的欢快旋涡。空气在燃烧，海冰灼烫得噼啪作响，有幸落入旋涡中的雪花全陶醉得东倒西歪、一塌糊涂。

"我最尊敬的兄弟，"雪狐摩西卡待雷鸟夫妇歌毕，伴舞的鸟友们也意犹未尽地各自回到原先座位后，向黑云彩一抱拳，感慨万千地说道，"我们这些自小便在老冰洋上行走的猎者，习惯了在狂风大雪中的独来独往，习惯了为争一口吃食而厮杀打斗，习惯了悄悄的生，也习惯了悄悄的死。残酷的冰洋雪野甩给我们什么就接受什么，谁见了谁都琢磨着要把对方变成自己的一餐美食。可像您现在这样，把鸟啊狐啊，还有雪兔和旅鼠当作自己的朋友，尤其是召集我们一起来参加星光派对，我，唉，真不知道应该怎样表达此时此刻的感激心情才好。"

与摩西卡同来的公狐大长腿、细尾拉丁和母狐娜娜提，一齐抱拳，对摩西卡的话深表赞同。

黑云彩说:"咱们都是生活在一个家园的兄弟姐妹,都在老冰洋上谋生计,活着不容易,就应当互相帮助、友善相处。就像那次我去锥子山,安格卢和你们大家伙儿对我照顾得多好啊!就是亲兄弟又能怎么样?每每回想起来,心里都暖暖和和,这种深情厚义,我黑云彩永远也不会忘记!"

细尾拉丁忽然有些不自在起来,举起一只爪子搔了搔并不瘙痒的头皮,它不能不想起锥子山那次印象深刻的狐首聚会。当时自己对黑云彩加入到雪狐们的队伍来,就如羊群里突然混进一头狼似的心存戒备,而且直到很久以后还有些提心吊胆,生怕这个身躯庞大的家伙,一旦翻脸发起狠来,就算神庙的廊柱也会被它弄塌。毕竟,在地老天荒的地球尽头,像威风八面的冰上霸王能屈尊和弱小动物交友这样的先例,它的确是见所未见、闻所未闻。

大长腿听了黑云彩的话,心里也有些不太自然。加上让娜娜提折腾得时常六神无主,这时候恨不得有个冰窟窿能一头扎下去。

"老冰洋上近来发生的一些新奇事情,总让我眼花缭乱,"细尾拉丁说,"唉,有的时候,我真不知道太阳会从哪里冒出来。"

"不管太阳从哪儿冒出来,我们在一起的时候,心情总是很愉快,即便是长夜漫漫也没有关系。您说呢,摩西卡大哥?"娜娜提脸儿朝摩西卡说话,眼睛却是看向黑云彩,一对明亮的眸子脉脉含情、秋波闪动。

娜娜提这回能跟着摩西卡和细尾拉丁它们参加星光派对，纯是因为一种鬼使神差般的浪漫际遇。在镰刀状的月牙儿还是仙女姐姐眼睛上方的一道浅浅"蛾眉"时，娜娜提就从很远的南方，逆着冷风寒流北上来到白熊谷沿岸。它不知道自己为什么要这样做，因为多年来养成的习惯，总让它感到在泰加林带或苔原上度过漫长的极夜，才是最理想、最稳妥也最舒服惬意。但它那些日子的魂儿，总被北方老冰洋上的那个什么东西给勾了去，似乎刮来的每一缕北风，它都要从里面嗅辨出属于"那个东西"的味道。因为一颗心儿飞走了，洞府中每一个玫瑰色的梦里，才会被"那个东西"占据。"那个东西"就是黑云彩。就是不做梦，眼前也常晃动着它威猛壮硕的影子。"黑云彩，黑云彩！"娜娜提在睡梦中，不知有多少回这样欢喜地惊叫。一只时常在老冰洋沿岸和苔原带活动的北极枭，最清楚娜娜提的心思。"这都是在锥子山上惹下的祸，"一双眼睛比山鹰还锐利的枭鸟，有一回对它的一个要好同伴说，"娜娜提迷上了那个白熊黑云彩。"同伴吃惊地瞪大了眼睛，不相信天底下会有这样传奇的事情。枭鸟又预言家似的说出一番让同伴折服的话："一只狐，一头熊，虽说都穿着一样的白袍，却毕竟是两样的种。唉，只怕娜娜提像伊塔卡岛上那些昏了头的求婚人，想娶王后珀涅罗珀？我的天爷，它犯的是单相思呢。"

娜娜提的痴情首先遭到公狐大长腿的嘲笑。这位多年追求娜娜提却又总是被残酷无视的冤大头，在娜娜提到达冰洋的当天，就从母狐身上散发的酸溜溜气味中闻出了猫腻，凭着资深失恋者才能练出来的耐性和特有的敏感，很自然地便猜到了它的意图。大长腿当着娜娜提和摩西卡等雪狐的面，带着想吃葡萄又得不到的心理，吐出了肚子里的怨毒："看来还是没忘了那头身上有人腥味的大白熊。哼哼，也怪不得人们骂世间那些犯贱的女人，总愿意拿我们打比方呢！"见娜娜提对自己像风中坠落的一朵雪花一般视若无睹，便憋了一肚子的气，无可奈何地跑到一边，愤愤然从牙缝里挤出一句其实它并不太愿意说出来的话："哼，不要脸的骚狐狸！"

摩西卡倒深为女狐娜娜提的一片痴情所打动。当辛勤的雪鸦带着黑云彩深情的口信，跨过五道雪谷和三条冰河才终于在一片冰碛地见到它们时，摩西卡做出的最让大长腿嫉恨的决定，就是立马带娜娜提去参加星光派对。它认为娜娜提才来此地就碰上黑云彩搞派对，这怎么说也是一种缘分，是老天在把它们往一块儿撮合。娜娜提当即因摩西卡的仗义感激涕零，许诺摩西卡如果能去南方做客的话，它一定要亲手捕获一只泰加林带稀有的野羊来款待朋友。

见到黑云彩的兴奋和晚会歌舞营造出的欢乐景象，让在苔原带孤独久了的娜娜提瞬间跌进幸福的湍流。它眼里泪光闪动，快活地戏水畅游，仔细品味每一朵搅动心潮的浪花，欣赏绽放在每一位朋友脸上的笑容，在令人窒息的享受中，大口呼吸着此后会永久回味的香甜空气。

"我想请您一起来跳个舞，"娜娜提两臂搭上黑云彩的肩膀，晃了晃这尊矗立着的铁塔，又伸出漂亮的长尾扫了扫黑云彩有力的前腿，柔声说道，"要不然就会辜负这美好时光。"

"如果是跳下冰海捉拿海豹、海狗，那没说的。至于这唱歌跳舞嘛，实在惭愧得很，只怕白熊谷里最笨的一只旅鼠也比我有倡优之才。哦哦，对不起，还是让摩西卡大哥一展劲舞雄姿吧。"黑云彩说着，谦卑地作了个揖，身子使劲往后缩。

"人家千里北上，可只为了能会一会你哩。嗨，跳个舞又有啥难的？不会跳难不成还不会蹦吗？哈哈。"摩西卡挤了挤眼睛，一边诡异地笑着，一边站起来把黑云彩往场地中间推。

"快、快，黑云彩！快、快，黑云彩！"鸟儿和狐狸们随着一个节拍，一齐扯着嗓子起哄。

雪鹗卡门见黑云彩畏前缩后的有些不好意思，翅儿一抖，就如刚才那段华丽的单翅舞表演一般，唰一下滑翔到黑云彩跟前停下来。两个漂亮翅膀立起来向外一展，就如京剧舞台上的人物亮相，头优雅地微微一点，说："黑云彩先生，请！"

楚科奇大白鹤和雷鸟夫妇等也一个个呼啦着翅膀奔过

来，用老冰洋鸟类中最谦恭的礼节请黑云彩与娜娜提联袂献舞。

黑云彩抓耳挠腮正不知如何是好，娜娜提扯着它的前臂顺带一拖，黑云彩不由自主跟着滑向前去。鸟儿们和摩西卡它们爆发出一阵雷鸣般的欢呼，冰崩声嘎嘎啦啦一阵脆响，老冰洋上一段史诗级的雪狐与白熊的共舞，由此在冷寂的星空下激情上演——

眼力最拙的人也看得出，娜娜提是舞者中的更善舞者。它直立着的身子轻盈灵巧，一只前臂搭在黑云彩高举起来的臂膀上，一条腿踩着地面，脚下只是轻轻一扭，婀娜的身影便像复仇女神厄里倪厄斯手中之鞭抽打的陀螺，旋转出一园子桃花、梨花和鼠尾草花，纷纷的花雾清香四溢，星星和月牙儿也被这旷世之舞深深吸引。黑云彩虽然不善歌舞，只能被动地跟着娜娜提俯仰进退、兜圆转圈。却像杂技表演中的底座跟尖子，一动一静，一放一敛，用天性中的敦厚与自然释放，稳稳地撑持着娜娜提夸张奔放的飞旋腾挪。两个竟配合默契、相得益彰，一场熊狐之舞表演得精彩绝伦、引人入胜。场下所有观众从未观赏过如此奇异美妙的舞蹈，一个个傻傻愣愣地瞪着眼，一时竟忘了这是仙乡何处，更忘了拍掌叫好。时间在静默中停滞了足有一丛雪花打高空旋落地面那么一会，卡门忽然如从三万光年以外的星球上飞来，尖着嗓子大叫了一声"好"！

全场顿时如梦方醒，鸟儿和摩西卡它们一面跟着大声喊好，一面鼓翼奋蹄，重新旋入热舞的场地。老冰洋再次兴奋地颤抖起来。总是憋不住的坚冰，不惜用撕裂自己胸膛那样的壮烈，爆发出积郁了一百年的沉吟，抒发着从未有过的狂放感叹。

冰丘后一双绿光莹莹的眼睛，如同一架高分辨率的全能夜拍仪，将这场派对全程刻录了下来。所不同的是，那眼睛在"刻录"，心里却在怀疑。这双眼睛的拥有者是乌拉里斯。此刻，它不相信眼前发生的这一切，是在现实生活中的老冰洋上。它一遍遍地去揉那双看到白熊、雪狐和鸟儿们欢歌乐舞的眼睛，还用牙齿啃咬自己的爪子看看是不是在梦里，伸出舔食过无数海豹、海狮、海狗、大白鲸以及自己同类肉体的巨舌，舔尝脚下的海冰是不是凉的。做过的所有测试都明确无误地告诉它，眼前发生的事情，就像黑夜笼罩在头上、雪花飞舞在空中一样真实可信。乌拉里斯彻底恐惧了！"这是个什么世道啊，鸟儿居然和狐、熊搞到了一起，还搂搂抱抱地唱歌跳舞！哎呀，黑云彩呀，你冰上霸主的威风都跑到哪里去了！"乌拉里斯的脸上像被谁抽了一柳树条子，呲呲地疼，一些脏污的泪滴迟疑着挤出了多毛的眼眶。

喉咙并全身高强度运动的歌与舞，作为派对的第一个单元，刚刚在白熊黑云彩和雪狐以及鸟儿们的气喘吁吁中宣告中场落幕。需要用全部坚爪和利齿来完成的第二个议程，在各自舌头的密切配合下，紧接着便有滋有味地开始了。这其实也是派对的一项最核心、最实质也是最有诱惑力的内容——享用鲜美的海豹宴。在这方面,卡门、普里兹、伊利和安诺这些鸟儿们,向来表现出世上最谦逊的君子才会具有的良好素养,总是让那些大型食肉动物们先饕餮一阵之后,才开始蹦蹦跳跳地动嘴吃,而且还是尽量去捡猛兽们吃剩或甩到一边的肉渣骨末,绝不会跑去筵宴中央充大头獾。黑云彩此番一破往昔陋俗成例,在它和雪狐几个下嘴破开大胡子海豹的肠肚之后,即热诚邀请众鸟儿一齐上来分食美餐。雪地上响起一片嚼食器具与海豹身体发生激烈碰撞撕扯的"呱唧、呱唧"声、"喳喳、哧哧"声,捎带着还有因为吃急了噎着嗓子眼的倒气声、打嗝声。撕、啃、舔、咬、啄、吸、吞,祖传的三十六般进食技巧,众食客无一不娴熟运用并发挥得淋漓尽致。可怜先前还在海里逐浪戏水、捕鱼捉蟹好不快活的大胡子海豹,只因为上帝在它爬上冰面的时候碰巧打了个盹,便成为大伙儿抚慰辘辘饥肠的果腹之物。

　　经由嘴巴分解的海豹肉进了食客们的肚子,那些肉的很多不太稳定的气味分子,却在以无孔不入、无可阻挡的顽强和执着,一堆堆、一批批,浩浩荡荡开进了乌拉里斯灵敏的鼻腔里,嗅觉器官望风披靡做了占领军的叛徒。同时背叛主人的还有它的眼睛——看到食客们各种恣意饕餮、大嚼大咽的样子,两个瞳孔间流露出的乞求目光无比可怜。更可恨的是自己无耻的舌头,海豹肉的香味刚刚着床于它的嗅上皮中，贪馋的涎水就和济南府里的七十二眼泉子一样，再也流不完了。

"阿嚏！"乌拉里斯没忍住，打出一个响亮的喷嚏，身子也跟着移动到冰丘前面。

有异于风声、冰崩声和进食声的刺耳声响，用波的利箭穿透气流，直抵黑云彩听觉灵敏的耳蜗。它抬起头来，咽下一口肉，将犀利的目光投向那个发出响声的冰丘。只瞟过一眼，就认出站在雅各后面那个身上多毛的以扫。喷嚏与暴露出来的身影，不难让它联想到族群大会上那个猥琐苟且的老王。当然，它还听到了那两只花斑飞蛾与五只远古时期黑肚红翅蜉蝣扇动翅翼的声音。

"请过来一起享用吧，亲爱的朋友，这头海豹的肉，足够我们饱餐两顿。而且膘肥肉厚，吃起来的确有一种非同寻常的香味。"黑云彩向老王发出每一位掠食者都会感到不可思议的邀请。

乌拉里斯往前挪动了几步，又停下来，神情迟疑地看着黑云彩。

"今天真是个不错的日子呢，星星和月牙儿一齐在天上看着我们，"黑云彩也向前走过几步，抬起前臂躬身一揖，说，"快过来吧，有您这位前辈的参与，老冰洋上的星光派对只会更加欢快。"说着又转过头来问大伙儿："是不是呀，亲爱的朋友们？"

摩西卡、细尾拉丁以及楚科奇大白鹤等，都是第一次见到乌拉里斯，听到黑云彩问大伙儿，一齐以各自独特的礼节和不同的语言方式表示热烈欢迎。卡门和雷鸟夫妇也抬起头来，向这位落魄的老王颔首致意。娜娜提对半途冒出来的乌拉里斯颇感好奇，见黑云彩对它非常客气，热情相邀，就主动跑上前去介绍自己是黑云彩的好朋友，这回是特地从遥远的泰加林带赶过来的，表示很愿意认识乌拉里斯老前辈。甜酸不美的样子，让同来的大长腿就跟吃了苍蝇一样。

乌拉里斯鬼一般出现在派对现场，就如古埃及神话里的恶魔赛特突然现身，海雀普里兹脑袋里嗡地一声响，吃下去的海豹肉，在肚子里翻江倒海似的翻腾起来。它想起三年前那个让它一辈子也忘不掉的春天。正是眼前这个貌似可怜实则残暴凶狠的乌拉里斯，杀害了自己的孩子，心上滴血的伤口，自那时起便再也没有愈合。赛特谋杀的亲兄奥西里斯还能复活，可自己失去鲜活生命的孩子们呢？它们又在哪里？普里兹眼睛里的愤怒像火一样喷射了出来，恨不能飞扑过去啄出乌拉里斯的眼珠子。

饥饿会撕掉蒙在脸上的一切伪装，再正经的装模作样，也抵不住肠胃的一个劲折腾。乌拉里斯讪讪地迈着碎乱的小步，来到那只已经被扒肠破肚、体无完肤的海豹跟前。摩西卡和大长腿自觉地往边上闪开，给它腾出一个位置。饿急眼的它，犹如厄律曼托斯山上的野猪，扑到食物上便再也抬不起头来了，整个天下小得恰好等同于眼前的一片肉肉，大嚼大啃溅出的血水糊了一头一脸。

"遭千杀万杀的赛特，你也有今天！"看到乌拉里斯那副饿死鬼托生的吃相，普里兹心里厌恶，恨恨地骂了一句。扭头跳到食客圈子外面，也没顾得与黑云彩它们招呼一声，带着自己的一群儿女趁着星光飞走了。

乌拉里斯在白熊谷的好日子，终结在星光派对之后一个下弦月被流云遮挡了的时刻，那也是连续刮了三天的白毛风刚刚刹住风脚的一个奇寒之夜。乌拉里斯在一阵无法忍受的饥饿中，想象着那些可爱的海豹、海狮、海狗、海象和戏水的大白鲸，想象着肉以及猎物内脏的香味与回味无穷的美好口感，舌底下的涎水在肆意汪洋的想象中劲流不息。与此同时，一股来自冰洋深处一头雄性斑海豹身上发出的特殊气味，经由积雪深厚的冰面、岩顶红石裸露的两座大山和谷底弯弯绕绕的小径，经受住了从北面刮来的强劲寒风和雪谷里三阵旋风的冲击、稀释，最终倔强地突破地表及斜坡浮雪的阻挡，成功进入了乌拉里斯栖居的温暖洞府。乌拉里斯在这股气味的导引下，起身走出被积雪掩盖出口的洞府，来到雪谷入海口一片宽阔的乱冰区。眼前的情景让它猛然头皮发紧、脊椎发冷：一脸凶相的大公熊坎图曼迎面而立，像块大石头挡住它的去路。

"离开白熊谷，这里不再是你的领地，也不再是你的家了。"坎图曼说。

"可我在这里，只住着一个雪洞，并没影响到你什么。"

乌拉里斯声音怯怯地说。

"那也不行,你必须走得远远的,让我别再看见。"坎图曼一点也不让步。

"总也得开个族群大会,让栖居在这里的居民都发表下意见吧?"乌拉里斯依然心存幻想。

"我的话就是白熊谷的律令,完全代表了大家的意见。假如你不想流血,假如你还想活得久一些,现在就请离开吧,连这里的冰海也不再属于你了。"坎图曼冷冷地掷出这一句,再也懒得看乌拉里斯一眼,掉头就往一边走去。

乌拉里斯像突然被大钉子钉住,呆呆地立在原地,浑身发抖。其实从上一年坎图曼把夹着的尾巴放开时,它就已经料想到了今日的下场。回想起并不算久远的某个年代,白熊谷的前一代老王巴巴拉克,在权力也就是力量从巅峰滑到半坡时,自己正如今天的坎图曼一样,用动物界最决绝、最残酷无情的方式,欲将它从白熊谷远远赶走。不过,巴巴拉克的运气实在不算好,因为在它心存侥幸企图用关键一搏来保住王位的时候,自己瞅准机会,以果断有效的一记重击,将它打翻,巴巴拉克因此失去了作为猎者最不应该失去的一条前腿,随之而来的下场自然可想而知。相比而言,坎图曼还算是手下留情。

天空塌了下来,末日的悲凉攫取了它的心灵。乌拉里斯回望着让它无限留恋的曾经是自己领地的白熊谷,有如站在地狱的入口处回望渐远的阳世,脏污的老泪模糊了世界的映像。干瘪的嗓子中似有千百条毛毛虫在蠕动，一通干呕之后挤出的一声悲怆无力的低吼，转瞬间即被呼啸的风带走……

站在一道冰岭上的黑云彩，目睹了发生在这里的一切。一片云涌了上来，疾雪打着旋在半空里翻卷，乌拉里斯的身影不久便消失在了黑暗里，连同成堆的蚊蚋、苍蝇、红蜂和牛虻，还有两只花斑飞蛾以及五只远古时期的黑肚红翅蜉蝣。

黑云彩抬起头来仰望星空，正好那颗最亮的星星也在看它。

"极夜之时，地面上没有什么能逃过我的眼睛，"星星说，"当然，你的一举一动，我都看到了。我只是觉得好奇，你的名字为什么要叫黑云彩？"

黑云彩想说这是恩人于大河和尤尼塔给它起的。那时候它还小，又成了孤儿，两人看它额心长了一撮黑毛毛，跑起来黑点一闪一闪，像一朵云彩在飘，就给起了这个名字。还没张口，更多的云霭飘过来，遮在了它和星星之间。

VI 决斗

如果确认上帝是先造了老冰洋而后造了人，那么一切就很好理解了，因为冰洋在暴露出另一副面孔的时候，总比人翻脸更显自然老到。随着夜的加深和寒冷的加剧，地球上的这个旮旯变得比一年中的任何一天都要严酷。黑云彩曾猎捕大胡子海豹的那片半冰半水的海域，只在一场风雪之后，就和坚实的陆岸或其他洋面一样，被糊上了一层足有两三个人接起来那么厚的大冰壳子，浩浩茫茫的海洋似乎一点透气的地方也没有了，哪怕是像仓老鼠在地下喘息的小小的"气眼"，也难以寻见。哺养的生机荡然无存，"冰洋餐厅"自动宣告歇业。一些栖居此地又忍受不了饥饿的生灵，当然也是聪明的生灵，便趁着肚子里还有最后一口食儿撑着，赶忙掉头南迁，去奔一条生路。这比秋天或一入冬就早早逃离老冰洋的过客们，已经是十分坚强和十分了不起了。楚科奇大白鹤和北极燕鸥苦撑苦熬地待了些日子，也顶不住了，越来越短缺的食物，再加上最新的一波要将浑身血液冻住的寒潮，磨蚀掉了它们意志中的最后一点坚强和自信。两个顽强种群中的这一部分最顽强的极限探险者,又挨过了月牙儿变成大圆饼那样长一段时间之后,终于在一个乌云遮蔽星月的时刻,乘着一股刮起来至少还要有半个多月才能停歇的冰洋北风,一点也没犹豫地向苔原的南端飞去。如果它们觉得确有必要,还有可能向更远的南方迁移。"这地场简直让人无法忍受!"告别黑云彩它们的时候,大白鹤晃动着瑟瑟发抖的身子,脖子一缩一缩地说,"亲身感受一下老冰洋上的隆冬极夜我才明白,人们为什么要去追寻光明。不过,来年太阳照射到锥子山的时候,我们会早一些时候过来。"

娜娜提也离开了老冰洋。但它的走却经历了一番内心的煎熬和缠斗。冰洋上的寒冷、暗夜、狂风和暴雪,都给它留下了无法磨灭的痛苦记忆,哪怕是呛嗓子的粗粝空气,也让它不堪回首。这位本来生活无忧却生性浪漫的南方狐姑,原打算如果能在极北之地生活得习惯,特别又是和它心仪的黑云彩在一起,就力争长期住下来,最起码也在这里待到来年阳光不灭的极昼时节。就和安徒生的小人鱼向往陆地人类的生活一样,它对北地居民是以怎样的一种方式度过漫长极夜,始终感到十分好奇,去实地考察甚或经历一番的想法时不时就会冒出来。骨感的现实在激情消退之后,掠去了浪漫的泡沫和不切实际的幻影,娜娜提的耐受达到极限。欢乐的星光派对像随风而逝的雪花一样飘走不久,黑云彩为招待远来的朋友们,接二连三又在冰洋里捕获了三头海豹和一只大白鲸。按照黑云彩从人类那里学来的待客之道，它总是把猎物的心、肝、肺等，恭让给远来的客人吃。已经适应了苔原和泰加林地区生活的娜娜提，因为对海洋美味的一时贪嘴，吃多了海豹内脏之类的食物，结果撑得一连多日跑肚窜稀。再往后，即是海豹肉什么的一吃下肚，也狂泻不止，还一阵又一阵地干呕。特别是没完没了的燥热上火、身上瘙痒和排便艰难，弄得简直生不如死。喉咙也鼓起一串水泡，哪怕是将一口冰雪嚼成稀渣，化成了水，都吞咽不下去。比这些更难以承受的是精神上遭受的重创。

娜娜提看出来了，黑云彩对自己的一往情深总是表现淡漠，不管自己如何示爱，如何去关心它，这个熊娃娃都是隔着冰冰块搔痒，权当没有这码子事。最难堪的是那回黑云彩打猎上岸，身上被剑一般的冰凌尖儿刺破了，比野草莓汁儿还要红出许多的血，顺着左肋的白毛毛往下滴，多刺眼啊。娜娜提当时心疼得比伤了自己还难受，脑子里突然飞过一片云彩，什么都没想，扑上去就给它舔伤口。见此情景，在场的摩西卡和细尾拉丁都羞得把头转向了一边。大长腿憋了一肚子火，跑到一边直跺脚。黑云彩倒好，就和被海蝎子蜇了似的，身子一拧跳到一旁，踢腾起的雪沫子糊了自己一身又一脸，还做出一副厌恶的样子，龇着牙朝自己低吼了一声。天哪，这吼声里竟然是满满的厌恶！这真让它伤透了心，委屈的泪水当即就冒了出来。这种屈辱，它长这么大还从未经受过！

它想起在苔原时光静好的岁月，浑身长满红毛的公狐奥森，对它是多么殷勤啊！时不时叼了土拨鼠来献给它。为了逗它开心，奥森从不把土拨鼠咬死，也不咬伤，而是将活蹦乱跳的猎物放在它的面前，和它一起来做狐与鼠的游戏。那些土拨鼠比老冰洋上的海豹，可好玩多了，个个顽皮可爱，即使两腿立着站在窝边向远处眺望的样子，也让人心里愉快。有一回，因为它不高兴，竟把奥森捉来的六只土拨鼠，一只只接连放走。逃出生天的土拨鼠，离开的时候还给它举手行礼，奥森一点也不生气。只要它娜娜提高兴，奥森什么都愿意做。就是那个屡屡讨好又被它屡屡无视的公狐大长腿，也总是在自讨无趣中爱慕着它，在自我构建的幻影中企盼着与它早成眷属。唯独这个黑云彩，这只看上去那么可爱又那么另类的白熊，总像个冷冰疙瘩似的没有一点儿温度……唉，唉，娜娜提越想越难过，如果不是摩西卡大哥的一力阻拦，或许它当时就会离开老冰洋。什么事情也总有个了结的时候。也就是从黑云彩的这一声下贱人的吼叫声中，它总算清醒了过来，终于想明白自己和黑云彩，根本就不是一类，更不应该暗生情愫。爱上一只本不该爱的白熊，其实就像那位小人鱼钟情人间的王子，注定不会有什么美妙的结局。

"我想家了，"一个最寒冷的时刻，娜娜提趁着冰崩的间隙对摩西卡和黑云彩说，"也许泰加林带的气候更具有春天的感觉。"

"看得出来，土拨鼠、驯鹿肉和那些野果子什么的，才适合你挑剔的胃口。当然，有了老冰洋上的极夜经历，再回到故乡的时候，你会立马感到有种到了天堂般的美满，至少不会比这里更难熬。"摩西卡眼瞅着这位日见憔悴的白狐姑娘，语气中透露着隐隐担忧。

听到娜娜提说要返回南方，黑云彩表现得比流便知道亲兄弟约瑟被卖掉还要淡然。"老冰洋这种鬼地方，"它抬头望着天上的星星，不急不慢地说，"也不是说谁想待就能待下去的。说句实在话，您和楚科奇大白鹤它们一样，就不应该在这个季节来到这里。"

黑云彩不冷不热的一番话，让娜娜提心里发凉，这也更坚定了它离开老冰洋的决心。不过，在娜娜提选定的要动身回南方的那一天，黑云彩还是尽力为它举行了一个小小的饯行晚宴。由于在冰洋猎捕日益艰难，它不得不动用了只有在不得已时才能动用的储备粮库——从岸边一个常年冰冻的石洞中，取来一些鲸肉和海豹肉，请摩西卡、细尾拉丁、大长腿和卡门、普里兹、雷鸟夫妇等，为娜娜提欢歌壮行。在晚宴进行到一半的时候，刚刚得知信息的雪兔法比奥和旅鼠肯迪尔，也摸黑赶过来为娜娜提送别。它俩带来了一些秋天就采下的草莓、桑葚、枸杞和灯笼果等野果干，礼物虽然不多，却是它们宝贵的口粮储备，传递出来的更是一种浓浓的情意。娜娜提感动得眼含热泪，连连作揖。此后和大伙儿一起唱歌跳舞，一直欢乐到卡门和雷鸟夫妇都有了倦意，接连打哈欠，翅膀也呼打不出原先的精彩了，它才恋恋不舍地告别大家，踏上孤寂的归途。

　　送走了娜娜提、卡门、普里兹、雷鸟夫妇和法比奥、肯迪尔等，都拖着疲惫的身子回到各自温暖的府第，继续独居或与儿女们厮守，靠着在极夜未到之时便储存下的充足食物，过着半休眠状态的极夜生活，在已经习惯了的寂寞中，打发着慢慢逝去的时光。黑云彩从冰洞取储存食物招待朋友们的时候，忽然触景生情想起了老师安格卢，心里如有春风拂过。假如不是慈祥而又智慧的老狐，将这一极富远见又无比实用的妙招，当然也是它们度过饥荒的最宝贵经验教给自己，别说大大方方地款待朋友，即是能否顺顺利利地度过酷寒的长冬，只怕也会成为一个大问题。这些天来，它没少看白熊谷里的那些白熊，包括刚撵走乌拉里斯如愿以偿当了大王的坎图曼，时常被饥饿折磨得三根筋挑着一个脑袋，或是忍着饿冬眠，或是东奔西跑到处找吃的，狼狈的样子十分滑稽可笑。但披着一身坚硬铠甲的老冰洋，这时候表现得却是比任何时候都吝啬，面孔一板，六亲不认，对于来自外界的任何索求一概置若罔闻，这让平日里不可一世的北极霸主们，常常两手空空、颜面尽扫。这真是无可奈何的一件事情啊！它们总是在教训中重复着前辈走过的弯路，结果是一个脚印套着一个脚印，一个教训叠着另一个教训，最终连狐狸、雪兔和旅鼠等都再明白不过的仓储道理,也一丁点儿没学会。对于白熊们来说,这是不是有点太可怜?

这一天的一个暴雪肆虐之后的时刻,风也刮累了,世界静谧无声,黑云彩在温暖的冰洞里甜甜地睡着了。天上紫云飘过,一股很特别的气味扑进洞口,冰壁上的雪粒子唰唰啦啦往下震落,还没等它反应过来,一个熟悉的身影趔趔趄趄闪了进来。仔细一看,原来是好久不见的老师安格卢,头上、身上顶着白花花的雪。黑云彩兴奋地惊叫了一声,两臂用力抱紧了安格卢的脖子。

"先帮我止止腿上的血,瞧,还在哗哗地流,"安格卢推开黑云彩的前臂,坐在地上喘着粗气说道,"我遭了那些长着两条腿的人的算计。"

黑云彩这才惊讶地发现,安格卢的右后腿,从膝关节的上部被什么东西给夹断了,骨头茬子像刚折断的桦树桩,直戳戳露着,殷红的鲜血小泉眼似的从断裂的血管里汩汩涌出,有一根粗血管宛如蠕动的蚯蚓,耷拉在伤口上不停地跳动。黑云彩心里一阵刺痛,趴下来就给安格卢舔舐伤口,又给它敷了一些硝土。以往自己受伤的时候,它多以这种兽类常用的方式消疼止血,预防感染。

"那个拙劣的陷阱,还有那只卑鄙的捕兽夹,呔,其实我早就看出来了,我才不会轻易上当呢。"安格卢说着,轻轻叹息了一声。

"这究竟是怎么回事呢?您还是受了伤,而且腿都断了,瞧,还淌了这么多的血,地上的冰冰也染红了。"黑云彩很不理解地摇了摇头。它不明白安格卢为什么要这么说。

"怪就怪那只不知深浅的小狼崽子,比兔儿大不了多少的小东西,哼,趁着它的妈妈没留神儿,撒腿就奔着捕兽夹上那滩冰血去了。嗨,我本是不愿多事的,唉,唉,谁让我离它近呢,待我飞身一扑将那小崽子顶出去,唉,唉,这条不争气的后腿倒中了招。你看你看,这血还在流,伤口一时半会怕长不好了。哼,这个小狼崽子,摊上了个不称职的妈妈。"安格卢疼得咧了咧嘴,将一口憋在肚子里的浊气吐了出来。

"我真不能理解,亲爱的安格卢老师,那些人为什么要设下这些害人的陷阱呢?"黑云彩说完,将带唾液的舌头压在安格卢的伤口上。安格卢疼得皱了皱眉头。

"我早就告诫过你,对,在去南方游猎的时候就告诫过你,一定要远离那些长着两条腿的人,听明白了吗?是长着两条腿的人!天底下所有生灵中,唯有他们最最贪婪、最最可怕、也最最可恨!我们这些四条腿的和那些带翅的、长鳍的、生鳞的,凡是不能直立行走和不吃熟食的朋友,总是吃他们的亏,一辈一辈的从未改变!"安格卢越说越来气,一双大眼瞪得要迸出火星儿,眼眉上长长的透着铁锈红的毛毛,像风中的鼠尾花在微微摆动。

黑云彩一边和安格卢说着话,一边拿出了最好的鲸肉和海豹肉,冰洞里飘满了一缕缕诱人的香味。安格卢看了一眼这些冬夜中难得一见的美食,却笑着摇了摇头,嘴角也随之抽动了一下。

"其实从那回锥子山的狐首聚会之后,我已经不再吃什么东西了,饿了或渴了,只要凭着意念从空气里随便抓取几下,就什么都有了。所以在冰洋沿岸和苔原上建立的仓储点,也就不再使用,就连锥子山我也不怎么去了,乐得个自由自在云游天下。"安格卢虽然这样说,却还是撕下一条鲸肉,放在嘴里慢慢嚼着。它又说:"不过,既然你已经准备下了,我就好歹吃上一点吧。"

安格卢勉强尝过几口,便说什么也不再吃了。见黑云彩心生诧异,就说:"这没有什么可奇怪的,熬过了这么多岁月,见惯了许多的世事,我已经不再是从前的雪狐了。连睡觉我也不用躺下,走着路随便眨几眨眼睛,脑子里就比酣睡三天三夜还要清爽。至于说这小小的伤口嘛,我也不瞒你,只不过是想叫你看看,好引以为戒,因为只要我愿意,立马就会痊愈。你瞧——"安格卢火气已经消了很多,它轻轻咳嗽了一声,把一只前臂像赶走飞在眼前的蚊子那样,往旁边一挥,喝了声,"孽障,还不给我走开!"右后腿用力一蹬,站了起来,浑身上下利利落落,轻松自在的样子根本不像是受过伤。

黑云彩俯首察看安格卢的那条伤腿,果然完好无损。原先的骨茬、伤口、血迹,一点儿也不见了。它正暗自感

叹显现在眼前的神迹,却见安格卢脸一黑,冷冷地说道:

"再给你说最后一遍,一定要小心那些长着两条腿的人!"

说完,也不和黑云彩打招呼,一阵风似的飘然步出洞口。黑云彩猛地起身去追,却一头撞在冰冷的雪壁上,梦也随之醒了。黑云彩揉揉惺忪的眼睛,只觉得安格卢说的那些话,哪一句都真真切切,音犹在耳,一点也不像在梦里。更不可思议的是,洞里居然持续飘着安格卢身上特有的气味,那是一种蚂蚱菜、牛至草、罂粟花和千年雪地枯柳被冰水沤烂在一起的味道,亲切,迷人。踩踏得有些发黑的坚硬冰地上,几处未干的血迹赫然在目,靠墙壁的地方,还有一小条显然是刚被嚼过却又没吃完的海豹肉……这一切,究竟是真的发生过还是一场梦?黑云彩心里疑疑惑惑,好像置身在三百年前大荒山无稽崖的云雾之中。

"不管是梦不是梦,安格卢为什么老是絮絮叨叨,要提防那些'长着两条腿的人'呢?人有什么不好呀?"黑云彩想到了于大河,想到了尤尼塔,同时还想到尤尼塔家里以及小村子里一些它认识的人。他们都是那么善良,友好,总是呵护着它。他们手里有刀,有枪,有各种能夺人性命的东西,除了对海里的鲸鱼、海豹什么的使用外,从未见他们在自己面前亮一亮,留存在它往昔底片上的全都是美好的记忆。于是嘴里喃喃道:"这真让人不能理解,即便你是让捕兽夹子伤了,也不能光埋怨人啊?那也毕竟事出有因嘛。再说啦，人家也不是瞄着你安格卢才设的套嘛。"

黑云彩在似梦非梦中，在一些它一时无法弄明白的问题中纠结着的时候，离此不远的海象崖上，海雀普里兹一家正在沉沉的暗夜里，做着一个共同的梦。冰冻的老冰洋，一夜间被什么东西给揭了盖儿，狂刮了三年的能把磨盘大石刮跑的大风，很快又把海水吹干，比白熊谷还宽阔的海底朝了天，所有的鱼虾无处藏身，到处乱窜。它们最喜欢吃的沙虾、蛎虾、短须明虾和柳叶鱼、面条鱼、沙丁鱼、大麦穗子鱼等等，惊慌失措地蹦到岸上，有些直接蹦到山崖上它们借岩石建造的巢穴外面。普里兹的儿女们，比狂欢节里的花冠女王还要高兴一万倍。一家子唱着最愉快的歌儿逮呀、逮呀，把送上门的鱼虾，装满了五个用来做粮仓的大岩洞。

"我们今天获得了大丰收！"一只小海雀说。

"我们从此再也不愁吃的了！"另一只脖颈处有道白箍的海雀说。

小海雀们蹦着高欢呼，放开喉咙歌唱，天上的星星摇摇晃晃，飘过头上的每一片闲云都染上野罂粟的紫红。虚幻的世界，总是在意识里满足着弱者的全部需求，梦里一阵阵喧腾的声浪，压倒了岩巢外面风的呼啸。

幸福的梦境终结在魔鬼得手后的一声轻微咳嗽中。普里兹愈合了没几年的心灵创伤，又一次被残忍地撕开。从这一刻起，肝肠寸断的悲惨场景，在它的余生中将会不断显影在血淋淋的记忆之屏，直到一年零三个月后在一场猝不及防的暴风雪中，像一只可怜的海蟑螂虫那样哀鸣一声，伸腿死去。而将普里兹家族再次推向死亡深渊的不是别人，正是赶跑乌拉里斯没有多久的新王坎图曼。它在半冬眠的无聊与饥饿中走出白熊谷，先是打劫了两只正在进食的雪狐，抢走了一头小公熊刚从雪坑里刨出的一块腐烂鲸肉，毁掉了三个雪兔的温暖冰洞，踏坏了七家旅鼠的安乐雪窝，最后又沿着极昼时都难以攀爬的峭壁，登上普里兹家族和海鸠们栖居的海象崖。坎图曼借着地狱之烛闪出的亮光，用邪恶和暴行做了一次就职典礼上的即兴演讲，把凡是能寻找到的海鸟巢穴逐一毁坏。海雀儿们顷刻间从欢乐的美梦之巅，滑向万劫不复的炼狱底层。海象崖上子啼母叫，羽毛纷飞，碎石乱滚，无情屠杀喷出的血雾遮住了星星的光芒。这场浩劫是厄运与幸运的一次由时间做裁判的赛跑，结果赢家还是总也摆脱不掉的厄运，它再次以迅疾的步履，追赶上了刚从悲伤中走出不远的普里兹家族——儿孙十三口尽丧獠牙利爪之下，并入其饕餮之口；十一口受伤跌落山崖，生死难料；此外还有七口遍找无痕，自此永远失踪……海象崖成了海雀和海鸠离云天最近的坟丘。此后的五十多年中，每当黑夜笼罩或阴雾遮盖天空的时候，崖头上总响起已死海雀的凄厉歌声，与之唱和的，则是风刮巉岩发出的催人泪下的呜咽声。雪兔儿和旅鼠都坚信那是鸟儿们的冤魂在哭，闻者无不心里发颤。海象崖成了一座死亡之山，再也没有哪只鸟儿在上面栖落。

坎图曼凭借着血腥的屠戮和随意掠夺，走上了一条与老王殊途同归的暴虐之道，将白熊谷变成了一座恐怖之谷，生活在冰洋岸边这片土地上的原始居民，从自然的黑暗进入了精神上的黑暗，新王已经成了寒冷中最肃杀的寒冷，噩梦里最惊魂的噩梦。在上帝背过脸去的这些日子里，作为第三世界居民的狼、狐、兔、鼠及软弱的鸟儿们最为可怜，它们所有的话语权便是忍让，最恒定持久的逻辑便是逆来顺受。即使是能和坎图曼平起平坐的它的那些同族同类，似乎从老辈传袭下来的基因中，已经默认了这种强者为王、为王则霸的现实，永远在因循的圆圈里，一圈又一圈地重复着自己的生活。由此，自然界所有的生灵，对刮来的每一缕寒风、飞来的每一粒雪花，连同应时而至的极昼、极夜，日没月隐，都一概坦然接受，没有谁会大惊小怪。这也是上帝设立的法则。

尽管大家将这个世界上发生的一切都看得平淡如水，但坎图曼的恶行依然在风里四处传播，连生活在苔原带的一直到极昼来临时才钻出洞穴的沼泽灰鼠，在冰原上四处流浪的杂毛土狼，偶尔会北上冰洋觅食的绯鸥和游隼，也知道得清清楚楚。与此同时，不安的因子也如同多年后肆虐全球的病毒，在生灵们的一呼一吸中，花粉般附着到更多种群成员极为敏感的神经上。恐怖的病毒也传染到了海冰与岩石上。"坎图曼"这个令人生畏的名字，一时成了魔鬼的代名词。

这一天，黑云彩正站在大石砬子下面仰望着亮光闪闪的星空，想和那颗最亮的星星说说话儿，耳朵里长长的绒毛忽然察觉到气流中有一阵微微的波动。才转过脸来，就看到雪鹨卡门那双灵巧的翅膀，已经迎风一收，稳稳地落到它的脚下。

"白熊谷里到处都在传言，"卡门说，"坎图曼这些日子就要和你决斗，要是你败给它，就必须马上离开雪谷和这片冰海，像老王乌拉里斯一样。"

"我真不明白，坎图曼放着安稳日子不过，为什么老是要挑起事端呢？这片雪谷已经和特洛伊城似的，闹腾得没有一寸安宁的土地。"看着星光下卡门弱小的身影，黑云彩很是不解地摇了摇头。

"以扫只有赶走或杀死雅各，才认为是绝了争王的后患。恐怕你黑云彩一天不离开白熊谷，它坎图曼就一天也睡不好觉，吃不好饭呢。"卡门说。

"我可从来没想到要和它争什么大王，坎图曼真是杞人忧天，自寻烦恼！"黑云彩抬起头来，望着星星。

"不管怎么样，你还是要小心着点儿，它是连童男童女都吞得下的怪物弥诺陶洛斯，心狠手毒，啥伤天害理的事都干得出来！"卡门说完，告辞回到自己家中。

雷鸟伊利和安诺夫妇、雪兔法比奥、旅鼠肯迪尔等，也找到黑云彩，表达了它们各自的担心。法比奥和肯迪尔的家，最近屡屡遭到坎图曼的骚扰甚至破坏，所幸的是，老老少少都还安然无虞。现在，它们不得不搬到离熊府中心地带更远的地方去。

传言很快在摩西卡前来串门的那天中午——如果是在极昼期间的话，这个时刻应该是太阳挂在南面天上的中午——被迎面撞见的坎图曼所亲口证实。当时，黑云彩和它的雪狐朋友，正沿着崎岖不平的冰洋岸边，准备登一趟锥子山。多日前暗夜中与安格卢的会晤，那些大感不解的话题以及说梦又不像是在梦里的感觉，犹如亚里山大大帝挥刀斩断的那个绳结，让它陷入深深的困顿之中。思来想去，黑云彩决定趁着摩西卡来访之机，约它一起到山上撞撞运气，如果碰巧遇到老狐，就请它像弥赛亚点化正直的人那样给它拨去心头迷雾。黑云彩与坎图曼猝不及防的相遇，其实使双方都尴尬无比。短暂的惊异和四目相接之后，黑云彩和以往一样，与摩西卡主动选择了回避——它俩借着眼前一道雪沟的出现，准备隐身其中，然后悄悄走开。霸道惯了的坎图曼却是毫不相让，一步跳到黑云彩前面截断去路。

"想必你已经知道了我要和你决斗的事，"坎图曼眼里射出两道贼绿的光，刚残害过海雀和海鸠的嘴巴里，和着没法去除的血腥吐出一串充满威胁的话语，"如果你能想得开，那么一切还来得及，你完全可以老老实实地走开，就像乌拉里斯的消失一样,永远也别再回到白熊谷和这片冰洋。因为我不想看到你丑陋的样子,更不想再闻到你身上那股可恶的人腥味!"

一阵疾风紧贴地面吹过,有海狗脑袋那么大的一个冰疙瘩,骨骨碌碌滚了过来。坎图曼伸出一只还沾着海鸟残羽的前爪,利落地将其摁住,就像摁住一只海豹浑圆的头颅,斜睨了一眼黑云彩,然后一点一点,把冰疙瘩在爪下碾得粉碎。一堆冰冷的银粉儿,很快在风中四散飞扬。坎图曼说:"瞧见了吗?要是不想自动消失,我就会在族群大会上和你决斗。结果嘛,哼,你已经看到了这块冰疙瘩……"

"当然,假如你能在决斗中取胜,"坎图曼阴鸷地一笑,忽然又变得阴阳怪气,说,"不过嘛,这个'假如'是不存在的,就凭着你这乳臭未干的小身板儿,还有一身酸臭味,呸,也就是那两条腿的人身上的气味,注定了赢不了我,就像老冰洋上的冰一定是结在海面,而不是在看不见的水底一样!所以嘛,额心长黑毛又让人养过的杂种,这个'假如'就不用去说了,哈哈哈哈。"

坎图曼淫荡的笑声,在冰冷的夜里格外瘆人,连鬼听了也会头皮发炸。

"要是我既不想离开白熊谷和这片冰洋,又不想参与决斗呢?"黑云彩并不理会傲慢的坎图曼,而是抬起头来看向天上的星星。那颗最亮的星星一闪一闪,她这时也在慈祥地看着地上的黑云彩。是的,星星比金子还耀眼的光芒直射凡界,地上没有什么能瞒过星星的眼睛。世间在做,天上在看,星星什么都知道,只是不说而已。黑云彩心里想。

"要么乖乖离开,要么进行决斗,两者必选其一。我再给你极昼时三次太阳东升西落那样长的时间考虑,假如你还留在白熊谷,你身上的人腥气还在这片土地的空气里飘散,那就啥也不用说了,咱们就用决斗这种最公平的方式,来决定你的命运。"坎图曼傲慢地说着,耸了耸显然是比黑云彩高大的肩膀,又用眼角扫了一扫摩西卡,"白熊谷的族群大会,向来欢迎大自然各界的朋友参与观光。到时候,也请你的这位狐朋狗友前来共同见证吧。"

望着坎图曼的身影鬼魂般遁入黑暗之中,摩西卡忧心忡忡地说道:"看来,坎图曼这会儿铁了心要把你赶出白熊谷。"

黑云彩说:"从我一踏进这片雪谷那天,它就没安好心肠。三番五次恶语相向,我都躲开了,实在不想招惹它。"

摩西卡说:"这一回怕是绕不过去了。唉,要是咱们这回能在锥子山上见到安格卢就好了,它一定会帮着出个高招,挫败坎图曼的阴谋。"

黑云彩说:"安格卢说它现在云游四方,居无定所,咱们只能碰碰运气了。"

摩西卡叹息了一声,说:"那可怎么办呢?坎图曼如此咄咄逼人。"

黑云彩笑了笑,说:"也许,到时候自然就会有办法了。提坦神的儿子既然造了人,就会赋予人生存的本事,尽管他们的灵魂可能只有一半。"

"我说得对吗,亲爱的星星?"黑云彩又抬起头来。它看到那颗最亮的星星点了点头,一道亮光瞬间飞到了心里。

黑云彩和摩西卡沿着冰岸走向锥子山,与雪地几成一色的两个灰暗影子,在星空下一前一后跃动着。

夜色里的雪路并没有坦途。即使对那些最善于在此间奔走的生灵来说,挑战与考验也会随时而至。黑云彩和摩西卡脚下的路越来越难走,它们来到白熊谷与锥子山之间一片最凶险之地——冰板坡。这实际上是一道在第四纪冰期之前就发育成功的大冰盖,让太阳、风、雨、雪和自然界许多奇奇怪怪的东西抚摸、揉搓了若干万年之后,冰盖上面到处都是明明暗暗的大窟窿。最瘆人的是一道道看不见底的冰缝,就像地狱城堡开在地面上的狭长天窗,暗藏着红、蓝宝石般夺命的寒光,专等在光线充裕的极昼期间,晃瞎那些胆大者好奇的眼睛!黑云彩和摩西卡行走在这样的冰板坡上,不得不十二分地小心谨慎,生怕哪一脚踩空,滑进万劫不复的深渊。

"你来听,摩西卡,"它俩贴着一道冰裂缝的边缘走到一个下坡,旁边一个冰洞中忽然发出一阵奇怪的声音,黑云彩心里一怔,停下脚步,皱了皱眉头,说,"是不是有魔鬼要从地狱里爬上来？"

摩西卡也停下脚步，侧耳细听。冰洞中噼噼咚咚地响，好像还有呼喊的声音嗡嗡地传出来。

"哈哈，我想这是冥王普鲁托正在和它的臣民们过狂欢节，传到地面上的声音虽说不是很真切，但想必也是足够的热闹。"摩西卡晃了晃脑袋，笑嘻嘻地说。

"不对，你仔细闻一闻，空气里还有另一种气味！"黑云彩张大了鼻孔，捕捉着那些逃离在风中的气味的分子或原子，接着又说，"我对着古老的冰板坡起誓，这种味道绝不是从地狱里发出来的。"

摩西卡也和黑云彩那样，鼻孔朝天，两眼微闭，认真地嗅辨起来。一种像黑云彩却又不是黑云彩身上散发的气味，像扑向灯火的蛾子，接连撞进了鼻孔里的嗅神经和鼻三叉神经系统中，并同时引发了一系列的酶的级联反应。它的脑子如程序复杂的电子计算机般高速地运转、甄别、分析、判断，只花了打个喷嚏的工夫，便做出了像它这样聪明的雪狐都会做出的结论。

"好像是哪位朋友掉进了冰洞，没错，一定是这样，掉进了冰洞。"黑云彩看着摩西卡一副若有所思的样子，更加肯定了自己的判断。

"我想也是这样，如果搞不错的话，可能还是位白熊朋友。"摩西卡面有难色，两臂向前一摊，说，"那又能怎么办呢？咱们两手空空，又是站在地狱的大门口。"

发出声响的冰洞在左前方,黑云彩和摩西卡近前一看,黢黑的洞内果然有一只个头不大的白熊,就和所有落入陷阱的动物一样,慌乱、狂躁、绝望、无奈,在下面不停地转着圈子,希望在绕了无数圈的冰壁上,找到一处能够攀爬的地方。但满怀希望的尝试总以失败告终。绝情的冰壁透着三百万年的阴冷,死神把骨子里的狞笑变作无懈可击的湿滑,使它每每在抓跐着冰凌攀离到一人高的时候,又咕咚一声摔到洞底。白熊发疯般吼叫着,声音嘶哑,充满绝望。或许,它被困在冰洞已经有些时日,求生的不断攀爬,已经让它筋疲力尽;喑哑的叫唤,其实也只能把微弱的求救信号发送到洞口。好在它失足跌落的这个冰洞并不太深,假如有什么办法能使底部抬高一头大白鲸身长那样的高度,假如它又是一只吃饱喝足、精力充沛的成年白熊,那么仅凭一跃之力脱离陷坑,也许并不算什么奢望。黑云彩趴在洞口,紧皱眉头思索着,看看有没有什么办法,来帮助这位白熊朋友回到自由奔跑的世界。

见有一位同类和雪狐同时出现在洞口,底下那只白熊,倒像拉撒路姊妹看到了救世主,眼里放射出一道奇异之光。这真是一个见证奇迹的时刻。它安静下来,停止了机械式的胡乱攀爬和转圈,嘴上也不叫唤了,只是瞪大眼睛往上望着,就如特洛伊人仰望前来搭救的天神朱庇特。激动的心又持续地大幅度跳动了一会,底下的白熊突然开口说话:"哦,我认出来了,你就是坎图曼要赶出白熊谷的那位黑云彩，在碾盘石召开的族群大会上，我见到过你，真帅气啊。嘀，怪不得我刚才又闻到了那天闻到的味道呢。啊，这真是一股奇异的味道！我妈妈说，那是一种只有两条腿的人才会带有的味道，白熊谷哪只白熊的身上都没有。"

"啊，你就是族群大会上为我打抱不平的那位小勇士？哦，不不，是小侠女。"黑云彩惊喜地叫了一声，眼里闪出星星那样的光泽，"我后来打听到你的名字，唔，你叫维娜是吧？"

"是的，我叫维娜，妈妈一直这样称呼我。"维娜情绪彻底放松了下来，倚在洞壁歇息了一会，气也喘得均匀了。

"那你又是怎么掉进这个大冰洞里的？也没有你的妈妈或其他朋友跟着，多危险啊。"黑云彩探头看着洞底，问道。

"族群大会开过不久，妈妈在海象山的一次大雪崩中被埋到了崖下，剩下我一个在冰海上到处流浪。"维娜说着流下了眼泪，"大概十天前，对，是隔着有十个日出到日落那么一些日子，那个暗夜极光飞旋，天上飘满了彩虹。我跟着一群低飞的雷鸟来到这里，因为一时贪恋头顶上五颜六色的美景，没想到脚下一溜，便掉了下来。"饥饿感像一群嗜血的虻虫般突袭而来，维娜低下头，有气无力地说："唉，我饿了，实在是太饿了。掉进大坑之前，就已经有好多天没吃过一口东西了，现在甚至连海豹肉是什么味道，也记不起来了。哦哦，那肉应该是甜的吧……"

黑云彩和摩西卡对望一眼,又耳语了几句,就把脑袋向洞口探了探,说:"维娜你再忍一忍,我这就去给你弄点吃的。让摩西卡大哥先在这里陪你一会儿。唔,你看着洞口正上方那颗星星,不等她转出有海豹尾鳍的宽度那么远,我就会回来。"说完和摩西卡打了声招呼,快步离开了冰板坡。

　　黑云彩走了最多半天工夫,风里隐隐传来一阵拍打翅翼的声音,虽然轻微得像蜂儿踩踏花朵,但还是被摩西卡那两只听觉超好的灵敏耳朵捕捉到了。它抬头注视着昏暗的天空,密密麻麻的黑点涌动过来,刮刮啦啦响过一阵,雪鹑卡门和伊利、安诺这对雷鸟夫妇,带着一大群鸟儿栖落了下来。

　　"摩西卡大哥,"卡门脚一沾地,跳到洞口边,向着摩西卡说道,"听说维娜掉进冰洞,我和伊利、安诺便带着朋友们立刻赶过来了,黑云彩就在我们身后,一会儿也好到了。"

　　伊利、安诺跟摩西卡打了招呼,也说道:"也许,我们能帮上点小忙。"然后来到洞口,和卡门一起关切地问候洞中的维娜。维娜见这么多鸟儿也来看望并救援自己,比奈弗尔王子得到智慧神的魔法书还要高兴,站在坑里,眼里含着泪,连连举动两掌,向大家表示谢意。

　　鸟儿们叽叽喳喳一阵欢呼,黑云彩回来了,它带过来足足有大半只海豹。摩西卡看它气喘吁吁的样子,赶快跑上前去帮忙,并喊着洞里的维娜,让它往旁边避了一避。然后和黑云彩一起,贴着另一侧冰壁把食物投放了下去。

"维娜你慢慢吃着,我们马上就救你上来。"黑云彩喘过一口气,向着下面说,"雪兔法比奥和旅鼠肯迪尔,随后也会赶过来,它们现在正在路上呢,还带着一大帮兄弟姐妹。"

维娜感动得使劲点着头。久违的海豹肉,如同饼和鱼,填充进加利利海边那些人的饥肠。维娜心里百感交集,大口大口地嚼着肉,还觉得恍若在梦里。

"能把维娜救上来的办法只有一个,"黑云彩眼看着摩西卡和卡门、伊利、安诺它们,说,"我回去取食物的路上就想好了,咱们大家伙儿一起取冰挖雪,把这坑儿填平,维娜就会顺顺当当地爬上来。当然,这得费上点儿工夫。"

摩西卡笑着说:"哈哈,怪不得这么多朋友都一起跑了来,原来用的是精卫填海这一招!我看再也不会有比这更好的办法了。反正维娜姊妹现在已经有了吃的,也不用慌了,咱们就一块儿动手,把恶魔赛特挖下的这个坑坑给它填平!"

卡门说:"高低不平的冰板坡最不缺的就是冰雪,别说是填一个坑,就是十个、一百个也不在话下。"

伊利和安诺也认为这是个最靠谱的主意,它俩向着散落在一边的群鸟高叫一声,说:"朋友们,咱们动手吧!"群鸟齐声响应,呼呼啦啦飞到洞口。这些生活在极区的鸟儿们，个个都是扒冰弄雪的好手。大家围在洞口，嘴啄爪刨，双翅飞舞，雪尘升腾，那些抠下来的冰碴儿、雪粉儿，纷纷扬扬落进了冰洞。维娜在雪雾中随时移动着身子，所处位置一寸一寸被抬高。

黑云彩看好了洞口四周一些碾砣子大小的碎冰块，觉得这正是上帝为它们预备下的上好礼物。它和摩西卡跑上去一通摇晃，冰块一个个松动了，又一个个被推着滚入坑底，星光与北极光的斑斓也在洞里跌落一片。

雪兔法比奥和旅鼠肯迪尔，这时候也带着众多它们的族属，一路顶风冒雪、浩浩荡荡开到冰板坡。兔儿和鼠儿，自有它们各自打洞扒冰的绝技，一抵达目的地，两百多只兔儿和五百多只鼠儿，即在法比奥和肯迪尔的分派指挥下，分作了六路。领头的都是雄性大兔或雄性大鼠，头前尾后，舞动四爪，将冰雪刨木花儿似的，倒退着飞速地往冰洞里刨去。星空下，六队兔和鼠制造了六条银光闪闪的玉龙，呼啸着，腾挪着，哗哗啦啦钻入冰洞的巨腹。这工夫连卡门和伊利、安诺它们也使不上劲了，鸟儿们只好退到一边，惊喜地看着四条腿刨雪大师们的杰出表演。

无比壮观的刨雪场面，感染了最善于唱歌的伊利和安诺，夫妇两个领头喊起了劳动号子——《堆雪歌》，众鸟儿齐声唱和：

我们堆冰雪啊，（伊利、安诺）

嗨哟、嗨哟,(众鸟儿)

哗哗啦啦堆冰雪啊,(伊利、安诺)

嗨哟,嗨哟,(众鸟儿)

天上的星星看着我啊,(伊利、安诺)

嗨哟,嗨哟,(众鸟儿)

天上的星星看着我。(合)

冰雪堆到坑里去啊,(伊利、安诺)

嗨哟,嗨哟,(众鸟儿)

哗哗啦啦填满坑啊,(伊利、安诺)

嗨哟,嗨哟,(众鸟儿)

我们的朋友就得救了啊,(伊利、安诺)

嗨哟,嗨哟,(众鸟儿)

我们的朋友就得救了。(合)

  天上的星星似乎从来都没有像今夜这么给力过。闪闪的金光给劳动者们照着亮儿,流进大坑里的冰雪,每一粒、每一抔,既带着她的光亮,又带着她的温度。黑云彩心里也从来没有这么亮堂、激动过。当一颗流星拖着摩西卡那样漂亮的尾巴从正前方滑过时,白熊、雪狐、鸟儿、雪兔和旅鼠们的星夜大营救,终于画上了一个人人心里都欢悦无比的句号:维娜的脑袋露出了地面。"哇——"随着大家伙儿的一阵欢呼,已经在坑里吃饱肚子的这位受困者,奋力一跃跳上洞口。慈爱的星星,迅疾将光的衣服披到了维娜身上,清爽的空气也来抚慰着它曾喘息憋闷的鼻孔……

伫立在老冰洋岸边的冰板坡,多像一个饱经沧桑的巨人啊,活了也算是天荒地老的年纪,从未见到过这么热闹的场面,更没见到过众多动物能如此齐心协力地解救一只落难白熊。低沉的月亮升上来,和着星星的光芒,把万顷大地照亮。冰板坡所有的冰洞和裂缝,都变成了唱着赞美诗的嘴巴,冰层中光的手举起赤旗、橙旗、黄旗、绿旗、青旗、蓝旗和紫旗,用最冷寂难解的方式,表达着冰川之神的感动。一切来得那样突然,去得也那样疾速。现在,已获成功的救援大军,分成空中和地上两路,又浩浩荡荡撤离了冰板坡。做了救人善举的鸟儿、雪兔和旅鼠,个个脸上闪耀着耶稣让死者复活之后那样的神采。刚刚从冰洞脱险的维娜,一面对黑云彩的侠义施救万分感激,一面又从中看到它身上有一种神秘的力量,短短半天工夫,竟招集来那么多兔儿、鸟儿、鼠儿,戮力同心,刨冰啄雪,眼看着就把一个大冰洞给填平了!如果不是有神灵相助,那又该作何解释?维娜由此情愫暗生,恨没能早早地对黑云彩以心相许。听说它和摩西卡两个要去锥子山,说什么也要跟了去。"管它呢,从此我再也不离开黑云彩!"心里打定主意,维娜就跟着黑云彩和摩西卡上了锥子山。

老狐安格卢没在山上。曲曲弯弯的山路铺着厚厚的积雪,平滑光洁,干净得连只鸟儿的爪印也没留下。曾经欢宴的洞府寂寂无声，门洞还是和很久前主人离去时那样好好地掩着。门楣上面挂着七八根又长又粗的冰锥，石门缝隙中灌满极昼时落下的冰雪，除了无时不至的风和暗夜里的星光，再没有哪位访客前来光顾。黑云彩回想起安格卢音犹在耳的那些话，不禁连连感叹，它们三个在锥子山上又待了一会儿，只得回到白熊谷。

决斗的族群大会，在星月临空的午夜如期进行，碾盘石前面的宽敞雪地，即是决斗战场。白熊谷的白熊一族聚集在正对碾盘石的雪地外侧，才被黑云彩它们搭救的母熊维娜，也悬着一颗心站在里面。卡门、伊利、安诺、法比奥、肯迪尔这些鸟、兔、鼠类代表，依然分立在左右两边的冰蘑菇和巨型石笋上。雪狐摩西卡和流浪到白熊谷一带的两只土狼、四只红爪海鸠、七只勺嘴滨鹬，则作为白熊谷境外居民的特邀嘉宾，破例站在碾盘石上观战。

由坎图曼单方面发起的决斗挑战，理所当然地在白熊谷引起一场不算太小的震荡。凡是肯开动脑筋想一想的熊、狐、狼、兔、鼠或那些通灵的鸟儿，都对坎图曼为什么要采用决斗这一白熊谷从未有过的方式心知肚明。它在赶走乌拉里斯老王之后，紧接着又在雪谷一带疯狂地打劫，抢夺，并一手制造了海象山惨案，这些带有杀鸡儆猴意味的恐吓手段，达到了比预期目标更为理想的效果。偌大一道雪谷，从南到北，从里到外，大大小小的白熊无不畏惧惊悚，那些弱小的永远不可能与之相抗衡的其他种属，不管是食草的还是吃虫的,包括远处的土狼和雪狐,也都闻风丧胆,谈坎图曼而色变。自以为已经坐稳了大王交椅的坎图曼,如今又要用决斗的方式来清除心目中的隐患,也就是假想敌黑云彩,不能不说是煞费苦心。以它的强大和凶悍,要战胜从外观上看更弱小的黑云彩,简直如以虎搏羊,几乎没有任何悬念。坎图曼也正是看明白了这一点,才一再坚持要用这种貌似公允的方式,既拔掉肉中之刺,又让动物界其他族属都念着它的好。做事合理合情,又不恃强凌弱,从而布威四方,树立起一代明王形象。

半圆的月亮升到海象山顶,又斜着往上爬高了有碾盘石前石笋的三节那么高,既是族群大会召集人、主持人又是决斗参与人的坎图曼,宣布决斗大会开始并发表了一番慷慨激昂的即席演讲。所有与会者紧盯着站在雪地中央的坎图曼和黑云彩,不知接下来的夺命打斗,将会给自己和这座雪谷带来什么。好奇的雪花一簇簇缓慢坠落,有些变成冰凌的晶体,一碰到硬物便发出嘎嘟、嘎嘟的金属声响。各种喘息声、哀叹声和磨牙声在风中交织,与会者的神经总像弦子般被无情弹拨。

"今天我之所以要和黑云彩决斗,大家都知道不是出于个人恩怨,也不是什么争强好胜,而是因为它被那些两条腿的人收养过,身上沾了人腥味。白熊身上一旦有了人味,就很恐怖,也很可恶,它会像瘟疫那样到处传播。我们白熊谷,也会因此慢慢失去纯洁和正统,再也不会安宁。"坎图曼正口若悬河、舌卷莲花，不知是谁发出嘘的一声，在雪地周遭的会众中，起了一阵小小的骚动。坎图曼抱着拳向四周会众晃了晃，又接着说下去："说到决斗，我想这是绝对公平和公正的方式，之所以邀请白熊谷内外各界友人前来观摩，就是想请大家共同来做个见证。我坎图曼绝不以大欺小，以强凌弱，只要黑云彩在决斗中输了，必须立马退出白熊谷，以后永远不得在这一带冰洋捕猎！"

"说得真是冠冕堂皇，什么人腥味啊，白熊谷安宁不安宁啊，哼，还不是害怕黑云彩往后会抢了它的王位嘛！"听了坎图曼信口雌黄一通演讲，卡门心里不忿，对伊利和安诺说，"也就是看着黑云彩比它弱小，好欺负，才装模作样地搞啥决斗，雪谷里谁不明白呀，它这是要借机谋害黑云彩！"

伊利说："是呀，鬼才信它的话呢。借着捏软柿子，要全天下的人都怕它，江山才坐得稳呢！"

安诺说："要是普里兹也看到坎图曼现在这副嘴脸，真不知道会怎么恶心呢。"

善良的鸟儿说完，看了看身边那片空空的雪地，想起上次开族群大会的时候，不幸的海雀妈妈就站在那里。谁想时隔半年，一门老幼惨遭屠戮，只剩下悲伤至极的普里兹，现在也不知流落到了哪里。心里一时难受，眼圈儿不觉发了红。

卡门说："有一点我实在想不明白，坎图曼如此仗势欺

Ⅵ 决斗 / 181

人，白熊谷里这么多的白熊，也有个头高大的，也有秉性正直的，在老冰洋上都算有头有脸的，就是不能和它刀对刀、枪对枪，难道连句公道话还不敢说吗？"

卡门话音还未落地，忽见大公熊哈利拉大胆地站了出来，往前走过几步，大声向坎图曼提出质疑："既然是公平决斗，又请来这么多族众观战，那么到底怎么算输？怎么算赢？这总得让大伙儿心里清楚，也得让你的对手心里清楚吧？"

坎图曼犹疑了一下，转过脸来，蛮横地向着哈利拉和大伙说："被打倒即是输，被打倒的次数越多就是输得越多。如果倒下再也爬不起来，自然就是彻底输了，这还用多说吗？"说到这里，忽然哈哈大笑起来，"不管怎么说，黑云彩是必败无疑，而且必须离开白熊谷！"

哈利拉又说："为什么只说黑云彩输了如何如何？决斗不是还没开始吗？如果是你坎图曼战败了，又该怎么办？"

白熊群里一阵骚乱，大家开始嘀嘀咕咕，碾盘石上的特邀嘉宾和冰蘑菇、巨型石笋上的代表也议论纷纷。卡门和伊利、安诺、摩西卡等，都为哈利拉能站出来主持公道感到高兴。同时，更期盼着黑云彩能像在冰洋捕猎那样，在决斗中得到神灵相助，创造奇迹。维娜在上回的族群大会上，已经见识过哈利拉的仗义执言，心里一直对它存有好感。假如没有哈利拉，坎图曼真是一手能遮了天，想怎么样就怎么样。这一回，见它又逆风而上和坎图曼据理争辩，忍不住将感佩的目光再次投向了它。

凡是当了王，就有了威，就不喜欢戗着说话的人。坎图曼也不例外。哈利拉的一番质问直戳坎图曼的软肋，让这位新王非常尴尬和窝火。它自然而然想起不久前的那次族群大会，就是这位愣头青挑头作对，才让它驱赶黑云彩的计划落空，以致养虎为患。"收拾完了身上沾着人腥气的黑云彩，就该轮到你了！"心里恨恨地想，"这白熊谷里好像就你哈利拉骨头硬，一开族群大会，就蹦出来充六条腿的兔子，哪句难听攮哪句，让我下不来台，哼哼。"大庭广众之下不便发作，又不能不对它的质询做出回应，就懒懒地站起身来，眼睛也不看哈利拉，只是转了一圈，环视着雪地四周的会众，瓮声瓮气地说道："既然哈利拉提出了这个问题，我就负责任地告诉各位，假如是我坎图曼战败了——问题是我真的战败了的话，那么，就让黑云彩永远住在白熊谷，永远享有在这片冰海打猎的权利，谁也不再为难它。哈哈，不过嘛——"说到这里，坎图曼突然狞笑着把硕大的脑袋晃了晃，"现在讲这些，的确还有点为时过早，也没有什么意义，我看咱们还是让决斗来说话吧！"

"不管怎么说，决斗也不是儿戏，"哈利拉又说道，"要保证从头到尾都能公平和公正，最起码也得有几个德高望重者，来当裁判吧？"

"什么裁判不裁判，就凭着我这对有力的臂膀，"坎图曼把身子晃了一晃，不耐烦地吼叫道，"看清楚了吗？这就是裁判，没有比它再坚硬的了！只要额头长黑毛的这个家伙输了，就得立马给我滚出白熊谷！"此后眼睛一斜转向黑云彩，"喂，你这个头顶一块黑炭的家伙，知道嘛，这样对你已经是很公平了。"

黑云彩习惯性地抬起头来，看了看天上。头顶那颗最亮的星星，在深邃的幽暗中慈爱地眨着眼睛。一束比金子还亮的光，直泻千里，心灵中最偏远的角落也充满光明。"我什么都看到了。沉住气，黑云彩，我的光会一路照耀着你。"它听到那星星说。黑云彩用含情的目光向远方的星星致意。

黑云彩的视线移向地面，它看到站在熊群中娇小的维娜，此时正深情地注视着自己。哦，它的眼睛里怎么有那么多的东西啊！山、海、飘浮的云、飞动的光，还有春天的绚丽红霞，莽原上的绿草野花……所有的美好，都闪耀在那对亮晶晶的眸子里！黑云彩的视线蛇一样游动，滑过冰蘑菇、碾盘石、巨型石笋，游走了一圈，又回到自己对面的雪地上。坎图曼眼睛里的两道凶光，剑一样逼了过来。

"接招吧，你这个浑身腥臭的丑八怪，今天就是你四条腿立在白熊谷的最后日子！"坎图曼咬牙切齿地说完，举起一只粗壮有力的前臂，猛地挥向黑云彩——维娜噢地尖叫了一声，身子不由自主抖动起来。蹲坐在碾盘石上的摩西卡，也把一颗心提到了嗓子眼，两只前爪不知不觉插进了冰里。站在冰蘑菇和巨型石笋上的卡门、伊利、安诺以及法比奥、肯迪尔,各自的两眼紧盯着黑云彩和坎图曼,大气也不敢喘上一口。

所有目光都聚焦在坎图曼那致命一掌上。兴奋、疑虑、沮丧、惊吓和担忧,各种复杂情感也聚集在这一掌上。连冰原上最孤陋寡闻的灰毛鼬也知道,老冰洋上目前还没有哪一只海豹的脑袋,能机灵地躲开它击出的结实一掌!然而这一掌,即使见惯了神迹的先知也不会料想到,竟被黑云彩轻轻一闪悄然化解。紧贴黑云彩面部擦过去的,只是一股比刀锋还寒、比坚冰还硬的凉风。没有命中目标的抡空一击,彻底激怒了坎图曼,它紧接着挥舞两只铁掌,闪电般轮番劈向黑云彩的面门、胸口,并在其中一掌重重击出的同时,凌空一跃,飞扑了上去。维娜的心脏旋即被一只无形巨手攥住。时间在瞬间死去,地狱里青光闪烁。黑暗中至黑的那一秒还未完全擦过去,所有眼睛旋即绽放出同一种惊异的目光:黑云彩在那堵肉身铁塔将要砸向自己的一刹那,敏捷地一跳,落到两三丈开外,然后像局外人似的,冷眼看着收腿不稳的坎图曼,骨骨碌碌滚到雪沟里,又顶着一头雪粉儿拱出来。仿佛这只是一场由坎图曼独自表演的杂耍喜剧,而黑云彩不过是站在观众席最前排的一位观赏者。

卡门、伊利和安诺高兴地拍着翅膀,咯咯地大叫了起来。肯迪尔和法比奥则撅着小胡子高喊:"嗨嗨,压上去呀,压上去呀!"白熊群里也是一片闹闹嚷嚷,哈利拉和几头对坎图曼心存芥蒂的白熊，实指望黑云彩能趁机给坎图曼一顿痛揍。

摩西卡此前一直怕黑云彩不是坎图曼的对手而忧心忡忡，就是在刚才，还在为自己的好朋友捏着一把汗呢！看见黑云彩面对生死之决气定神闲，只是于一躲一跃间便轻松化解危险，并使疯狂的坎图曼尽显狼狈，不由对这只才刚刚成年的白熊暗暗佩服。它忽然明白，为什么连安格卢这样的得道老狐，都那样器重黑云彩呢。想到这里，一颗悬着的心放了下来，心里甚至还有了一种莫名的期待，因为只要它上前一步，就势压到坎图曼身上，便可随意暴打，第一个回合的胜利唾手可得。

黑云彩什么也没做。它还是站在原地，目光镇定地看着眼前。但这目光，搭载着心的火箭，驾乘着思维的飞船，穿越星光隐隐的暗夜，穿越白熊谷和没有生机的冰川雪原，追赶上了飞速逝去的时间白马。它恍若回到记忆深刻的往昔。那时候，啊，那时候是多么美好的一段光景啊！炊烟飘动的村庄里，于大河、尤尼塔、阿黄，还有那么多熟悉的人和狗，跟他们与它们在一起的日子多么快乐啊！自己总像个长不大的孩子，哦，那时的确就是个孩子。自己对什么都好奇，帆布遮盖的雪橇、储备食物的冰窖、雪里掩藏的兽骨、平房顶晾晒的鹿皮，还有于大河和尤尼塔使用过的背囊、睡袋什么的，它都要跑过去探测一番，嗅辨一下气味，打上自己到过、见过和闻过的印记。那时它还不明白，为什么对主人们到过的所有地方和使用过的所有器物，都那么有兴趣。现在，储存在记忆之库中的气味，成为它检索和回顾往事的最有效路径，让它热情激荡、血脉偾张的画面，随时会连同气味飞旋到思想的天宇。一阵热浪滚过，它又想起了告别卢特吉尔的那个早晨，想起了刚抵达白熊谷时搁在地表上的落日，自然也想起了老狐安格卢以及和安格卢狩猎时那头坠崖的凶猛麝牛……时光列车在脑海中轰鸣而驰，天上那颗最亮的星星投下清冷的辉光，雪地上奔跑跳动着一片朦胧的诗句。

对手出奇的淡定和自己莽撞进攻带来的挫败，使坎图曼蒙受双重羞辱。再度出击时，它不仅变得比先前谨慎小心，而且还稍有迟疑，只有在慢慢逼近到几乎与黑云彩身体相接之时，才将自以为十拿九稳的致命一击，突然暴出。黑云彩依然不慌不忙地周旋、躲让，那双曾击毙白鲸和海象的有力臂膀，此刻的全部功能便是用来遮挡招架，而在很多旁观者看来，它其实有很多次机会完全可以将狂怒的对手拍翻。如此一来，两只白熊间一攻一防、一进一退的打斗，更像是一场双方默契的实战模拟游戏。冰蘑菇和巨型石笋上的朋友们，对黑云彩的一味退让疑惑不解，碾盘石上观战的两只土狼、四只红爪海鸠以及七只勺嘴滨鹬也如雾里看花。卡门一回回不安地跳起来，恨不得飞上前去替黑云彩把坎图曼啄倒。然而，细心的摩西卡却从中看出了蹊跷。黑云彩虽然总是被动招架，虚与委蛇，但它的退避,却是有意识在把战场引向外面。略微弯曲的防御路线大有深意,偏离了碾盘石前平坦的雪地,偏离了怪石嶙峋的斜坡,偏离了谷底爪印重叠的小径,偏离了大家所能想象到的所有地方,更偏离了所有观摩者充满好奇的视线,一直沿着陡峭的山体和冰冻的巉岩,缠缠斗斗、停停追追,不知不觉中,两位雪谷里的决斗者,竟一前一后攀上了危崖高耸的海象山。

"喳呀、喳呀——"

一声来自冥府深处的歌声悚然而起,一路追打黑云彩的坎图曼,心里突然打了个激灵,这才意识到,此刻脚下踩踏的岩石,正是不久前扑杀海雀们的那座山崖。

"喳呀、喳呀——"

幽怨、凄伤的歌声响成一片。海雀的亡灵们、那些普里兹的子孙,随着歌声从地底下冒了出来,蹦蹦跳跳,跌跌碰碰,擦着山石,贴着冰崖,撞击着沉寂的暗夜,在寒风中呐喊哭诉。石缝中塞满死伤海雀的断翼残翅,积雪里流淌出殷红的血水。

"如果现在住手,一切都还来得及。"黑云彩躲开坎图曼的又一次进攻,侧身跳到一块直立的岩石上——它的身后即是黑咕隆咚的深渊,说,"我其实没有任何别的奢求,只想在白熊谷住下来,安安稳稳地过日子,和谁都不想起冲突。"

"那也不行,只要你不离开白熊谷,就必须去死——"

坎图曼说着，纵身一跃扑向黑云彩——

　　天上星光一闪，一群海雀掠空飞过，黑云彩在迎面而来的那股凉风扫向面部之前，就和当初与安格卢引诱那头莽撞的麝牛一样，灵巧地躲闪到一侧。收不住身的坎图曼，却如半空里崩落的一块碎石，伴随着一声惨叫，坠入深不可测的涧底……

VII 多情之春

一柄飞转的"弯刀"旋向天际，谦恭的漫天繁星即刻间隐身而退。黑云彩看着天空中奇异的一幕，心情复杂地怀念着与它说话的那颗最亮的星星。"弯刀"其实是一道橙红色的光，在飞旋中一层层切割开捂在老冰洋上的黑暗，消逝已久的大火轮子便如风干的柿饼般晒了出来。随后的日子，这轮喷火的大光，总会准时从玄青深邃的幕帘后面探出头来，与黑暗此消彼长地拉锯缠磨，九重云霄在光与暗的斗法中传来的响声，恍如撕锦裂帛。终于挨到上帝在看不见的钟表里预先设定好了的时间，再也撑持不下去的黑暗，像一层磕开了的鸡蛋壳，一点一点从海象山的冰峰之巅剥蚀并最后完全消退。一个熟透的大红苹果带着秋天的芬芳，拨开云翳织就的叶丛，稳稳挂牢在宇宙之树的枝头。

极昼，裹着一重湿漉漉雾气又散发着一股冻土融化的腥膻气味的极昼，最初就是以这样一幅羞涩的姿态和挑逗人的画面，有趣地降临到了老冰洋上。冰封的海在似梦非梦中打出一个长长的哈欠，两千里之外的泰加林抖落掉一地紫色的雪。

"当黑暗之盔再次扣向海象山顶的时候，我也就回来了，那时候还和你一起说话，给你照着亮儿。"那颗最亮的星星最后在离去的时候，慈爱地对黑云彩说，"不过，现在你已经不需要了，我的朋友，这个明亮的夏季，会将咱们暂时隔离在浩茫天河的两岸。"

"有您的陪伴和指引，暗夜，一点也不像它本来就具有的残酷那样面目可憎。"黑云彩说。

听了这话，星星笑了。她眨了眨见惯了天地中阴阳变化，同时又储存着世间万千秘密的眼睛，向黑云彩挥着手，播撒下离去前最后一抹辉光。

"啊噢，啊噢……"黑云彩心情激动地站立起来，向空中大张着嘴巴。它还想说什么。是的，它攒了好多好多的话要说。一道明丽的日光从黑暗的衣袍中溢出来，金箭一样射向寰宇，中靶的海冰晶亮炫目。最明亮的星星和她的伙伴们挥着手，悄然隐入天心深处。

黑云彩久久凝视着那道已经远逝的灿然光迹，忽然在钦敬中，对黑夜生出一丝少有的眷恋。

"哦，星星，我会在阳光下想起您。"它这样说着，仿佛回到和星星最初交往的日子，那些如水流逝的时光多么美好啊！寒风鼓动着永夜的幕帘，落雪在冻结成坚冰时发出的怪异声响，像擂鼓一般击打着雪兔在静息时更为敏感的耳膜，太阳和月亮融合在一起的味道，总能让平静的心里荡起微微的波澜！一道穿透时间壁垒的闪电划过脑际，天上飘着五彩的野罂粟和蒲公英花儿，往事如云奔涌，眼里流下唯有婴儿才能流下的纯洁泪水。

白熊谷仿佛一夜间回到上帝造物后的最初几个礼拜，各族属居民在无王称霸的暂时轻松中，吐出一口郁积已久的闷气，日渐增强的光和温度，唤醒并诱惑着它们生命中的欲望之虫，这些"虫子"无处不有也无时不有地显示着自己的顽强存在。一万米地下的岩浆在身体里翻滚，所有的活力都被引爆、激发，雪谷以外部世界无法感知也无法理解的独特方式，续写着自己清白简约的历史。雪兔法比奥一家曾因坎图曼的残酷施暴，一度避走雪谷南口。当一切尘埃落定，冻土带刮来的南风里浸润着一股股草芽萌发带来的青甘味时，又拖儿带女回迁到靠近冰洋一带。这里的每一处草场、每一块覆雪的冰石以及冰石下的苔藓，都冰藏着它们与任何一个雪兔种群迥然不同的标记性气味。这里是它们世代经营的家族牧场，冻土下躺着祖先不朽的尸骨。对于孑然一身的雪鹀卡门来说，飘散在风中的烂漫春意完全来自地心深处，因为当最后一抹黑暗还像丑陋的裹尸布那样挂在天幕上时，它已经从脚趾梢梢和翅膀尖尖上，感受到了一股自下而上的温润暖流，在慈爱地冲撞着它的心扉。暗夜中憋屈已久的卡门无法按捺激扬的心绪，遂与伊利和安诺这对友善的雷鸟夫妇共同约定，等太阳出来再也不会落下锥子山的第一天,进行一次从未尝试过的远距离春游。这一天到来的时候,它们真是快乐极了!被阳光焐柔了的风托举着有力的翅膀,三只向往光明的鸟儿,不知疲倦地陶醉在探险式远足中,一直到达了自以为一次飞翔所能到达的老冰洋的最远点。春天的感觉鼓荡着奇异的梦想,春游带来的欢乐持续地感染着这些本就无忧的鸟儿,伊利和安诺的歌声撒满了大半个冰洋。

黑云彩真的是开心极了。在回到白熊谷这段并不漫长的日子里,它经历了突然失去人类呵护的落寞与孤寂,遭受过来自同类的霸凌与恫吓,在捕获不到猎物时曾饱尝饥困与无助的窘迫,当然也在茫然奔走中与幸运之神有过不错的交际,因为那些源自善意的智慧引领和逆境中收获的友情,不仅让"身上沾着人腥味"的一头幼弱白熊,避免了在险恶环境里很容易遭到的夭折,缩短了作为成熟掠食者在成长阶段必须要付出代价的痛苦历程,从而在地球顶部这个最不易生存的角落站稳脚跟,大口呼吸着从天国流动而来的清新空气,做着亚当在伊甸园里才能做的纯情美梦,快活自在地享受生命的惬意。

虽然一切来得总是那样出乎意料,雪谷的生灵们却始终顺应命运之神的安排,各守本分地在现实舞台上倾情出演着本真角色。在与坎图曼的生死之决中不战而胜,让黑云彩在白熊谷的地位日隆千丈。素日骄横惯了的白衣大神们,从黑云彩身上感受到了一种神秘而又可怕的力量。虽然对这种力量究竟是什么,又是从哪里来的,一时甚或永远也无法弄得明白,但这却成了遮在众白熊心头的一抹阴影。黑云彩额头那撮让人生厌的黑毛毛,也成了"瘆人毛"。大家自此对这个长相不雅的"外来户"和"丧门星"刮目相看,因为一个正值生命巅峰时期又野心勃勃的新晋熊王,差不多就在大家的眼皮底下,葬身在一场几无悬念的公开相搏中,这一比海象山岩石更为硬梆梆的事实,无论如何也不能不使它们的心灵遭受到强烈震撼,并因之对以弱胜强者产生深深的敬畏。熊族中的几个颇负声望自己却又无心或无力为王者,甚至还在几番踌躇之后动议拥戴黑云彩为雪谷新王。

在那场预兆早就在风中传送很久的决斗结束次日,一场刚好赶到的小雪,用杏花春雨那样的轻柔和细腻,抚平了打斗留下的凌乱,空气清新得像过滤后又被净水洗过几遍。哈利拉在寂静下来的雪谷中,当着众多谷民和黑云彩的面,申明了自己的主张。

"既然打败了坎图曼,按照雪谷永恒的法则,你就是白熊谷当然的王,凭着海象山千年不化的冰川——"哈利拉环顾四周静静听着它说话的同类,以不容置辩的口吻说道,"我敢说,没有谁会不服你的管束。"

哈利拉说话时站在一块晶莹的冰冻石上,一只粗大的前爪故作轻松地拍打着和石头冻成一体的冰雪,眼睛绿光闪动,一眨不眨盯着大伙儿。以它并未分毫减退的威猛和在老冰洋上的经多见广，虽然说出的话没有谁敢当面顶撞，但还是引起了一阵心态各异的议论。呜呜哇哇、喊喊喳喳了一阵，一位右脚微跛的年长母熊，觍着一张饱经风霜的老脸，示好地向黑云彩投过去多情的一眼，随即顺着哈利拉的话音大声附和。它用好像被刀子削尖过的嗓门说道：

"各位都听到了吧，哈利拉说得好极了，如果黑云彩兄弟不肯俯就的话，那么还有谁来做王呢？往后这白熊谷，也就没有哪个敢妄自尊大了。"

"是呀，是呀。"另一位因争风吃醋左耳被情敌撕裂成两瓣的大公熊"三只耳"，竟忍不住也跳到哈利拉站立的那块冰冻石上，抬起头来煞有介事地看了看天，也不知看到了什么，然后响亮地打了个唾沫星子乱飞的喷嚏。在一阵霰屑雹粉的纷落中，挥舞着两只蒲扇似的大巴掌说道："日月煌煌，冰海茫茫，偌大一道雪谷怎可一日无主？欢迎黑云彩兄弟来当我们的王！"

"那就来做我们的大王吧！"

"那就来做我们的大王吧！"

几个雄风不再的老熊，有的打着哈欠，有的揉着眼睛，还有的茫然看着空洞无物的远处，但都没睡醒似的跟着一阵乱嚷嚷，疲惫、苍老的声音里夹杂着几多末日的凄凉。

哈利拉比自己做王还要得意地环视众熊，清冷的目光迎送并探询着各种复杂的眼神，最后在空地上打了个旋儿，落到老光棍布里班的身上。它一点也没弄错，在坎图曼撮弄的第一次族群大会上，跟着新王反对黑云彩在白熊谷定居最起劲的两个家伙，一个是布里班，另一个就是它的老相好——母熊萨丽丝。那个极夜中的日子像抽了羊角疯，已经刮了三天的风，狂得拧着麻花，赶着那些红头牛虻般的雪花上下翻飞。"臭婊子，"它记得当时一簇坚硬的雪刺儿扑到眼里，像射来的一杆箭，打得眼睛生疼生疼，直淌了半天的泪，现在想起来还窝着一肚子火，于是便没头没脑骂了一句，"总以为白熊谷的爷们好欺负！"

布里班在哈利拉箭镞一样的目光的逼视下，低下头来。

生性孤僻又多疑的布里班，是一头算不上彪悍的壮年公熊，它和黑云彩在第一次族群大会上仅仅打了个照面，那个刺眉扎眼的时刻，便成了此后让其心神不宁的一场梦魇，以至于什么时候回想起白熊谷的这位突然闯入者，脊梁杆上的毛毛都会炸成一片芦柴棒。黑云彩额头不祥的黑点儿连同身上的人腥味儿，像一根倒着长的刺扎进布里班的肉里，它感到了痛。"这是一个十足的妖魔，"在那个心情糟糕到极点的落雪之夜，布里班贴在萨丽丝的耳边，牙咬得咯噔咯噔响，说道，"雪谷只要有它存在，往后咱们喘口气儿都别想清爽！"与新王一起阻挠黑云彩留在白熊谷的图谋风流云散，倒刺从肉里钻进心里，而且还时常侵扰到长睡中的酣梦里，这使它很长一段时间内性情狂躁，恨不得即刻找谁干上一架。年龄和实力早已经不允许它与年轻公熊拼斗的布里班，脑子里却始终想象着一个将黑云彩痛殴的画面，甚至还想象着在一场毛飞血溅的搏命厮杀中将对手直接干翻。每到这时，它便旁若无人地大声狞笑着，和萨丽丝疯狂地做爱，雪地上和冰洞中，到处留下它们没日没夜无节制宣泄的浪漫痕迹。然而激情过后，它的心里又总是少不了发虚。的确，这都是些不怎么靠谱的幻想，因为一旦只身一个与黑云彩迎面相遇，又会生出一种莫名其妙的畏惮（也真是奇怪，黑云彩身上总有种说不清的东西让自己感到恐惧），腿儿、爪儿也懒懒的不听自己使唤。现实就是这么奇奇怪怪地和它闹着别扭。黑云彩与坎图曼的决斗倒是一巴掌打醒了它，自知无论如何都不是黑云彩的对手，由此也彻底打消了以往那些不着边际的念头。正如人类中不吃眼前亏的聪明人一样，布里班选择了忍让，将那只恶心的苍蝇，囫囵个儿吞咽进了肚子里。

布里班像犹太人造神闹剧中的沙巴泰·泽维那样认了戾，和它相好的母熊萨丽丝自然也老实了许多。白熊中即便有几个心里不服，这会儿表面上也装得像温顺的绵羊。其余白熊对于谁做王谁不做王本就不怎么上心，反正冰块石头的咋弄也当不了充饥干粮，因而或跟风随流，或装聋作哑，没有谁愿意傻大二虎痴地跳出来充大眼贼。寒风轻柔如露沾梨花，天下一派祥和，哈利拉眉飞色舞，喜形于色，回过脸来就向黑云彩躬身道贺。

"从今往后，你就是白熊谷的王！"它说。

"坎图曼是自己失足摔下了山崖，"黑云彩声音轻飘飘的，像清风拂动闲云，"我没动过它一指头。"

即使海象山倒下来摔成三截也不会让人如此震惊。哈利拉、三只耳、跛脚母熊等一众白熊，包括病鸡般缩脖勾脑的布里班和它的老相好萨丽丝，也包括冰洞脱险后和黑云彩一直形影不离的小母熊维娜，如果不是眼眶子皮肉结实包裹牢固，一个个的眼珠子，一定会惊诧得蹦到外面。众白熊个个以为是自己听错了，有的一遍遍搓揉着其实一点毛病也没有的耳朵。一阵颇折磨人的静场之后，讶异的目光如崖头落雪，重重叠叠覆盖了黑云彩。

清风继续拂弄闲云，轻飘飘的声音还在空气里游动："真的，是它自己摔下去的。那时候，或许是黑洞洞的深谷里伸出了一只手……"

"不管怎么说，白熊谷现在需要一个王，"哈利拉好像从刚才的愣怔中回过神来，使劲摇晃着硕大的脑袋，说，"而能打败坎图曼的就理应坐在这个位置。"看了看大伙，见个个脸上一副古怪表情，它忽然有些不自信起来，随之语调僵硬地又嘟囔了一句："这么大一片雪谷，怎么可以没有王呢？怎么可以没有王呢？"

"或许，没有王，白熊谷只会更加素净，"黑云彩一点不为所动，"我来这里，其实只图有个能用来躺平身子的窝窝。"

一簇仓促间凝成的雪花翻着跟头栽向岩石，碰撞出了冰山崩裂的声响。白熊们面面相觑，每张毛茸茸的脸上都飘荡着一层懵懂不解的雪雾。

"现在这个样子,"黑云彩歪头看了一眼维娜——漂亮、乖觉的小母熊眼睛里,汪着比老冰洋海水还要深的一泓碧波,它心里甜甜的,说,"我们,已经很知足了,真的,很知足了。"

过了至少一桶温水在零下五十度里变成冰坨坨那样长的时间,哈利拉一拧身子从冰冻石上跳了下来,踮起脚尖,不认识似的看着黑云彩。映进它眼帘的那个黑点儿此刻亮光闪耀,哈利拉眼前模糊一片。它胡乱抹了把眼睛,说了一句大抵只有毕达哥拉斯那样既懂数学又懂哲学的高人才能说出的话:"当了王,你会发现可以比现在过得更好,想怎么样就怎么样,因为整个世界就是你脚下随意搓揉的一个石头蛋子。"说到这里似乎觉得不妥,举起一只巴掌挠了挠除了毛毛啥也没有的脸,又道:"虽然我没有当过王,不过……不过这当王的好处我还是知道的。没吃过鹿,不等于没见过鹿跑嘛。"

"黑云彩生性懒散,只图个清静快活,自由自在,至于您说的当什么王……尽管可能会像您说的那样好玩,可我实在没有想过,也没有这个福分。"

"至少,你从那个、那个地方——"哈利拉顿了顿,喘过一口气,接着说,"搬来城府中心吧,你有这个资格。"

"住在哪不重要,什么也不重要,"黑云彩看了眼维娜,说,"好好活着要紧,是不是啊,我亲爱的维娜?"它往小母熊身边挨得更近了点,用爱意深沉的眼神看着那双同样含情脉脉的眼睛。

看到哈利拉不再说什么,黑云彩吻了吻维娜的脖颈,说:"咱们到冰海上去吧,卡门和伊利它们也许等急了呢。"说完抱抱拳,向哈利拉,也向三只耳和跛脚母熊几位好心的支持者与鼓动者,分别投过去一道唯有感恩者才会拥有的眼神。然后转过身,带着维娜一前一后朝谷口走去。

看着冰冻地上留下的两行深深浅浅的脚窝,白熊大神们各是一脸茫然。

"这个头顶有一撮黑毛毛的家伙,还真和大家伙儿不太一样哩。"哈利拉晃了晃脑袋,怅然若失地嘟囔了一句。

这个春天注定了浪漫而又多情。徐徐刮进极北之地的南风,像勾入酒里的酵曲,点到豆浆中的卤水,射进子宫中的精子,天下一切都因此而发生不可逆转的改变。海冰在失去极夜后的不甘中痛苦地呻吟,炸响的冰崩唱着悲情的挽歌。冻土和岩石开始分泌荷尔蒙,苔原带深藏在厚雪下的草木之根嚓嚓作响,侥幸度过漫长寒冬的虫儿发出节日般兴奋的颤抖。雪兔、旅鼠以及一些刚从半冬眠状态活动开腿脚的白熊,被持续不断的阳光照昏了头,在误判的季节里无所顾忌地谈情说爱,疯狂地婚恋交配,所有的子宫都呈现出了最佳的着床状态,以至于两年后这片冰冻之角各动物种群的负载量,均超过了现有数量的三倍。大部分旅鼠因停不下来的无节制繁殖，不得不在一个严酷的冬天到来之前集体跳崖，以这种决绝的方式自我惩戒，从而保证了以后子嗣的正常有序繁衍。

最愿行撮合男女之事的天神丘比特，将联姻的神箭过早地射中黑云彩和维娜，让这对无论年龄还是身体发育都还没完全达到成年标准的白熊，变成如胶似漆的恩爱情侣。寒风在冰崖上吹出竖琴的乐符，雪花在空中飘成了美艳的诗句。黑云彩和维娜享受着春天带来的岁月静好，它俩居住的洞府成为伊甸园中最幸福的一角，雪壁上挂着温情的冰花，空气里充满了醉人的骚动，异性欢爱带来的情趣无上美好，难分难舍的缠绵一度阻碍了时间之水的正常流淌。

掠过情感旷野的季风，总是将沉睡在生命中那些美好的东西最先唤醒。热恋中的维娜精神饱满、容光焕发，眼睛里流淌着海水一样的湛蓝，毛色像浸过水的鹅卵石那样油光发亮，一个即将成熟的母性白熊的全部妩媚与娇柔，和花儿一样在如期而至的春天里纯情绽放。极夜里冰洞遇险，绝望中本已经瞥见了地府守卫者刻耳柏洛斯可怕的身影，甚至冥王哈迪斯那永远中气十足的欢畅大笑也听得清清楚楚，但在阴阳交界的十字路口，可敬的爱神阿佛洛狄忒却伸出了她善于搭救的玉臂，惊魂一幕由此化作传奇故事的美好开端。那些鸟儿、雪兔、旅鼠成了它最要好的朋友，而侠骨柔肠又重情重义的黑云彩，自然就如古埃及神话中那个勇敢登上有着三百六十万个窗口的沙漠宫殿的漂亮王子，给它冰冷灰暗的生活带来了温暖、注入了光明。

欢乐的日子很容易从舒适洞府的冰壁上或新降清雪的暄软中溜走。从孤苦中走过来的维娜，用流淌在血液中无法抹除的记忆，回味着昨日无处不在的痛苦，这是它珍爱或保鲜眼下欢娱和惬意生活的最好方式。白熊谷年岁稍大一些的雪兔或旅鼠都知道，维娜的妈妈曾是一只漂亮多情的母熊，年轻的时候，从南到北迷倒雪谷中大大小小一片公熊，要是说哪头适龄公熊不觊觎它漆黑乌亮的眼睛、胖嘟嘟的嘴巴，不垂涎它洁白温润又富有性感的腹毛，不贪恋它迷人的走姿并盼望和它相亲相爱最终生下一堆宝宝，那么这头公熊，一定是有阳痿、早泄或是生殖器发育异常之类这样那样让人瞧不起的毛病。维娜妈妈的名字叫艾丝米拉，这样一个在白熊谷里新潮又容易催发性幻想的名字，也注定了它会成为众多白熊中最有故事的一位。关于这一点，锥子山上的安格卢火眼金睛，早就看得一清二楚，且有预言在先。"艾丝米拉迟早要出事的，"老狐不止一次对摩西卡它们说，"而且不是因为别的，就因为它长得让谁看了都摘不下眼来。"后来发生的许多事情，无不证明安格卢所言绝非虚妄。在那些年的那些倒霉的日子里，曾和十一头公熊有长期暧昧关系的艾丝米拉，先是遭到老王乌拉里斯的始乱终弃，继而又在一场由坎图曼挑起的从早到晚的争风吃醋打斗中，失去了与它感情最好也最为缠绵的维娜的父亲，自己也在混战中被某只昏了头的公熊误伤一条后腿。就是这条当时看来受伤并不怎么严重的后腿，最终却要了它的命。不久前发生的那场此前毫无迹象可言的海象山雪崩，其他同类和三只雪狐以及十八只燕鸥，在雪崩的第一坨坚冰制成的炸弹轰到脑门之前，便狂奔或飞翔而去。而可怜的艾丝米拉，维娜那并不年迈的妈妈，因为那条伤腿的动作迟缓了大概也只有眼睛一睁又一闭那么长时间，便永远长眠在了随之而来的又是一阵持续很久的冰飞雪爆之中，世界在大角度倾斜之后归向永久的沉寂。

维娜继承了母亲最优秀也是最值得炫耀的美貌。要是光看模样，它和母亲简直就是从一个模具里面扒出来，几乎身上每一根晶亮光洁的白毛都会使公熊荷尔蒙的分泌急剧加速，更不用说它那无可挑剔的五官、匀称有力的四肢和魔鬼般的身材。即使说它集中了奥林匹斯山传说中所有美兽的优点，也不至于因为夸张得太过分，从而引发某些尖头户提出民事诉讼。与母亲不同的是，它生性敦厚，沉稳内敛，有着和俊美外表极为匹配的德行。当身量长到足以引起幼年公熊萌发最初性冲动的时候，一头看上去强悍而又可爱的小公熊，向维娜发起了很像是玩笑的爱情攻势。维娜直到晚年已经不能咬碎一头幼年海豹头骨的时候，还依稀记得那头名叫坎宁维尔的傻傻的小熊，当时个头比它大了也许不会超过一扁指。那是一个雪后初霁的极昼期间的午后，维娜趁妈妈在冰洞睡觉的工夫，独自跑到一座冰山下面。它像一只急欲想证明已经长大的松鸡，太渴望用离开妈妈的单独行动来显示自己的能耐了。生活里那些离奇故事多半会选择在这种时候发生,因为慈爱的上帝恰好喜欢在这种情况下闭目打个盹儿。于是,对坎宁维尔来说有些出乎意料的突然邂逅,立马成为现实,这个身量比成年公熊还差不少的冒失鬼,从天而降蹦到了维娜跟前。

"前面有一片冰礁林,和迷宫一样好玩,你如果愿意的话,我带你去玩耍一会儿。"坎宁维尔友好地舔着维娜脊背上细软的白毛,稚嫩的童音像雪豆豆落在玻璃盘上一般清脆动听。

小公熊的出现让维娜大喜过望,几乎没有任何犹豫,仅凭一颗对世界充满好奇的心和年少异性的吸引,它便跟随坎宁维尔,跑进了那片即便是成年白熊也难保不迷失方向的冰礁林。

不管过去了多少个落雪或不落雪的日子,它对那片神奇的冰礁林始终心存最初的美好。大自然的鬼斧神工真是有趣极了,冰洞一个接一个,回廊一条又一条,两个一见面就难舍难分的小伙伴,在里面兜兜转转地玩了不知有多久,跑得通身冒汗依然兴致勃勃。作为对维娜擅自远离妈妈并跟随小公熊不顾危险地疯玩的惩戒,艾丝米拉有三天不允许女儿吃一口东西,尽管它刚刚捕捉到了一只又肥又大的环斑海豹,即使自己吃不完,即使又被别的白熊拖了去果腹,也不准维娜动上一口!在维娜对往昔之书的翻阅中,这一页,刊载的是母亲对自己最为严厉的一次惩罚,

VII 多情之春 / 207

因为饥饿的滋味呈现在记忆底板上的颜色,总是比那些轻飘飘的浅红淡绿更为厚重难忘。

站在岁月高处回望逶迤曲折的过去,总会发现一路留下那么多的荒唐、不堪与遗憾。但纵然在命运的皱褶中隐藏了许多因幼稚造成的损害与痛悔,也终会在年轮的光晕中漂白成一道永恒风景,令自己毕生都会烙大饼似的翻来覆去地咀嚼和回味。虽然维娜的年龄并不大,甚至按常理来说它还只能算是个乳臭未干的孩子。然而,无法摆脱的机缘硬塞给它许多在它这个年龄一般都不大可能拥有的经历,也塞给它一些烙印牢固的忧患与伤悲。在海象山冰崩前一个阳光明丽的早晨,坎宁维尔披着一缕欢快的橙色光,出现在它面前的一个雪堆旁。

"吃吧,我的好朋友,我妈妈才捉上来一只海豹,血还热乎着呢。"俨然如老友的小公熊趁妈妈不留意,偷偷叼着一块新鲜的海豹肉,跑来送给维娜。

"你怎么不吃呀?"维娜看着新结识的朋友,说,"你看来还是饿着肚子呢。"

"我不饿,"坎宁维尔说着瞅瞅身后,确认刚吃饱饭睡着觉的妈妈没有跟上来,便又走过来几步,一边吻舔着朋友脖颈上的毛毛,一边小声说道,"告诉你,维娜,我发现了一个大秘密。"

维娜惊讶地瞪大了眼睛,以为锥子山要长了腿跑到眼前。

"冰河湾那边有一头搁浅的大鲸,"坎宁维尔抬起头来向四周看了看,坚信全世界此刻只有相爱的两个小精灵存在,这才悄声道,"我昨天和妈妈置气,故意独自一个跑到冰河湾去,结果在那里看到了这个巨无霸。嗨,我敢打赌,它那小山似的身上,一定不会落下第二双眼睛!"

维娜咬下一块海豹肉,没顾上细嚼慢咽便吞了下去,嘴上才倒出空来就着急地说:"哎呀,天上掉馅饼了,咱们什么时候过去看看?也让我开开眼界。"

"明天的这个时候吧,"小公熊诡异地说道,"妈妈每天上午都要眯一会儿觉,我们就趁这节骨眼儿,神不知鬼不觉跑一趟冰河湾。"

维娜没有到过冰河湾,晚上睡觉却梦到了这个神奇的地方。这其实只是白熊谷碾盘石平台那么大的一个地方,所谓搁浅的鲸鱼,也不过是一块结满了冰的条状石。看着洞壁新结的霜花,挨到和坎宁维尔约定好的时间,两个可爱的我们还只能称为熊宝宝的小熊,就像阿耳戈的英雄们那样,怀揣着梦想来到了冰河湾。万万不幸的是,小熊们走进的却是由魔鬼经营的黑暗炼狱。

初次来到冰河湾的维娜,很难不为冰河与冰洋交汇的雄浑气势所慑服。与白熊谷走向大致平行的冰河,从银色的山谷里一探出头来,便拖着一河峥嵘的幽幽蓝冰作为见面礼,拱手送给白色的冰洋。豪爽任性又胸襟宽广的受礼者,一面开怀接受着馈赠,一面用充满万古激情的涌流,堆积起一道道八九百米长的冰岭,就如列阵的欢迎仪仗,正在以冷峻而又凝固的特殊礼仪恭候远方客人。如果再换一个观察角度,会觉得冰岭仿佛古筝上一根根凝结了天地之气、闪耀着千年寒光的琴弦,在并排静待着九天仙子什么时候来将它抚弹。也许,万年冰河就是仙女的化身,她之所以急欲从冰山上分崩离析,并以世纪为单位作为自己前行的步幅,就是想拨筝弄弦,演奏出一曲亘古未有的天作地合之歌。维娜痴痴地看着比奥丁驻跸的神山还要漂亮的奇异风光,还没从遐想的陶醉中回过神来,坎宁维尔已经在欢快地招呼它了。

"快来瞧呀,维娜,那个大大的家伙就躺在冰岭下面呢!"跑在前头的小公熊,得意地扬起一只巴掌,指了指前面说。

维娜向前跑出几步,虽然隔着老远,但还是看到了鲸鱼高翘在空中的曾经引以为傲的鳍,与此同时,飘散在空气中的美妙气味也迅即灌满鼻孔。兴奋的步履如同施展了中国神话中的缩地术,很快拉近了它与鲸鱼之间的距离。但上帝知道,维娜走到近前的后悔,却让它一辈子都陷在孤独回忆的震颤里。靠近水际线的冰岸上,一头不知何时搁浅的格陵兰露脊鲸,像冰河湾的半道冰岭,死挺挺躺在那里。失去原有光泽的灰白色庞大躯体,在太阳与冰雪的映衬下发着幽惨的冷光。"维——"跑在前头的坎宁维尔,一声兴奋的"维娜"只喊出半截,便突然冰雕般直戳戳竖在那里。眼珠儿瞪得就要挣脱出眼眶子。赶上来的维娜也瞬间不知所措，一度超强活跃的思维，断崖式直降到冰点之下。

维娜和小公熊坎宁维尔没有看错，躯体高大又凶狠残暴的坎图曼，此刻正趴卧在庞然大物肮脏的肚皮底下，安闲舒适地独自享用鲸鱼大餐。

"呜——"发现有不速之客侵扰，坎图曼不耐烦地低吼了一声，然后又继续大快朵颐，做着自己最乐意做的饕餮美事。

不谙世事的小公熊，并不懂这声警告的真正内涵和全部意义，壮着胆子往前迈了两步。

"呜——"坎图曼含着满嘴肥肉，警告的声音更像是从鼻子里面哼出来。

要是没有心仪的女朋友站在身后，坎图曼的警告在第二声发布之前，便会完美奏效，如此，冰河湾会像无数个逝去的日子那样，依然在冰冷雪寒中凝固着岁月静好。然而，小公熊从在冰山下与维娜的第一次邂逅开始，便注定了自己不幸的命运。小家伙太想逞强了，觉得不在女友面前表现出一个男子汉的气概与勇敢，将会颜面扫地，一文不值。"哼，你不就依仗着自己个头大吗？"可怜的小公熊想，"可这又有什么了不起呢！这头大鲸是我先发现的，即使你想占有，总也得讲个理儿，一人分上一半吧！"有了这个想法，单纯的小公熊回头望了维娜一眼——它似乎从那回望中获取了某种信心，接着便理直气壮走到坎图曼跟前。

一切来得是那样猝不及防。维娜正沉浸在被猛然打乱的想象画面里进退维谷，紧接着发生的恐怖一幕，便将自己玫瑰色的少年梦想永远终结在黑暗当中，一段可能会刻骨铭心的刚刚萌芽的爱情，被顷刻间飞溅的血肉划上一个惨烈的句号。当一个鲜活生命在坎图曼獠牙利爪下化作一团肉泥的时候，这个世界上的全部便已经随之静止并毁灭了，维娜觉得自己如一片枯干的红柳叶子，轻飘飘地坠落到了地狱的最下边一层，无尽的寒冷给残存的欲望上着酷刑，灵魂在不堪忍受中被囚冻成了一块鸟屎般的冰坨坨。

正因为经历中无法抹去的惨痛，维娜特别珍视黑云彩对它的深厚情义。"如果不是黑云彩哥哥舍生忘死的奋力搭救，"它不止一回含着眼泪对公狐摩西卡大哥说，"薄命的维娜，或许早就跟随妈妈去了遥远的天国。"往昔一页如同昨日落雪滑进记忆的深处，展现在维娜眼前的是一种全新的生活，它用真情回报真情，用生命敬畏生命，把自己灵与肉的全部都当作对神灵的献祭，赤条条供奉在用纯洁爱情编织成的郁金香花篮里。一天的日出时分，维娜和黑云彩紧紧依偎在冰洋雪地上，黑云彩一下一下吻着它的脖颈，强烈的幸福感在毛孔中以光的速度向全身扩散。"只要能和哥哥生活一天，我就觉得拥有了一生！"维娜看着一寸寸抬高的太阳，深情地对黑云彩说。它的眼睛里充盈着感动的泪水。往事历历，维娜不由又想起了命苦的妈妈和小公熊坎宁维尔。

孕育并滋养爱情的春天，继续在风和阳光里唤醒着那些沉睡的精灵。从冻土带飞来的刺儿菜、蒲公英和野罂粟的花绒，撒着欢儿在老冰洋上空恣意起舞；飘忽而至的每一朵雪花里，也有了太阳独特的味道和温度。黑云彩在生命激扬的每一天中，依旧和过往的日子一样，从容自在地面对着这片上苍赐予的冰冻世界，与心爱的维娜相依相偎游走在美丽的老冰洋上。它们在雪地里奔跑嬉戏，躲猫猫，溜滑梯，还玩捉放小海豹的游戏。两个倾情相恋中的恩爱情侣，欢悦的脚步是不会轻易停歇下来的。在自以为脚印踏遍了冰洋的每一处值得驻足之地后，忽然的心血来潮让黑云彩动了捕猎驯鹿的念头。

"这样我们就可以到南方走一走了，"一个橘红色阳光被雾和阴云锁住的午夜，黑云彩对维娜说了猎鹿的想法，接着又说，"我曾跟随安格卢老师到过那边的许多地方，树一丛丛长，花儿一片片开。"

"要是这样好玩，我们是不是就不会有心思捉鹿了？"维娜天真地说出它的担心。

毫不讳言，这是维娜最高兴也最难忘的一次远足，此后一生中再也没有到过比这更往南的地方。在苔原南边的南边，它见到了如黑云彩所说的大片大片的花，颜色的红黄绿紫，差点迷乱了自己总是在单调的白色中观望的眼睛。

它还第一次见到了长在泰加林带的树，见到了成群成群啃食青草的鹿和泰加林带的另一些独有动物。在淡霜和着清露打湿草木的某个早晨，维娜和黑云彩盯上其实是迷上了一头高大漂亮的落单牝鹿。如果我们看到牝鹿长长的四条腿和千年古柏枝杈那样的角，看到它铜铃般的眼睛和眼睛里清澈的眸子，还有润泽如玉的毛色和青铜般闪亮的花纹，就能大致猜到黑云彩和维娜追逐猎物的本意了。事实也的确如此。黑云彩它们在杂有一丛丛灌木的草地上发现这头漂亮牝鹿的时候，狩猎便已经在猎捕者的心里变成了"猎美"，它们为有这样一头或许只能在伊甸园的绿草地上才能看到的美鹿，而感到惊叹不已。牝鹿在风清日丽中静静地食草，两双并无恶意的眼睛，躲在一丛灌木后面悄悄地观赏。哦，这时的鹿儿多么像一个乖巧的孩子啊，因为灌木后射出的目光就如父亲和母亲的两双大手，在慈爱地抚摸着它的头、颈、腿、尾和长毛覆满的脊背。静好岁月的打破，是因为另有一双双眼睛盯向了美丽的食草者，那是一群恶毒的狼。此刻，已经逼近牝鹿的首领，向饥饿的伙伴们发出了进攻号令，一口口阴森的獠牙被飞奔的蹄爪和嗜血的欲望带向前去，牝鹿在突如其来的横祸面前，惊呆成了一截枯树桩子，站在原地一时不知所措……

维娜在三年后的一次狩猎中回忆起这天早晨的事情，腋窝里还在为那只美丽的牝鹿捏着一把汗。但在当时，是它的好哥哥黑云彩闪电般奋力跃出，才成功击退了那群必欲置牝鹿于死地的饿狼。那一天，黑云彩似乎和这群恶狼较上了劲，直到把它们远远赶走，牝鹿也毫发未伤地回到了鹿群，它们才疲惫地走出那片鲜花盛开、香气四溢的草地。

游猎南方的日子终结在它们见到娜娜提的第三天之后。这位有情有义的狐姑从掠过苔原的微风中察觉到了黑云彩的踪迹，于是放弃大长腿专门为它在冰海近岸操办的绝对称得上是奢靡的生日庆宴，不远千里追踪而来，跨越了十九道雪漫石险的山岭，跋涉过三十六个才解冻的苔原湖泊，最后在长了满地红柳和显花植物的一片沼泽地的边缘，见到了让自己动心人家却始终心不动的黑云彩。最让娜娜提伤心的恰恰是黑云彩与维娜的刻骨之恋，短暂的相会中狐姑如同失足跌进万丈深渊，希望永远搁浅在礁石耸立的荒凉海滩。尽管黑云彩和维娜愿意把它当作异类姐妹长远交往，而且还盛情邀请娜娜提再到冰洋做客，但一次次被失望击倒的它终于彻底断绝了念想，自此再未见黑云彩，也再未踏进过老冰洋。

大白鸥萨沙乘着连续刮了十七天零一个上午的西南风，终于从遥远南方的一个半岛回到了白熊谷，随它一起到来的还有左脚微跛的黑头鸥塔莉。作为极昼来临之后最晚回到老冰洋上的鸟儿，萨沙和塔莉依然受到朋友们超乎寻常的热烈欢迎。明丽的日光中，当那对总也无法分离的身影闪电般栖落在白熊谷高大的石砬子时，眼尖的雪鹀卡门第一个看到了它们,心头当即滚过一阵故乡人见到阿耳戈英雄归来般的热浪。

"萨沙回来了!"

"萨沙回来了!"

卡门在白熊谷里低飞着向大家宣告。

"白熊谷欢迎你们!"黑云彩高叫了一声,和早就迎候在这里的维娜、摩西卡、卡门、伊利和安诺等,一齐跑向前去。

朋友们欢呼发出的声浪,一时盖过了风吹巉岩的呼啸。这一天,随着太阳自东向西升升降降的半圆轨迹,这些不知疲倦的精灵们一直在冰洋上纵情狂欢,刚刚加入这个群体中的黑头鸥塔莉,被恍如重新经历生活的兴奋搅动得心潮汹涌。

上年极昼将尽,极夜如同老年斑那样刚刚爬上老天光洁面庞的某个午后,萨沙在冰河湾遇到了这位年轻漂亮的异性黑头鸥,那时它正混杂在一大群翅翼灰白的极北鸥和毛色肮脏的杂食海鸟中欢快觅食。蹦蹦跳跳、叽叽喳喳的群鸟中,萨沙只听它唱了一支歌儿,魂儿就被这只通体洁白、唯有脑袋像黑金子一样宝光闪闪的鸥鸟给勾走了。萨沙从未见到过让自己心跳如此加速的鸟姑娘,两颗晶亮的眼珠儿灵动传神,鸣叫的声音比最善唱者的歌声还好听。一个从未让异性打动的单身汉,不知不觉就成了被强力磁场吸引过去的铁末子。暗生的情愫很快转化成明确的恋爱告白,要跟着心仪姑娘远飞越冬的举动,虽然孟浪得让朋友们一时无法接受,塔莉却如同太阳女乔莉良托见到了走进自己世界里的牧羊人,心中那片被情感抚爱的花瓣再也无法闭合。万里征程中不离不弃的紧紧依伴,朝夕相处里无微不至的关照呵护,这对情侣成了群鸟迁徙中最动人的风景,尤其在跨越大海那次耗时两天一夜的艰苦飞行中,虽然仅仅捕获到一条小小的飞鱼,但萨沙也慷慨地奉送给塔莉享用。爱情总是催发着这个世界上最不可思议的事情。随着日子一天天在翅膀底下的气流中擦过,塔莉已经再也离不开萨沙了,它俩成了比翼齐飞的候鸟中最幸福的一对。尽管地球南部的气温和美食更适宜安闲的生活,但善解人意的塔莉,还是心甘情愿跟着心爱的萨沙义无返顾地踏上了返回老冰洋的漫长旅途。

这个时期,黑云彩的捕猎技能和运气一直受到慈爱上帝的看顾,对于这一点,即使白熊谷中最彪悍老到的猎手也要甘拜下风。因为只要它愿意,每潜下一回水,慷慨的冰海都不会让它空手而返。猎物被猛然拽上冰面的那一刻,往往也是大家开心到屁眼痒痒得挠不迭的时候。摩西卡、卡门、萨沙、塔莉以及伊利夫妇等,会如往常那样,围在一起共同享用。鸟兽共乐的场景,常常让过路的外来客大感不解。不过,捕获到的猎物时常有吃不完的时候,这便便宜了那些懒惰或捕猎技巧与运气不济的白熊,只要肯放下所谓冰上霸王的架子,加入食客队伍中与大家平等用餐,黑云彩一点也不会介意，来的都是客嘛。

黑云彩的善良品行像一束亮光照进阴冷的黑暗，白熊谷居民们在与往昔相同的春天里，感受着与往昔的不同。熊、狐、鸟、兔、鼠等，就如同生活在一个大屋檐下，快活自在，无拘无束，在不为人知的化外之地，直活出神仙都羡慕的样子。

黑云彩，黑云彩，
冰洋上面飘起来。
天生地养日月久，
快快活活好自在。

伊利和安诺献给好朋友黑云彩的这首《黑云彩之歌》，表达出了白熊谷居民的心声。

VIII 雪谷

老冰洋上空的星星和黑云彩又说了整整两个极夜的话，维娜变成了带着两个宝宝的母亲，伊利、安诺夫妇和萨沙、塔莉两口子也各添了一群顽皮可爱的儿女。新一轮极昼在众多新生命、新面孔的期盼与目睹下，带着地衣、苔藓、香蒲、节骨草、马先蒿、野蘑菇、罂粟花、蚂蚱菜和北极柳混合在一起的酸甜味道，带着远方泰加林带一只越过漫长冬天的野黄蜂振翅的嗡嗡声，伴随沼泽地一群癞蛤蟆为呼唤春天而发出的齐声欢唱，像水注进瓶子或罐子那样，将光注满地球顶部的偌大空间。黑暗消失了，所有角落里的所有物体都将自己的真实面目坦露在明处，海冰咔嚓、咔嚓地大声发着感慨，一股生命的涌流自南向北汹汹而来。地球的这半片，从半年的沉睡中醒了过来。

　　上帝安排维娜带着两个不到一岁的孩子，离开白熊谷去了远方。这些精灵的婚姻与家庭，说起来就是这么不可思议。新的一代总像某种一冒芽便会将母体分裂的植物，甫出生甚至还在娘胎的羊水里欢畅地游着泳呢，就会促使原本相亲相爱的父母分道扬镳各自另立门户。黑云彩在这件事情上还是能够放得下心来，因为这时候的维娜，已经不再是那个柔弱无助的母熊娃娃，每天只能依偎在黑云彩的庇护下生活，似乎永远也长不大。极北之地最有魔力之处，就是不相信眼泪、懦弱和温情，不相信山盟海誓的卿卿我我。老冰洋上暴烈的风雪与自然界残酷的优胜劣汰，总能迅速地把还想好好生存下去的弱者，于生死相搏的一回回反复无常中锻打为强者。绝不是条条大路都能通向你想象中的什么罗马。眼下的维娜，就是在极区无论谁都必须遵守的自然法则下一天天成熟起来，终于成为一头威武中还透着那么一点儿妩媚的强壮母熊。对于猎物而言这就足够了，因为它无疑于一尊美丽的死神，曼妙的身姿和带着女颤音的吼叫，本身就构成一种完美的狙杀风格，在猎物的神魂颠倒中一巴掌下去，足可击碎一头海狗子坚硬的脑袋。上苍在赋予它做母亲的慈柔、幸福与责任时，已经暗地里给了它本领，让它完全有资格、有能力来保护并养育自己的孩子。

  由于黑云彩不愿意当白熊谷的山大王，这片看似一时无主的幽静雪谷，倒是更显自由祥和、纯净圣洁，每一片覆雪的冰冻石都柔光温润，积雪深处的苔藓生机盎然。太阳在老冰洋上空升升落落地滑行了三个星隐月晦的漫长时段，所有事物都在时光的凿、挫、斧、锯、锤、刀作用下悄然改变，石头在走向演变成沙粒的漫长进程中，鸟儿生了蛋，蛋又孵了鸟，海冰化了结，结了又化，好多原本存在的东西渐渐化为乌有，而有些新东西却又鬼神不觉地冒了出来。黑云彩也在改变一切的时光里发生着不可抗拒的改变，但在它身上，时光却有一点无法做到，那就是改变它在极夜里和星星的对视与对话。

它至今也觉得无法解释，黑暗夜空中的星星为什么那么有吸引力？为什么那么让它喜欢和爱戴？只要抬头仰望一眼，心里就明亮如炬，澄澈如泉，那种要好好活着的强烈欲念，像春天苔原带上新发的草芽子那样，从神经和血管的末梢，从毛根和趾掌间，噌噌地往上拔，往上涌。它和星星说了好多好多的话儿，闷在心里那些不能讲、讲了也没有谁愿意听的话，它都像往橡木桶里倒冰疙瘩一样说给了星星，星星一点儿也不嫌它啰唆，什么都愿意听。一挂九曲十八弯的肠子里，啥想法都秃噜出来了，星星把清澈、坚韧和希望也就给了它。

黑云彩于无形中养成了抬头看天的习惯。即便是在星星早就退隐天宫深处的极昼时间，它依然于不自觉间将硕大的头颅高昂起来，望着只有流云飘动的蓝蓝天际。它一点也不怀疑，这个时候星星其实是能够看得见它的，哪怕是日光炫炫的正午，也一样能汲取来自星星的某种能量。海象山的石头和蓝蓝的万年冰都清楚，黑云彩离不开星星了。

卡门、萨沙、伊利和安诺它们都明白好朋友黑云彩的心思，在它暗夜里仰望星空或者是极昼期间抬眼向天的时候，就是虔诚教徒膝跪圣殿的庄严时刻，不管是谁，都不会轻易用一线绒毛去拨动宁静中的气流，因为打搅了此时的黑云彩，朋友们的心里会像春游的人不小心踏坏一丛风信子或郁金香那样久久不安。老冰洋上的日子在鸟、兽、兔、鼠友好相处的和谐中，在雪飞冰流和海象山岩石缓慢风化的自然演进中，蛆行蚓爬般一骨节、一骨节地溜向苍老时间的深处，生命体以并不算十分麻木的知觉，感受着时光于无痕雕琢中留下的痛苦与无奈。过去的和正在经历的一切，很快又会被后到的时间之水大浪覆盖，潮水退去的沙滩上，留下一堆堆乱石、一堆堆枯叶和一堆堆翻滚着肮脏泡沫的虫儿、鱼儿之类的腐尸。

宁静日子的被打破，是在雪兔法比奥和它几个儿孙一起失足跌下雪洞的那天午夜，但救出落难朋友的经过，却绝对构不成一个多么惊险曲折的故事：当雪鹀卡门把法比奥在雪谷东岸的遇险飞报给黑云彩之后，它只是跑过去跳下并不太深的雪洞，一件于雪兔可能会万劫不复于黑云彩却是举手之劳的功德，便在眼睛一睁又一闭间得以轻松完成。然而，当法比奥带着它重获自由的子孙，欢快地奔向岩石下一片裸露出融雪表面的草地之后，黑云彩的脸上倒挂了一层冰冻石般的凝重，因为空气里时浓时淡飘着的一股久违了的熟悉气味，这时正被鼻腔里专司捕捉味分子的那张嗅觉之网，所成功俘获。熟悉的气味无疑属于那些直立行走的人。但它却从中发现了一个让自己心脏加快跳动的秘密：这里面有股救命恩人于大河的特殊气味。这可是牢牢镌刻在记忆之壁上的最亲切的气味啊！酸酸的，咸咸的，里面还微微带了一点儿苦头，如果是放在最精确的嗅辨仪下仔细鉴别，那种标志性的山野泥土与老驴草杂糅的青甘味，也清晰可辨。也许，经历中所有的东西都可以忘掉，或者像电脑格式化那样从脑海中强行删除，但唯独这熟悉而又亲切的气味，却早已和水银泻地般渗融到了它的血液和骨髓中，成为记忆典藏中最可宝贵的那一部分。莫名的兴奋像一只快乐的鸟儿自心头飞出，一朵好看的花儿开在黑云彩的脸上。现在，这股亲切气味像摩西手中引导以色列人出埃及的神杖，引领着它转过三个裸露褐色岩石的山角，穿越六道没被积雪完全覆盖的深沟，最后在一片平坦雪地的尽头，找到了那顶扎在一座小山包下面的橙色帐篷。一看到这黄橙橙的颜色，黑云彩的心里就仿佛有万顷热浪在翻滚。啊，橙色，这是多么温暖、幸福、祥和的底色啊！黑云彩的心至此彻底放下，于大河毫无疑问就住在由好几层加厚尼龙绸做成的这个神秘的包包里。他正被吉祥的橙色裹挟和拥抱。

　　熟悉的气味和并不怎么陌生的帐篷，与记忆中那些最刻骨铭心的瞬间，总是很容易叠合在一起。黑云彩心头最先滚过的是一阵比当初未减半分的痛苦颤抖。夜阳中旋起的雪龙像一道飞动的虹，光滑晶莹的雪地五彩缤纷，它想起了失去妈妈的那个冰冷黑暗的日子。"我很快就会回来。"妈妈在最后一次走向永无返程的老冰洋时说出的这句话，现在看来是多么不自信、多么有气无力啊。但妈妈在那时候流出的泪水，却化作自己在梦中思念的再也流不完的眼泪。慈爱的上帝没有真正抛弃自己，因为黑暗大门在完全关闭的一刹那，一股它深信是来自天国的气味进入了它仓皇喘息的鼻孔。哦，这是一股多么非同寻常的气味啊！如果不是这股无异于绛珠仙草般气味的及早出现，它深信那个太阳临空的春天，便会成为走进地狱的最后一段行程。当然，那一天同时飘动在跟前的还有另外一个人的气味，酸咸中略带着那么一点儿腥膻，对，是腥膻，那是尤尼塔。她后来把自己像小宝宝一样呵护着。这两股不同的气味，不仅不会被搞错，而且永远保鲜在自己的记忆里。与此同时，于大河和尤尼塔这两个名字，也牢牢记在心里。

一层西瓜瓤那样红莹莹的光，像夜阳伸出的一双双慈爱之手，在亲切地抚摸着那顶橙色帐篷，凌乱的雪花借着柔光和风纵情起舞，两只趴在雪洞中的老鼠发出欢娱交媾的嬉笑，天公地母以人们无法想象的方式在激情狂吻。

"于大河就在里面，"黑云彩看着帐篷，深情地想，"这个时候他应该睡着了。"

它退后了一段足够长的距离，找处隐蔽地方挖个冰洞趴卧下来。它很早就知道，人和白熊不一样，到了晚上是要躺下来睡觉的，等早晨太阳升了起来才能开始新一天的活动。这个夜里,黑云彩本来是和摩西卡、桑巴它们约好到老冰洋上打猎,跑了趟雪谷东岸,救了法比奥一家,此后所有事情的走向便彻底发生反转,黑云彩的命运也由此拐弯,一步步按着上帝预设在生命和机缘中的发条,不可逆转地踏上既定之途。世界其实就是这么个样子,造物主起初在创造它的时候,每造一物便又同时安排好了它的结局,你只不过是个牵线木偶,依照剧本在例行表演中走了一个过场而已。即使一只高傲的鹰隼,一只卑微的蚂蚁,或者是一朵不起眼的石竹子花和狗尾巴草,也不会有什么例外。

等待中的夜晚,就像把一座金山抻成头发丝般的细线那样漫长。黑云彩一颗心咚咚地跳着,老冰洋都屏住了呼吸。算起来,自从那个滑进记忆深处的落雪之夕在白熊谷分手,它和星星已经说了三个极夜的话,那些只能在阳光下过日子的候鸟也南去北来迁徙过三回,而它却一次也没有再见到于大河,也没有见到过尤尼塔。"啊,他现在来了,来了,就睡在我前面不远处的那顶帐篷里,我闻到了他身上泥土和老驴草混合在一起的青甘味儿。"黑云彩嘴里语无伦次地嘟囔着。它太想早一点看到于大河了。那个长了一脸络腮胡子的男人,就如光那样照耀着它,什么时候想起来,心里都会往外透着亮儿。它不知道一只熊活着是为了什么,但却清楚哪只熊也不会比它更幸福。一阵紧贴地面的旋风掠过,雪把黑云彩栖身的冰洞糊了个严实,它轻轻活动了一下脖颈，将额心有撮黑毛毛的脑袋露出来，这样，远处的橙色帐篷就会清晰凸现在它的视野中。

比蜗牛还慢的太阳，终于扯着一根看不见的藤蔓，爬到了东面天际。早起的卡门和萨沙一抖翅膀飞了过来，勾嘎勾嘎地和黑云彩说了会话儿，雪地里铺了一层红胭脂。热心肠又天生好奇的雪鸦卡门，飞到帐篷顶上，头向着太阳，像思想家似的冥想着这颗星球的未来，因为头绪纷繁一时又无法理得清，便焦躁地摇晃起了小鸭梨似的脑袋。最后，它替露宿者把帐篷前门脸上的落雪啄下去，又向睡梦中的人儿提前问了早安，这才和大白鸥萨沙一道结伴飞走。当阳光、冰雪和帐篷融化成焦黄糖稀那样的颜色时，老冰洋呼哧呼哧喘过了几声憋久的粗气，像天老公或地老母放出的闷屁，帐篷顶上的雪簌簌下落，一个穿着蓝色极地服的中年男人，带着他身上独有的标志性气味猫腰钻了出来。一蓬恣意茁壮的络腮胡子趁着他直身抬脸，如随流漂动的水草般轻盈摆动。黑云彩一双穿云破雾的眼睛早就认了出来，这便是一回回在梦里出现的那个它最想见到的人。

黑云彩并没有和影视剧中失散亲人相见那样，不顾一切飞奔过去，然后用被亲情催出的泪水和因思念激发的肢体动作，来表达源自内心的兴奋。它依旧稳稳趴在冰洞里，瞪着滴溜圆的两眼继续静静地观察。离开人类世界已经三年多了，一层看不见的膜渐生渐长地隔在中间。它们和人类终归不是生活在同一个世界,更不在同一个思维平面,这使他做出的每一个举动必须慎之又慎,任何一次贸然行事都可能跌入万劫不复的深渊。况且,早就弥散在空气里的气味告诉它,来此露营的也不只于大河一个人。

黑云彩的审慎与持重,绝对不是矫情,更不是捧着蛋蛋凫水那样的过分小心。老冰洋用从冰山之巅滑过的时光和血与肉撰写出来的法则,教会了它在使用眼睛、四肢和牙齿的同时,更要习惯于使用大脑,用不同于寻常的思维方式,来决定应该采取的生活方式,如此,才能像老狐安格卢教导和期望的那样,成为纵横冰洋的真正霸主。

稍停了一会儿,一位金发碧眼的陌生男子也拱出了营帐,他和于大河一样,也是穿着相同样式的极地服,也是满脸的大胡子,只不过胡子的颜色是马尾巴那样的棕黄色。新出来的大胡子站在帐篷边,两眼直勾勾盯着还没爬高的太阳,似乎红火球中有位正在梳头的"巧笑倩兮,美目盼兮"的漂亮姑娘,但最后他只是响亮地连打了三声喷嚏。

"汤姆博士,"于大河踏着没膝深的积雪往前走了几步,又回过头来,用他那磁性十足的声音说,"咱俩今天下到白熊谷,就在谷底南边的大石砬子上设立观察点如何?那儿居高临下,进退方便,也免得有哪个好奇又不懂礼貌的家伙,过于亲热地前来探访看望,弄得我们张皇失措,担惊受怕。"

"哈哈,这是要学你们宋国那位守株待兔的先生啊,"

那个被于大河称为汤姆的有着棕黄色胡子的人，爽朗地大笑着，说："要是这些憨霸王一直猫在洞里，睡得个昏天黑地不出门，咱们是不是连根熊毛毛也看不见了？"

于大河说："不用担心老母鸡没有奶子。到时候啊，小鸡娃照样咯咯叫着满地跑呢。"

黑云彩这才注意到，两个人的肩上都搭着鼓鼓的背囊，脖子上还挂着一个晃晃悠悠的铁玩意儿，它知道这个东西叫照相机。那年住在卢特吉尔的时候，于大河和尤尼塔时常把它带到外面的雪地或冰海边上，他们轮换拿着这件神奇的东西，捂在眼眶子上不停地摆弄，里面还发出咔嗒咔嗒的声响。过了些日子，它和于大河，或者是它和尤尼塔，也或者是它单独一个，当然也有它和他们两个人同时在一起的模样，就被印到一张张纸片片上，还装了木框框。

跋涉在松软的雪地里，于大河和汤姆远不及一只雪兔或旅鼠那样得心应手。他们的两条腿与积雪产生的阻力很难达成妥协，跌跌撞撞到达谷底的大石砬子时，太阳已经从东边转到了南边，原先还明亮的光，被云遮挡、撕扯成了一条条垂挂在天际的金线。黑眼和蓝眼的两个大胡子笨拙地爬上大石砬子，尔后各自拿出一块大概叫防潮垫的东西，铺在一个半人高的豁口上，他们就依托着豁口石壁，开始干起了黑云彩怎么也搞不明白的营生。

黑云彩对这一带如左掌摸右掌一样熟悉。从石砬子南行不远就是它安居的洞府，这块小山般矗立在雪谷的大石头,实际上是它家门口的一道风景,三年来它在下面撒的尿也能流成一条河。大石砬子见证了它回白熊谷定居的最闹心一幕。那时候,它曾遭到坎图曼它们不怀好意的大力阻挠,最后它虽然勉强可以在这座白熊乐园里暂栖身躯,却只能住到石砬子以南。这一带有歧视性的做法,一直持续到坎图曼在和黑云彩的决斗中摔下崖去,当时眼见着新王要横空出世,哈利拉顺水推舟提议它迁去雪坡熊府中心,似乎唯有这样才能彰显王者之尊,也顺带消弭了南居之耻。黑云彩并没有动心。这地场虽说去冰海要多跑上一大截路,但可以远离那些冷漠而又自以为是的生猛同类,心里也是少有的素净。只是没有想到,这样一来,倒和来白熊谷干什么营生的于大河他们,成了近在咫尺的邻居,尽管他们待在这里的时间不会太长。不过,按着黑云彩的想法,它真希望于大河他们能一直在这里住下去,那样它一出门就可以见到他,啥时候打了海豹也能和他们分享。如果于大河愿意,甚至还可以邀请他带着那个黄胡子汤姆到它的洞府里做客呢。但它随即又否定了自己的想法,知道那逼仄腌臜的冰洞,虽然于它而言是舒适无比的华府,但让人进去逍遥就太不可思议了。当然它也知道,于大河他们来这里一定有很要紧的事干,干完了还是会很快离开的。白熊谷天荒地老,除了冰雪就是石头,只有往南边那些很远很远冒烟火气的地方,才最适合他们人类生活。

黑云彩还是和在雪谷东岸的雪地里那样,选择与于大河他们所在的大石砬子有足够长距离的地点隐蔽下来。这里是大石砬子的西边,馞馞顶冰冻石恰好为它的潜伏提供了理想依托。上帝把什么事都给提前安排好了。谷底复杂的地形对于一个不想让对方发现的潜伏者来说,简直就是神预先给创造好的绝佳隐蔽所,随便哪一块冰冻石或哪一处石罅、哪一个冰洞、哪一条雪沟,都会把自己完美无瑕地遮掩起来。即使有过路神仙瞄上一眼,对于哪是白熊哪是冰冻石,恐怕也一时难以辨别。不知道为什么,黑云彩就是想这样跟着和看着自己最想见到的人,却不愿意让他还有他的同伴有任何察觉,仿佛露面便是它的失敬或者是失败。

热心肠的卡门和萨沙又飞了过来,这回与它俩同来的还有塔莉、伊利和安诺。此外,公狐摩西卡、桑巴,雪兔法比奥和旅鼠肯迪尔等,这些只能靠四条腿在陆地上行走的朋友,也以各自出行的不同方式和步幅频率,分头奔走在来馞馞顶的雪路上。曾救护并养育过黑云彩的于大河来到白熊谷,这一消息经卡门和萨沙的飞报传播,老冰洋上黑云彩的朋友圈里已经尽人皆知。纵然作为欢迎主角的于大河和汤姆两个大胡子浑然不觉,空气里弥漫开来的喜庆气氛和亲切待客的味道,还是让雪地和冰冻的岩石着上一层欢悦的橙色。旅鼠肯迪尔家族弯曲交错的洞穴中,也因为受这种气氛和味道的影响,冰壁霜冻簌簌而落,才出生不到一个时辰的鼠崽们大睁两眼四处乱窜,小牙刚长出来就能咬断坚硬的草根。伊利和安诺的两对儿女,一钻出壳儿还没认清哪个是自己的母亲,就能抻着脖子唱起《黑云彩之歌》,惊得安诺差点从巉岩上一脚踏空。

"亲爱的黑云彩先生,有一点我不太明白,"一向直言快语的安诺,站在黑云彩隐身的饽饽顶冰冻石下面,振了振有力的翅膀,说,"既然阁下那么感恩并思念着于大河,又为什么不赶快上前去叩见你的恩人,这难道不是送上门来的大好机会吗?"

卡门和萨沙几个也跟着嚷嚷:"就是呀,老在暗处躲着不露面,真叫人不好理解,这也不符合阁下一贯的行事风格啊。"

"为什么非得要朝面呢?"黑云彩像极夜中和星星说话那样,抬起头来仰望着上方,被撕扯成条条和块块的太阳光片,戴着金黄的像花环儿的光晕从正南转向西南,光与暗的缠斗总让阴晦的天空扑朔迷离。它盯着一处发亮的光片,眼看着她被扯成一条条很细的金线,这样过了不短的一会儿,才低下头来像是自言自语地说道:"或许,这个样子比什么都好。"

这些鸟儿和随后赶来的摩西卡、桑巴、法比奥、肯迪尔它们走了之后,黑云彩半坐起来,吃了几口雪狐朋友带来的肉食,忽然想到两个大胡子趴在那里老半天还没吃什么呢,自己先吃似乎有些不敬,就住了嘴,又伏身在与其几乎完全融为一体的饽饽顶下,用这一别人很难理解的方

Ⅷ雪谷 / 233

式继续静静守候。

它到底要守候什么呢？黑云彩自己也说不太清楚。这像极了"蹲守""盯梢"和"跟踪"的古怪行为，或许其真正内涵是体现了某种责任与义务，或许是感恩心理在现实环境中的无奈表达，或许仅仅是出自保护与自我保护的本能反应，或许什么都不是，黑云彩就是觉着有必要这样去做，然后就做了。反正，星星的光在它心里闪着呢，它亮亮堂堂的一点也不迷糊。

黑云彩所处的饽饽顶位置，与大石砬子以及石砬子和熊府之间的开阔地，大致算得上一个不规则等腰三角关系，这就是说，黑云彩在这里，不仅能看清面向北方的石砬子上两个人一举一动，而且只要出现在他们视野里的物象，也差不多会同样出现在黑云彩的视野里。鸟儿们生怕打扰了来白熊谷的客人，一只只远飞到别处。天和地如断了脉息一样沉寂，寒风舞弄着雪花在做一些司空见惯的无聊游戏，冰冻了三万年的岩石以无言诠释着对时光对自然的超强耐受。垂着金丝线的火烧云完全"烧"到西面的时候，一直趴在石壁上的两个人终于动了动身子，接着离开了那个观察的豁口，到石砬子中间狭小的雪地上，伸腿撂胳膊地活动着腰肢，背着风吃了会东西，又拿出随身携带的热水瓶，各自倒了冒汽的热水慢慢喝着。

看着于大河他们吃饭，黑云彩肚里的饿虫也开始蠢蠢欲动。它的确很饿了。就又和先前那样半坐起来，大口嚼食着摩西卡和桑巴费心弄来的冻海豹肉。这两位雪狐仁兄真够仗义，走的时候留下话，只要黑云彩潜伏需要，它俩会随时把吃的倒腾过来，绝不让好兄弟空着半截肠子受肚子里那一万条毛毛虫儿折磨。

一只个头高大的白熊晃晃悠悠从北边踮了过来，黑云彩起初以为是三只耳，没怎么当回事，等再走近了些才看清楚，原来是老光棍布里班。一颗心不由悬了起来。在白熊谷各族属居民中，要是说不清楚雪兔儿或旅鼠一年能生几窝的，比比皆是；但要说谁不知道老光棍布里班是个流氓无赖，却几乎找不出一个。在由坎图曼挑起的那场争夺后宫佳丽的混战中，老光棍甘愿沦为坎图曼的无耻打手，带头咬死了维娜的爸爸，又把维娜妈妈艾丝米拉的一条腿弄瘸。老光棍最信奉的"哲学"是有奶便是娘，乌拉里斯得势时，它成为舔肛好手，天天追着乌拉里斯屁股转；坎图曼逞强之后，又抱紧了坎图曼的大腿与它形影不离。风风雪雪这些年里，它受邀参与祸害过海雀普里兹，主动结伙糟践过雪兔法比奥，还单枪匹马残杀或咬伤过旅鼠肯迪尔的三个儿子、五个闺女以及十六个没成年的孙子辈娃娃。黑云彩初来白熊谷的时候，它还和新勾搭上的母熊萨丽丝，一唱一合，捧了坎图曼的臭脚趟浑水，企图撵走相貌丑陋身上又带着股人腥味的黑云彩。

黑云彩瞄了一眼大石碇子，看见两个大胡子面对溜达过来的布里班，绝不似珀涅罗珀见了可鄙的求婚人那样心存忌惮，反而更像是仓促间在迎接哪国元首的突然造访。谁也顾不上吃喝了，饭盒、杯子啥的往雪地里一扔，急手忙脚，抓起照相机什么的来到石豁口前——就和当年在卢特吉尔时曾见到过的那样，他们把那铁玩意儿扣到自己眼眶子上——黑云彩知道那铁玩意儿的另一面，肯定是对准了老光棍那个无赖。

老光棍布里班当然不会知道大石砬子上的人正对它发生兴趣，而且还拿照相机对着它，要不然会多么荣耀啊！哈哈，这可是阿尔卑斯山诸神也享受不到的待遇哩。它若无其事地踱足走了一会儿，最后止步在一道迈腿即可跨越过去的雪沟前。可能是发现了阿拉伯那四十大盗不小心遗失在这里的什么奇珍异宝，它用那个能从冷却了至少二十亿年的岩浆中闻出地心气味的鼻子，使劲朝下面嗅着，同时迈着笨拙的步子，沿弯曲如蛇的雪沟往东北方向蹀躞过去。那儿有个通往雪谷东岸的峡谷隘口，晌午的时候两个大胡子就是打那地方摸下来的。

"布里班看样子是想去雪谷东岸，"黑云彩松了一口气，心里说，"谢天谢地，这样就不会来大石砬子找麻烦了。"

老光棍摇晃着颜色和雪地几无二致的笨重身躯爬上了雪谷东岸，仿佛从发现的奇珍又找到了宝藏的山洞，一通中医断脉那样的嗅嗅闻闻之后，开始在松软的雪地里用四只利爪刨挖企图能出现奇迹的坑洞。雪雾飞腾，沙石翻滚，近旁一只正在打盹的鸟儿受惊后厌烦地飞走，一窝躲在雪洞里的旅鼠战战兢兢，不知道雪地里这个呆霸王会掇弄出什么光景。预想中的深究并不能持续支撑它的发奋努力。冰雪沙土在空气中又飞扬翻腾了一阵，这项不明就里的挖掘作业算正式告停。面对乱七八糟好大一堆挖掘物，老光棍只是用鼻子浮皮潦草闻了几下，爆出几个闷闷的似乎有一搭无一搭的喷嚏，然后抬起头来，对着一片正经过头顶的流云煞有介事冥思了一会，突然调转肥硕滚圆的屁股，抄近道直奔大石砬子而来，好像刚才在那里遗失了什么重要东西。黑云彩的心像被谁猛揪了一下，颈项和脊背上的毛毛瞬间竖成一片箭杆，两只随时会扑出去的前爪也不觉收在了胁下。

　　从谷岸到大石砬子，这一看上去并不怎么远的淤积着厚厚冰雪的地段，起伏不平，冰石密布，还龇牙咧嘴分布着一些深坑和暗沟。如果是人在上面行走的话，至少也得费劲巴力又小心翼翼地跋涉上个把时辰。不过，这样一段路对于一只强壮的白熊来说，即使它看上去还不如一头最笨的牛灵活，但只要放开爪子一顿蹽，跑下来也只需喘几口粗气的工夫。眼下的老光棍就是这样，没用多少时间就扑打扑打撞到了大石砬子下面。两个大胡子这工夫忙得像撞倒了烧着炭火的剃头挑子，于大河抓着照相机，啪嚓啪嚓不停地拍照片，然后再手慌脚乱换胶卷。汤姆嘴里一张一合不停地说着话，同时拿起一支笔，急匆匆往一个本子上画着或记着什么。他俩好像正在出席石砬子下面那位召开的一个专场新闻发布会,全然不顾有凶猛的白熊爬上去的危险。好在司空见惯的大石砬子上除了两个古里古怪的大胡子之外,再没有什么特别值得留意之处,早就吃饱喝足的老光棍布里班,对贸然闯入雪谷的人虽感陌生和新奇,倒也看不出喜欢或是不喜欢。总之,是没有什么太大的兴趣。只要验证了它嗅觉上还能保持足够的灵敏,实现了搜寻上无所不达的成功,其余一切都不在话下。它绕着大石砬子转了一圈,又潇洒地翘起一条后腿,飘飘洒洒往岩石上撒了泡热尿,然后扑打扑打又循来路朝熊府方向踅了回去。两个大胡子蹲在大石砬子那片狭小雪地上,开始整理着什么东西,黑云彩这里也算踏踏实实放下了心,两只紧收的前爪重又伸展开来。

上帝为白熊谷安排了三个和美平静的日子。三天里,于大河与汤姆两个大胡子每天都要于早饭后背着沉重的行囊,穿过谷岸难以跋涉的雪地,下到随时都有可能跌入深壑的险坡,此后再顺着冰石散乱、雪洞密布的复杂谷底,攀爬上距黑云彩居所仅有一箭之遥的大石砬子。一直到夕阳余晖将雪谷西岸的雪山冰岭涂抹成满眼橘红,他们才拖着疲惫的两腿回到雪谷东岸的营帐中。黑云彩则如他们投出的影子,夜晚趴卧在帐篷外面的雪地里,白日隐身在饽饽顶冰冻石下,三天来一直以这样一种不远又不近的距离尾随,不让两个大胡子轻易跑到它的视线以外。卡门、萨沙、伊利和安诺几个每天都要飞过来看望黑云彩,亲亲热热陪它拉回呱儿，说些新发生的冰洋趣事、雪谷秘闻。摩西卡与桑巴就像跟黑云彩肠子里的毛毛虫签了合约，总会在它饥肠辘辘之前准时把好吃的送来，虽然这些食物大都是黑云彩捕猎的成果，但精于理财的雪狐们，极善于把一时吃不完的肉仔细储藏在冰窖里，以备不时之需。现在这些存货就派上了用场。正因为身边聚集了这么一大帮知冷知热又懂生活的好朋友，黑云彩针对两个大胡子的"跟踪"与"潜伏"，才会在人不知鬼不觉中得以有效实施，而自己也没觉得有多么寂寞难耐。此外，这几天里雪谷没风没火，冰雪中散发着被温情拥抱过的清冷，冰冻石上泛着照透过暗夜的紫光。大公熊哈利拉和三只耳在消化食儿的时候，都曾优哉游哉地来大石砬子这里蹬雪散步；老光棍的相好萨丽丝也带着它一双即将成年的儿女，到布里班曾嗅闻奇珍的冰沟做过类似老鹰叼小鸡的游戏；还有三个年轻又富有爱心的母熊，各自带着它们可爱的小宝宝，在石砬子前面的一道斜度极佳的冰坡上擦过滑梯。不过，它们总有错时的办法互相避开当面相遇的尴尬。两个大胡子在石砬子上居高临下尽览雪谷风光和熊世百态，居然没有受到什么骚扰，哪怕是孙猴子变成蠛蠓虫儿戏弄猪八戒那样的恶作剧，也一丁点儿没发生过。

　　橙色帐篷在雪谷东岸支棱起来的第四个早上，清冷潮湿的空气中释散出一股令人不安的粉红色气味，没错，是那种带颜色的气味！一群恬不知耻的寄生蚊虫，总企图在

Ⅷ 雪谷 / 239

猖狂的飞行中，找寻能够插下嗜血器官的宿主——那是随风飘舞的雪花，它们在碰触到青光幽幽的雪地后就赖上不动了。稍后飞到的雪鹞传来老冰洋上一个最新又最不可思议的消息，这让阴云重重的天空又加重了一层忧虑的浓雾。

"坎图曼回来了，"卡门那对有力的翅翼荡开扑过来的片片雪花，两只通红的脚掌刚踩到雪地上，就对黑云彩说道，"决斗跌落悬崖那回，它没有死。"

黑云彩看了一眼落雪中的帐篷，沉思着说："或许上帝觉得它还有些坏事没做完呢。"

卡门说："夜里趁着法比奥一家都趴卧在洞府睡觉，坎图曼扒开冰雪，咬死并吃掉了它的三个孩子。刚才我和萨沙、肯迪尔几个去看它，法比奥还趴在浸透鲜血的雪地里哭着呢。它说原以为坎图曼摔死，从雪谷南口搬回来就不会再有谁欺负它了，没想到这个遭千杀的恶魔又活了过来。"

过了一会儿，安诺也顶着一身雪花飞了过来。它说本来是和伊利它们陪着法比奥的，可想到坎图曼这遭回到白熊谷，头一个要报复的就是黑云彩，大家伙儿不放心，就让它过来给提个醒儿，免得好朋友遭了算计。

"看来你是得小心了。"安诺说。

在随后两天里，白熊谷的石缝中回旋着一种紧张气氛，飘舞的雪花颤颤抖抖，那些熊、狐、兔、鼠和鸟儿们，个个脸上写满了忧虑和不安。但天也没塌下来。皑皑白雪依然映着太阳的光亮，偶吹的南风也在继续催发着向阳石坡底部的苔藓，两个大胡子晚上回东岸的帐篷吃饭、睡觉，白天还是乐此不疲地爬上大石砬子鼓捣他们那一套。黑云彩就像罗得在所多玛城里保护下凡的天使，这两天变得更加谨慎小心。它倒不是怕什么坎图曼，而是担心这个丧心病狂的家伙万一冷不丁打哪蹿出来，会伤了他们——退一万步说，哪怕这些来自远方的客人受到惊吓，它的内心也会因为不安而遭受永远的鞭挞。

第三天晚上，也就是于大河他们来白熊谷扎营的第六个紫阳低垂之夜，缓缓涌来的阴云一点点蚕食着冰山、峡谷和雪地上的橘红，从老天丹田部位刮来的狂风携带着地狱深处的寒冷，肆无忌惮地横扫着大地和老冰洋上的一切，失去贞洁的雪花在风的诱惑下四处瞎扑乱撞，地面积雪也狂躁得发疯，恶龙搅柱般扶摇翻滚，不知羞耻地向风婆子谄媚示好。黑云彩建在帐篷不远处的临时洞穴，总是在眨眼间便被雪粒子填埋。为了不让眼睛与帐篷间的遮蔽物影响观察，它不得不一回回把堆进来的冰雪扒出去，又不得不一回回将身子往高里抬起来。即使如此，在不长的时间内，它也将蔽身的雪洞连迁了三回。

一股不仔细嗅闻便会从鼻头溜走的淡淡气味飘了过来，黑云彩脊背上的皮肉像被一只手揪着似的一阵阵发紧。这是一股熟悉得让它不能再熟悉的气味，腥臊烂臭中还隐隐夹杂着很特别的氨水味。在白熊谷积雪堆成的小山前，在碾盘石下的雪地上,在老冰洋上的水冰交接处,在海象山陡峭的悬崖边,这种挥之不去的氨水气味,就像一群叫人厌恶可又无法摆脱的绿头苍蝇,在一段很长的时间内,曾嗡嗡叫着环绕在它的身边,也曾环绕在它的意识和睡梦里。就凭着这难忘的越来越浓的氨水气味,它知道,那个让海雀普里兹和雪兔法比奥诅咒了千万次的恶魔,终于来了!

当黑云彩抖掉身上的雪末,像一位仗剑大侠般迎风站立在雪地里的时候,透身散发腺臭氨水气味的坎图曼也来到了眼前。世界就是这么让人看不明白,坎图曼那年与黑云彩决斗摔下海象山的千丈悬崖,按理说应和索命无常将生灵之躯锁入阎君大殿一样,它在阳世上的一切本可以在这里了结画上句号。但偏偏有个渎职的阴府差役,这时在交割差事上出了点岔子,事情就比预料得走了样:坎图曼笨重如牛的身躯在自由落体过程中,碰巧遇上三块铺着厚厚雪被的突出岩石阻挡,又被两道并不平缓的雪坡接住,最后虽然如一条死狗似的从高处直掼谷底,奈何下面全是松软如棉絮般的深深积雪。尽管坎图曼侥幸捡回了一条小命,但上帝也没忘了惩罚它:它的一条后腿在下落中受到岩石一个锐角的重创,因此留下的残疾将为它后来遭受致命伤害埋下隐患。跛着一条腿的坎图曼流浪到了老冰洋的另一端,曾在一座孤岛上占山为王,继续以猎捕海豹和海狗之类谋生;也曾在濒近冰海的针叶林带靠打劫狐狸、鸟类,靠偷窃、捡拾人类垃圾苟延残喘。孤魂野鬼般游荡了两年多,还是选择回到了让它荣耀也让它耻辱的白熊谷,因为它始终顽固地认为,带着一身人腥气的黑云彩不光阻断了它的当王之路,更差点害了它的命。如果今生不在黑云彩身上把这口恶气出了,别说在老冰洋上没法混,就是死也不会闭上眼睛。不愿意和解与淡忘的记仇,就这样成了一种难以从绝路上走出来的宿命。

"一爬上谷岸我就知道是你在这里,"坎图曼看了一眼已经和自己身量相当的黑云彩,跛着一条后腿向前走了几步,说,"不过,我现在只是想从那儿——"它噘起嘴巴朝狂风中打着摆子的帐篷指了指,又继续说下去:"从那些人的身上弄点吃的,至于咱们俩的账嘛,哼哼,迟早也是要好好算的,但不是现在。"

从海象山决斗到现在,两年多没有露面的坎图曼,除了看上去毛色肮脏、骨瘦形销之外,就是左后腿稍有点跛,其余变化并不大。黑云彩见坎图曼还和当年一样霸道蛮横,一点不知收敛,就冷冷说道:

"算不算账的我没有兴趣,但你要想打人的主意嘛,那就对不起了,恐怕得先从我黑云彩身上跨过去。"

黑云彩说着往坎图曼身前迈过一步,就势横过了身子。

"看来今天夜里要新账老账一起算了,"坎图曼獠牙一龇,恶狠狠说道,"你真以为自己是女神卡利斯托变成的大熊吗?实话告诉你,那回在海象山上,只是我一时疏忽才摔下山崖的,就凭你那点本事,才奈何不了我呢!"

黑云彩坚定地说:"不管怎么说,就是不能动一下那里面的人。"

"那咱就试试吧!"

坎图曼说完,纵身一跃,闪电般从黑云彩的头顶凌空掠过——那条微跛的后腿,对做出如此高难度的动作竟然没造成任何拖累。此后,它疾速扑到帐篷跟前,把对食物的极度渴望,也包括对黑云彩刻骨铭心的仇恨,化作一种不留任何后路的末日疯狂,集中体现到了它的利爪与獠牙上——

再也没有比攻击人类帐篷更让黑云彩愤怒的了。就在坎图曼撒野的时候,黑云彩从后面追了过去。它看准坎图曼那条曾经受伤的后腿,一口便叉了上去。两只势均力敌的白熊,旋即不顾死活拼缠到了一起……

IX 潜行者

那天夜里在雪谷东岸和坎图曼干了一架之后,有一件萦绕入怀的事情始终让黑云彩百思不得其解:愤怒的打斗中,就在它将坎图曼那条跛腿彻底弄折并想进一步结果其性命时,耳蜗内突然传来了一阵飞虫的嗡嗡声,这与它在坎图曼倒腾的第一次族群大会上听到的一模一样。扎堆结群的蚊蚋与苍蝇翅翼同时扇动发出的轰鸣,一时超过了狂风的呼啸,掩盖了暴雪的肆虐,压住了老冰洋深处的冰裂和海象山、锥子山、鲸头顶的连环雪崩。随着虫儿的嗡嗡声,它看到了空中那些发出声音的虫儿的真身,同时还看到了两只花斑飞蛾以及五只远古时期的黑肚红翅蜉蝣。黑云彩不明白为什么在这风狂雪猛又寒冷无比的极北之地,竟会有南方夏季沼泽地里才会见到的蚊蚋、苍蝇、红蜂和牛虻之类,特别是还有曾经环绕在老王乌拉里斯周围的那两只花斑飞蛾和那五只只有在远古时期才能有幸一睹其真容的黑肚红翅蜉蝣。

它在发出致命一击的瞬间改变了主意。那颗在极夜中最亮的星星在心里闪了闪。它放过了坎图曼。

黑云彩忍受着肩胛毛皮被深度撕裂带来的阵阵剧痛，回到雪谷大石砬子下面的家里。卡门、萨沙、伊利、安诺和塔莉它们闻讯后都赶过来看望，摩西卡、桑巴和正游玩至此的细尾拉丁、大长腿等，也带了各自没舍得吃的冻肉冰鱼前来探视。大长腿曾南下苔原狂追心目中的偶像娜娜提，无奈两个有缘无分，丘比特的神箭总也不肯射向它们，因此只扯扯拉拉当过一阵子露水夫妻，终因性格不合和南北两地长期形成的生活差异而分道扬镳，它自此也就死心塌地回到了老冰洋上谋生。黑云彩受伤后，旅鼠肯迪尔便有了一个施展独门绝技的机会。这个在小型哺乳动物中小有名气的资深鼠医，的确很有些拿人服众的本事。它在治愈了法比奥家族那些不幸受伤的雪兔后，又来到黑云彩的洞府，将它在雪谷和海象山、锥子山采集的接骨草、止血风、刺儿蓟和还魂虎皮等，一块儿嚼碎敷在黑云彩的伤处，且不管狗皮膏药的疗效如何，至少让黑云彩和大家伙儿在心理上得到了莫大宽慰。

连续多日谷里谷外给两个大胡子做外围守护，加上又和坎图曼你死我活拼战了一场，黑云彩的身子像块大石头那样发沉，两个眼珠儿又干又涩，仿佛不抹上二两润滑油立马会停止转动。经过肯迪尔治疗后的伤口也趁机作祟，前肢稍一活动就锥子攮了似的疼痛难忍。送走卡门、萨沙和摩西卡一众朋友后，黑云彩头一歪便在舒适暖和的冰洞里呼呼睡了过去。也不知过了多久,洞口雪地里传过来一阵嚓嚓、嚓嚓像是谁在走路的声响,黑云彩还没爬起来,就见安格卢带着一股雪尘旋了进来。它想起前年极夜时曾梦到过安格卢。在那个稀奇古怪的梦里,安格卢被人埋设的陷阱弄断了腿,一路挣扎着爬到黑云彩这里,黑云彩刚给老师舔舐完伤口并用硝土止了血,安格卢便把头一昂郑重其事地告诫它,一定要远离那些长了两条腿的人。

"但愿这回相见不是在梦里。"黑云彩想。已经有两年多没见到老师安格卢了,不知道它这次来白熊谷又是为了什么。

"我觉得你并没听进我的话去,"安格卢一见黑云彩,便将两道变红的长眉毛一拧,劈头盖脸说道,"这样下去别说你要吃大亏,整个锥子山和白熊谷都要蒙受重大损失,老冰洋上就更不用说了,所有生灵谁也休想有好日子过!"

黑云彩一脸懵,嘴张了半天才说道:"我,我真的不明白,请老师明示,为什么您总是说那些长了两条腿的人不好?"

安格卢说:"凡事要靠自己去悟,不能指望别人把什么都给说透了,这就是老冰洋法则。"

黑云彩说:"恕学生愚钝,我还是想请老师给指点迷津,人有什么不好?"

安格卢只把头摇了摇,什么也不肯再说,然后转过身,飘然走出了洞口。黑云彩起身去追,却一头撞在光滑坚硬的冰壁上。肩胛处伤口一阵刺疼，醒了过来，原来还是一个梦。

梦醒之后，黑云彩若有所思地想了一会老师安格卢，想了会极夜中天上那颗最亮的星星，想了会于大河和尤尼塔，忽然又为雪谷东岸帐篷里那两个大胡子操起心来。它扳起巴掌仔细数算了一下，自从那天夜里回到冰洞养伤，已经有三天，不不，有四天没见到于大河和黄胡子汤姆了，也不知道他俩现在怎么样了。坎图曼重伤逃走，不会再对他们的安全构成威胁了，但雪谷里的其他白熊呢，见到他们是不是还能老老实实？唉，这就不好说了。凭着它基因里相同的密码和严酷环境中无法忘却的经历，它深知同族同类中这些白衣魔头的德行，要是哪一个在哪一天哪一霎转了哪根筋动了哪个坏念头，对踏入白熊谷的人做出什么傻乎乎的事来，你都会觉得和大阴天的突然从空中掉下几瓣雪花来似的再正常不过。这样一想，黑云彩卧着的舒适冰洞就成了扎肉的针毡，疗伤的休养也像要逃避责任一样变得可耻可恨。身上一阵子燥热弥漫开来，腋窝臊汗直冒。

"尊敬的黑云彩先生，您这样是不行的，真的，肩胛上的伤口还没长好，您看，这里还渗着血水呢！"旅鼠肯迪尔看到黑云彩急着要出去，慌忙检查了一下它的伤处，颇心疼地说道。

"见不到来雪谷的那两个人，我心里不安稳。"黑云彩说完，头也不回地向雪谷东岸走去。

这是那场殊死搏斗后的第五个早上，柔弱疲惫的太阳像只要做茧的老蚕，贴着老冰洋冰面从北边缓缓爬过来，东方天际挂了一道黄中透紫的幕帘。黑云彩顶着这道幕帘爬上雪谷东岸的时候，心里猛然凉了半截：雪地尽头、小山包下的那顶橙色帐篷不见了，空气中总让它心里暖流涌动的那种特有气味也消失了，只留下两道还未被积雪覆平的雪橇辙印，像一个隽永故事的开头，诗意隐隐地伸向紫光跃动的东南方。

"啊，他们走了，于大河他们走了。"黑云彩嘴里不停地喃喃着，眼里的泪珠簌簌滚落。

它后悔受了一点小伤就跑回冰洞里猫着，要不然何至于连于大河他们是什么时候走的都不知道呢？"我也太娇惯自己了！"它一面深深自责着，一面举起一只有力的前掌，狠狠拍向一块篮球大小的冰凌。寒冷与水制作的物件，瞬间化为齑粉。

它怅然若失地走到曾扎过帐篷的雪地，这个白雪的废墟上，现在留下的全是一堆白色的凌乱脚窝儿。它将鼻子插到这些由鞋子和冰雪共同作用才得以留下的人类印痕里，一下一下很专业又很用心地嗅闻着，似乎这里面还保存着于大河他们的体温、气息，而嗅闻就和从阳光里吸取能量那样，也能让它从中得到某种精神上的抚慰。

深情的嗅闻显然唤醒了往昔的美好记忆，一阵镌刻着日月年轮的兴奋随着日出从心底向外迸涌。这时候，黑云彩忽然生出了一个此前无论如何也不会有的念头：它要沿着雪地里留下的隐隐橇痕，一路向东去追寻于大河他们！是的，它要去找于大河，找尤尼塔。多年没见了，心里说不出有多么想念他们。至于找到他们之后怎么办，他们会怎么看、怎么想，它一点没有考虑，也不愿意考虑。但它就是要去寻找他们！寻找，此刻成了最迫切要做的一件事，甚至成了生命的全部意义。啊，这真是一个美妙绝伦的念头！它为有这样一个念头感到莫名惊喜。这个念头是从心里自然而然生发出来的，是心灵之树在苦苦等待中结出的一个果子！它万分庆幸会有这样一个果子。当这个果子或者是念头还只是闪动在意念中的一点萤火之光时，它就已经兴奋不已了，待微弱光点豁然扩展成一片照亮内心的晅晅光明，疾速加快的心跳让它再也无法抑制感情深处的波涛汹涌。黑云彩迎着东南方也就是于大河他们返回的方向，昂起头颅，伸直脖颈，就像盘古在挥舞巨斧劈开混沌天地那个壮阔瞬间做到的那样，情不自禁地大喊了起来：

嗷——

嗷——

本能的吼声其实是一种从心灵直抵心灵的爱意呼唤，是黑云彩向昊天，向厚土，向老冰洋发出的纯情告白。飞经头顶的一片乌云，被感动得唰啦唰啦直落雪粒子；远处冰洋上数声冰崩的震耳巨响，也在向黑云彩至情至性的心语，报以最关切的呼应。

黑云彩心灵的呼唤传遍了白熊谷和老冰洋的上空，海象山最突出的巉岩和雪谷的大石砬子，都发出金属那样的铮铮回声。它的朋友们为黑云彩的精诚所打动，一个个不约而同赶来为它送行。最先到达的依然是卡门、萨沙、塔莉、伊利和安诺，但比往日更热闹的是，萨沙、塔莉和伊利、安诺两对鸟夫妇，还带来了它们各自的一大群孩子，喳喳呀呀围到黑云彩的身边。小山包下闹闹哄哄地乱过了一会，银狐摩西卡、桑巴、细尾拉丁、大长腿以及雪兔法比奥、旅鼠肯迪尔等，也陆陆续续汇集了过来。肯迪尔一见到黑云彩，连忙上前检查它的伤口，摩西卡和细尾拉丁几个也不停地问寒问暖，大长腿还关切地叮嘱黑云彩，近段时间尽量别让伤处沾着水。

"我要去寻找于大河他们！"黑云彩以普罗米修斯盗火的庄重和奈弗尔王子取魔法书那样志在必得的自信，大声向朋友们宣告着自己的决定。

鸟、狐、兔、鼠本来就特别敬重它们的挚友黑云彩，见它如此重情重义，一定要冒着诸多不可预知的危险，去寻找自己的救命恩人，敬重之外不觉又多了一份发自内心的感动，多了一些在旁观者来说绝对不会存在的理解与体谅。"这是一件多么了不起的事啊，"安诺禁不住流下了泪水，说，"这简直就是一个伟大的壮举！"还没完全从家破人亡阴影中走出来的雪兔法比奥，想一想坎图曼的凶狠残

IX 潜行者 / 253

暴，比一比黑云彩的善良侠义，止不住浮想联翩，悲从中来，依偎在黑云彩身边号啕大哭起来。

还是摩西卡更谙人情世故，等大伙儿的情绪逐个平伏下来之后，它以兼具冰洋与苔原双重生活经历的资深老狐身份，意味深长地提醒黑云彩道："安格卢常常教导我们，一定要远离那些两条腿的人，你这一去，会见到各种各样的人，人就是江湖，凡江湖就有险恶，老弟还得多加小心！"

桑巴、细尾拉丁和大长腿也异口同声地说："摩西卡大哥说得在理，你要觉得有什么不对劲儿，就赶紧回到咱们白熊谷，这里不似人住的地方，没有那么多乱七八糟的事事儿。"

雪兔法比奥和旅鼠肯迪尔也随声附和，希望黑云彩随时回到白熊谷。

"大家伙儿要是对黑云彩先生放心不下，我可以每过几天就飞去探望一下，免得总是牵肠挂肚。"卡门说。

时深时浅、时断时续的两道摩托雪橇留下的辙印，经过五六天或更多日子的刮风落雪，经过连日连夜的日晒和偶尔的浓雾侵蚀，经过旋风和转窝子风卷起积雪的肆意覆盖，居然还是隐隐约约，有迹可循，一直沿着老冰洋弯弯曲曲的冰石岸线，绕过千年不化的闪着地狱辉光的冰山以及流淌万年也始终归不了大海的冰河，倔强地指向东南方冒着烟火气的人类某个居住点。这其实是上帝指引的一条由自然通向必然的必走不可的路径。黑云彩在视觉、嗅觉、听觉和心灵感应的共同加持下，终于在鸟、狐、兔、鼠们友情缠绵的告别送行之后，顺着这条引导灵魂的道路，来到了梦绕魂牵的卢特吉尔，那个完全可以说是它生命新起点的地方。

当那片依借地势散乱建造在冰洋岸边的房屋，在这天傍晚七时的阳光下显露出雪遮冰掩的轮廓时，交织、混杂在一起的酸臭的人类气味，便随着冷风扑进黑云彩嗅觉灵敏的鼻孔。熟悉的物象，熟悉的气味，熟悉的狗吠，熟悉的木屋前溜冰的长长雪坡，熟悉的烹饪食物时冒出的烟火，熟悉的风动山石发出的呼啸，催发着记忆之舟航行到现实的湖面，黑云彩这只受到过人类救养、化育的白熊，一时间热血奔流，心里翻腾成了波涛激荡的大海。

"咱就叫它黑云彩吧。"

"这名字好，黑云彩，你以后就叫黑云彩了。"

它想起了那个被幸福裹挟、被欢乐浸泡的阳光明丽的午后。于大河抱着它站在一栋灰色木房的冰坡前，而尤尼塔则往它嘴里塞了一条蘸了海豹油的鲸鱼肉。嚼着美食的时候，其实是一个它从未经历过的美好故事的开始。就是从这一刻，它有了和人类一样的每个人都会拥有的名字——黑云彩！别看自己当时光顾得贪吃鲸肉，实际上他们俩说的话它一个字也不曾落下，它听得明明白白。它太喜欢于大河给自己起的这个名字了！尤其是从他们的嘴里

IX 潜行者 / 255

说出来，真是美妙极了！嗨，世界上一定不会再有比这个更好听的名字了。

鲸肉的香味从那个温馨的午后飘了过来，它的眼睛湿润了。

它现在站立的位置，是卢特吉尔村北的鹿角山，从这儿下去，只要跨过东北沟子等三条几乎被冰雪填平的冰沟，转过一个尖顶石岗，再翻过五道不太长的雪岭，往东一拐就会看到那座灰色的房子，看到房前于大河和尤尼塔常带它玩的长长冰坡。黑云彩再也无法按捺欣喜带来的高度亢奋，当头脑里又一阵热血冲涌上来的时候，撒开四腿，从雪山上狂奔而下。

村头一条机灵的大灰狗发现了黑云彩，报警的狂吠旋即引来十几条大小、花色各不相同的家犬。保家护园的神圣职责，使它们在攘外御侮上表现得同仇敌忾；向主人邀功请赏的心理需求，也让它们在愤怒围攻来犯者时不遗余力。黑云彩每往村里跨进一步，都要冒着忒勒玛科斯遭求婚人阴谋斩杀般的危险，然而它却无法像奥德修斯那样痛快淋漓地手刃仇敌。它知道凭自己的神勇和招招夺命的搏杀技巧，对付这些土狗实在费不了多大劲儿。但它们是那些两条腿的人养的宠物，是人的朋友，而自己被人救过，养过，人对自己有恩德，凭着这一点，就绝不能伤害人，当然也不能伤害人的朋友。如此一来，它在与群狗挑起的打斗中，只能虚与委蛇地招架，嗜杀的獠牙成了摆设，坚强的利爪空无一用。土狗们却蹬鼻子上脸，趁势而上直把它往死角里逼。

声势浩大又歇斯底里的狗吠，招来了一个肩枪的猎人。当他瞪着因酒精超量使眼球过度充血的眼睛看清楚大白熊的时候，一张左脸颊斜着道柳叶疤的丑陋面孔，竟暗自得意地挤出一个类似于笑的模样。此后，他老练地举起手中瓦蓝的钢枪，眯上了一只仿佛被席篾劙出来的小眼睛——猎人坚信，只要他勾过无数次扳机的右手食指往回轻轻一勾，那么，到手的就会是一挂价值高昂的上好熊皮——在他几十年的狩猎生涯中，他的食指，他的眼睛，他的枪，甚至使他经常处于似醉非醉状态中的酒瓶子，还从来没有辜负过他……然而，就在猎人期望的那股因为一声爆响而冒出的蓝烟就要从枪口升起来的时候，一道骤起的闪电裂空而下——那是一只勇猛无敌的大黄狗！它从神仙也没料到的地方突然蹿出来，跃过两道冰坎和一个半间屋大小的冰包，跃过那些狂吠乱咬、得理不饶人的土狗，跃过由土狗的躁狂而掀起的阵阵雪尘，带着一股从地狱深处才能刮来的冷风和侠义好友从心底爆发的愤怒，猛地将持枪欲放的柳叶疤猎人扑倒在地，一张尖齿獠牙的大嘴紧紧咬住希图制造死亡的手臂，那管瓦蓝的猎枪，在飞出去插进深雪的同时，像一声臭屁发出了可耻的闷响……

一切又像原来那样寂静了下来，飞扬的雪尘也归息于大地，黑云彩不无狼狈地大喘着粗气，折返回方才站立的鹿角山上。多日后,命运会让它再次面对同一个猎人的同一管瓦蓝的猎枪,但在那时的愕然中,惊恐早就让位给对现实一切的平和接受。一扇看不见的窗户自动打开,它心里在最后一刻静如止水,耳廓里依稀传来的是唯有天堂才会奏鸣出的丝竹之音。不过,现在咚咚狂跳着的心脏,却使黑云彩不能不一遍遍回想起刚才的惊险瞬间。狗子们疯狂的阻拦和猎人瓦蓝的枪管,似乎在强化印证着安格卢的告诫:一定要远离那些两条腿的人。要不是好友阿黄在千钧一发之际奋力将猎人扑倒,或许自己生命中的一切,将戛然终止在这个时光静美的晚间。只是可惜了没有和阿黄哥哥亲热上一会儿,甚至没来得及多看它一眼,便仓皇逃离了或许今生再也回不去的小村子——就在那时,它看到另几个拿枪的人,正带着自家的猎犬大步朝这里奔来。他们贪得无厌的猥琐样子令它终生难忘。

鹿角山上的空气像浇灌了高标号水泥,黑云彩心情复杂得如同从地狱回来的忒修斯失去了海伦,再眺望卢特吉尔的时候,心里多了些赫利奥多罗斯被逐出神殿那样的伤感和怅然。它忽然觉得那些熟悉的物象和气味,包括曾唤起它遐想的狗吠,曾引发它好奇的炊烟,曾发生在这个极北之地小村子的一幕幕往事,此刻竟糊了一层膜,让它感到了一种隔世般的陌生。浓烈的酸臭腐败气味里,它没嗅到酸中略带那么一点儿咸的腥膻味,也没嗅到山野泥土与老驴草杂糅的青甘味。三年前被放归白熊谷时的凄伤与孤独，像一群驱赶不走的蚊虫，再次叮咬上了它，黑云彩心里委屈得直想放声大哭。

信守诺言的卡门飞了过来。黑云彩离开白熊谷这才几天啊，卡门和那里的一众朋友，就想念起这位踏上未知旅途的独行者，它们都有好多的话儿想托卡门捎给黑云彩。但栖落于鹿角山上的卡门，还没等黑云彩开口，就已经从它的脸上读出了内心的孤独与忧伤。卡门知道黑云彩遇到了挫折，心里正憋屈难受，却不知道怎样来安慰。无奈之中，只能用饱含深情的眼睛，默默注视着自己的好朋友。

"这个村子我再也回不去了，"黑云彩抬头看了看天空，又看了看轮廓半隐在雪中的房屋，忧心忡忡地说，"那里有狗，有枪，却没有我要找的人。"

"也许我能帮您找到那个您要找的人。"卡门说，"刚才我在彩云之上的天空中，看到东面鲸头顶山下有一片醒目的红色，就好奇地往那边拐了过去，中间还在鲸头山驻足了一会。您猜我在那儿看到了什么？"

黑云彩看着卡门，摇了摇头。

卡门继续说道："我看到那里住着一些和那两个大胡子穿戴一样的人，当时我就想，您苦苦寻找的那位，或许就在这些人的里面呢。"

"啊，要照这样说来，"黑云彩若有所悟，眼睛睁得大大的，说，"于大河他们很有可能就住在那里。卡门兄弟，我想立即动身去鲸头顶，你能为我带一下路吗？"

IX 潜行者 / 259

卡门点了点头，说："当然，我愿意效力。"

卡门一翅子可以呼扇到的地方，黑云彩靠四个爪子扑打了一宿才赶到。其间，卡门飞一程，就要在前面某处高耸地方等上小半天，直到黑云彩呼哧呼哧赶上来了，它再慢慢飞向前去。幸亏了是在极昼期间，低阳辉映白雪，能见度就和白日的阴天差不多，加之它的视觉和嗅觉极为灵光，卡门在空中或停下来的时候，又会不时地嘎嘎上几声招呼它，黑云彩跨沟越岗，也没出什么差池。走累了，它们便一起站在雪地里，说着话歇息一会儿。黑云彩在卡门的导引下，始终以最准确无误的方向、最短的路径和最平缓的坡地，不屈不挠地向目的地快速接近。一只鸟，一头熊，一个在天空，一个在地面，齐头并进，配合默契。

看上去这里也是一个人类居住的地方，只不过，这里人住的房子与卢特吉尔大不相同，全是一个一个巨大无比的长铁盒子，外面涂着跟早晨或晚上的太阳一模一样的颜色。这时候，"紫皮西瓜"般的太阳，还紧贴在老冰洋的肚皮上一点一点往东面磨蹭呢，四周安静得能听到雪花落地的声音，白天在外面忙活的那些两条腿的人，这会儿都躺在大铁盒子里面睡觉。黑云彩送走了热情的卡门后，就趴卧在离那些铁盒子挺远的一道鲸鱼状冰脊下面。这里是一个下风口，铁盒子里面冒出的酸腐气味，在被风完全吹散之前都会打这里飘过。守着这道冰脊，黑云彩用充满期待的畅想，等待着宙斯和勒托之子阿波罗，驾驶那辆喷射着火焰的光明之车到来。

　　渴望与耐心，共同拧成了一股神奇的绳子，拖拽着冰洋里的"紫皮大西瓜"缓缓地爬升、爬升。终于，一轮滴着水珠儿的鲜红旭日，挂上了东方天际。铁皮盒子里的人陆陆续续走了出来，他们都穿着和于大河去白熊谷时穿的同样的装束，所不同的只是颜色上的赤橙黄绿。空气里的酸腐味道变浓了，黑云彩像一个心思缜密的神探，小心地从混合在一团的气味乱麻里，篦梳、搜寻着它要找的破案线索。

　　一群人斜迎着黑云彩所卧伏的鲸鱼状冰脊向冰海走来，当他们与冰脊之间的距离，在无数条连线中成为最短的那一条时，黑云彩从蓝色极地服和走路的姿势、神态上，认出了它要找的那个人——于大河。与此同时，那股酸咸中夹杂着山野泥土与老驴草杂糅的青甘味，那种只属于于大河所独有的标志性气味，也像无孔不入的小虫子，神鬼难测地钻进了黑云彩的鼻腔。再没有比彼得归于耶稣门下并接受弥赛亚赐名更令人高兴的事了，黑云彩真想跟始终欢快活跃的伊利和安诺那样，对着飘飘白云献上一首赞美的歌谣。

　　然而它没有，既没有引吭高歌，也没有即刻现身，有的只是像在白熊谷那样的蛰身而伏，用目光、心思及嗅觉、听觉追随着那个它要找的人。两天后到来的好朋友卡门，与上次在雪谷中安诺和萨沙它们一样，对黑云彩这一常人难以理解的古怪行为，再次表示自己的疑问并劝说它上前与于大河相认。然而黑云彩依然故我地坚持着自己的固有想法，就是要这样不显山不露水地隐蔽在暗处，不到万不得已，绝不会主动跑上前去给于大河他们添乱。

"如果说您在雪谷里暗中跟着两个大胡子，是提防万一谁犯了病跑出来捣蛋，您好及时施以援手，"两天后，卡门问黑云彩，"那么，现在他们这么多人住在一起，什么也不用担心了，您怎么还是躲躲闪闪藏在后面？"

黑云彩想对卡门说，当初人类放它回白熊谷，就是想让它活成真正的熊的模样，活成一只完全恢复野性、身上不带任何人类痕迹的白熊。它想对卡门说，它虽然长大了，浑身都是力气，但却无法像人类要求的那样，彻底忘记过去，忘记人，这点它做不到。它想对卡门说，要是前些日子没遇上于大河，也许今后就会这样无声无息老死在白熊谷，走完一条哪头善终的白熊都会走完的道路；可是自从在雪谷里见到于大河，孵出来的小鸟儿就回不到蛋壳里去了，心灵之门一旦打开，那是再也无法关闭上的呀！它还想对卡门说，找到了于大河他们，虽然一个在明处，一个在暗处，它只能远远跟随，可这个样感到心里安宁，感到这时候的白雪最纯净、阳光最和暖！要不然，自己会痛苦、迷茫，老是像掉了魂……它还想把好多好多的话儿告诉卡门，当然也想告诉萨沙、伊利、安诺，告诉摩西卡、桑巴、细尾拉丁、大长腿，告诉法比奥和肯迪尔，告诉它白熊谷和苔原带上所有的朋友,但它最终什么也没有说。或许,它永远也不会对任何人说,只把这个秘密悄悄埋在心里。

两天后的卡门心事重重地飞走了。它在离开黑云彩这个傻傻的朋友时,两只绿豆似的眼睛里挂着晶莹的泪滴。

紧靠冰洋的鲸头顶山下,因为有了这些太阳红颜色的大铁盒子以及进出其中的穿各色极地服的人,千年的寂静被打破,海冰噼啪作响,流云迟疑难行,常眠在冰海底下那些探险者留下的散乱枯骨狂躁不安。黑云彩看到于大河和那些长相很相像的人们,来来去去的非常忙碌,他们手里或肩上总是或拿或扛一些类似盒子、箱子、包包和棍棍那样的东西,黑云彩一样也叫不上名字,也不知道这些东西能派上什么用场。这些人有时从这个大铁盒子走进那个大铁盒子,有时又从大铁盒子里面来到外面雪地里围在一起。只要于大河出现在视线范围内,它就会一直盯着他,他的一举一动都想看清楚,虽然它并不明白他到底是在干什么。但更多的时候,于大河会在某个大铁盒子里一待就是大半天,甚至一整天。它都不着慌,也不觉得寂寞无聊,永日难熬。还有一天,于大河和另几个人一起,开着雪地摩托车突突突地沿着冰海岸边向卢特吉尔那个方向去了,它也没有去追。它明白这里就是于大河的家,他早晚一定会回来的。果然,到了晚上,他和那几个人又开着雪地摩托跑了回来。

鲸鱼状冰脊并不能为黑云彩的安全潜伏提供最佳和最

长远的屏护。有几次，它在雪谷看到的那个大河叫他汤姆的大胡子和另外几个人，拿着一些罐罐、瓶瓶、筐筐、盒盒什么的，大大咧咧就走到了冰脊旁边，汤姆乱蓬蓬的黄胡子上粘着的一粒没及时擦去的饭渣渣，都看得一清二楚。多亏它早有预见，机警地躲进了挖在冰脊下面的一个冰洞，不然的话，真不知道仓皇遭遇之后会有一个怎样的收场。经历过这一回闹险，黑云彩多了个心眼，开始把自己的"家"搬迁到了冰海上。这里到处是冰雪打造的丘、岭、沟、壑，到处是可以隐身的深洞险坑，黑云彩随便往哪里一趴，整个的就是白雪一堆，坚冰一坨，仅凭人的肉眼想要发现它，无疑于要从一堆沙子里面找出一粒小米。

卡门飞走后第六个"紫皮西瓜"爬升的早晨，黑云彩感到肚子里面那一万条毛毛虫儿又在乱拱乱爬，弄得一挂肠子七上八下比被揪了去还难受。就在鲸头顶山下的另一侧，有老师安格卢的一个藏粮秘洞，里面储存了好多时间已经不算太短的冻肉、冰鱼。安格卢领着黑云彩察看这些囤粮点的那个星光闪烁的午夜，悄悄对它说："你和你的朋友在遇到危难的时候，可以随时来这里获取食物。"黑云彩想，自己肩胛上的伤还没好利索，下水逮海豹恐怕还得过一些时日，眼下权且借用一下老师的这些存粮，等伤好以后再打猎还上。它很快便觉得自己这一想法有多么可耻。安格卢老师是说在危难的时候才能启用秘密藏粮，自己现在不缺爪子不少腿，只是肩胛处受了点儿伤，就去贪吃老师千辛万苦才积攒下来的存粮，如果安格卢或是白熊谷的朋友们知道了，准会笑话自己懒惰和懦弱。想到这里，黑云彩便不再迟疑地向冰海里面走去。

这次狩猎并不顺利。走到太阳由红变黄又变白的时候，才找到一片漂着大量浮冰的海域，却是大天白日撞见了鬼。趴在冰上老半天，愣没见一头可猎获之物钻出水面。空旷中的寂静是无声的催眠歌谣，一阵困倦袭来，黑云彩不觉迷糊了过去。即使在短暂的睡梦中，辘辘饥肠也会让脑子里产生美好幻觉。它看到一头圆滚滚的海豹爬上浮冰，肥胖的身子几下就蠕动到它的脚下。它在睡眼朦胧中一掌拍过去，却把自己闪了个趔趄。当绛紫色阳光从东南方向疏散的云层中，像极夜里漂浮的北极光一样折射下来的时候，方才幻觉中的海豹，终于变成它铁掌和巨齿之下的真实猎物。那是一只个头很大的雄性冠海豹，起初它是和情侣一起爬上浮冰晒太阳的。在黑云彩凌空发起霹雳一击的瞬间，它抢先伸头替心爱的恋人挨了致命一掌，恋人疾速下水逃走，受到重创的它也一头扎进海里，但黑云彩一个猛子下去，这个傻傻的家伙还是成了黑云彩的战利品。

猎获冠海豹的次日上午，黑云彩从藏身的冰洞爬到一座小冰山上，向着西北方向引颈瞭望，希望能看见从云端里钻出来的卡门。它已经七天没来鲸头顶了，昨日刚刚打到的海豹又大又肥，如果卡门能早一点赶过来分享就太好了。另外，黑云彩也想请卡门捎信给白熊谷的萨沙、塔莉、伊利、安诺和摩西卡它们,希望它们能一起过来吃一顿海豹肉,大家也借机见见面。分开虽然没有多长时间,心里却是非常想念。望得脖子发了酸,经海水浸泡过的伤口也隐隐作痛,可天上除了飘荡的云彩,连个卡门的影儿也没有。黑云彩只得下了冰山,信步走向岸边那些大铁盒子,就和前些天一样,悄然隐身在鲸鱼状冰脊下面的雪洞里。

　　住在大铁盒子里的人今天好像比以往还要忙,人们赶集似的进进出出,大铁盒子中间的雪地上,还堆了许多东西。于大河从中间一个大铁盒子里面出来,站在那堆东西前面一块高出地面的冰台子上,很快就有一群人围在他的身边,一齐仰着脸听他说话。大概过了灰天鹅吞吃掉一条巴掌大鳕鱼那么一会儿,一前一后两架狗拉雪橇刮风似的,从通往卢特吉尔的那条雪道上飞驰了过来,狗们嗷嗷叫着,直接把雪橇拉到了大铁盒子中间的雪地上。于大河和那一群人高兴地呼喊着,涌上去接迎从雪橇上跳下来的驭手。这时候,黑云彩兴奋得一颗心早蹦蹦乱跳起来,因为它在雪橇还没拐进来的时候,就已经从那股酸咸中略带一点儿腥膻的气味上,从头橇女驭手的装束和略呈浅蓝色的眼睛上,认出了当年在绝望的日落之夕,一把将自己从雪窝里抱到怀中的女人——尤尼塔!当然,也认出了穿白色海豹皮大袄的尤尼塔的老猎手爸爸——他是另一架雪橇的驭手,认出了作为拉橇头狗的阿黄哥哥……

　　黑云彩好嫉妒围住尤尼塔、老猎手爸爸和阿黄哥哥的那些人啊！他们满脸欢笑地和尤尼塔以及老猎手爸爸说着话，个个都是亲人久别重逢的样子，那个黄胡子汤姆弯下腰，一把搂住了阿黄，就像尤尼塔当初搂住自己。突然，一个身穿大红色防寒服、长相漂亮的大眼睛姑娘，快步从中间一个大铁盒子里面走了出来，人群自动闪出了一道缝隙，红衣姑娘在这道人的缝隙中，边走边亲热地大声喊着尤尼塔的名字。尤尼塔叫了一声"冬冬姐"，也急步迎上前去，两个姑娘紧紧拥抱到了一起。

尤尼塔来了不长工夫，于大河就和那些人一起，搬着雪地里堆放的东西往两架雪橇上装。黄胡子汤姆陪着老猎手爸爸，站在一边雪地里抽着烟说话，阿黄哥哥和其他拉橇的狗狗们，则低头吃着人们拿来的肉食。尤尼塔和红衣姑娘趁此机会，手拉着手，进了红衣姑娘刚才走出来的那个大铁盒子。

一大堆东西被装进了雪橇，雪地上片纸不剩。这时候，尤尼塔和红衣姑娘也从大铁盒子里面走出来了。一大群人在亲热地拥抱、握手之后，忽然分成了两个部分：于大河和老猎手爸爸，各站在一架橇首朝着老冰洋的雪橇的驭手位置，那个红衣姑娘坐在头橇也就是于大河驾驭的雪橇上，另有一些穿戴和使用滑雪装备的人，肩背行囊站在雪橇的前头，做着要向老冰洋方向滑出去的准备；尤尼塔和留下来的另一部分人，站在雪地上向他们挥舞着手臂。

黑云彩想，于大河他们这是要干什么呢？难道是要到老冰洋上去吗？实在搞不明白这些在陆地上生活惯了的人，为什么非要到裹着一层厚冰的老冰洋上自讨苦吃。黑云彩正暗自猜想着，就听阿黄哥哥和它的同伴们嗷嗷地一阵欢叫，那些滑雪的人，那两架狗拉雪橇，旋风一般向冰雪苍茫的未知远方扑了过去，一道扫帚星从夜空滑过那样的雪尘，在人与狗的后面腾天而起……

X 断冰

于大河他们挺进冰洋的蔽日雪尘久久飞扬在黑云彩的心头，甚至直到柳叶疤那管瓦蓝的猎枪爆响之后，雪尘还在意识的天空里狂飞不止，唯有极夜里才能出现的星星在大白天跳出来，借着阴云遮住阳光的短促时刻，用闪烁、跃动的光芒表达着自己的旷世嗟叹。黑云彩在当时橇犬卖力奔跑的低吠声中，目瞪口呆了足有雅典娜将金色长矛戳地变出一棵橄榄树那样长的工夫。那时候它的脑子里忽然一片空白。它想从鲸鱼状冰脊下的雪洞里跃出，追随着狗们的爪印和橇迹奔向冰洋，这种出人意料的悲壮之举，多少带有阿耳戈英雄取回金羊毛那样的色彩，但却十分契合它寻找于大河的初衷，也契合它不同寻常的偏执性格。它也想留下来远远跟着尤尼塔，就如此前跟随于大河一样。因送狗橇暂时滞留在大铁盒子里的浅蓝眼睛姑娘，承载和寄托了它多少精神的期盼啊。对恩人的依恋、思念与漫天飞舞的雪花，时常重叠交合在它五彩缤纷的梦里。一片赭红如岩石般的流云飞过，流云迷恋大地淌出的眼泪被凝固成了六角形，黑云彩似乎从飘落的宛如桃、杏或海棠花那样颜色的暗红色雪花中明白了什么。它仰头向着那流云还有流云以上的天空瞩望了好长时间，恍若看到了隐在天心深处那颗极夜中最亮的星星。一道闪电般的辉光划过灵魂的天幕，它的心像春草承受甘露那样抽动了一下。最终，当雪地上留下来的那些人簇拥着尤尼塔走进某个大铁盒子之后，它于两难中做出了一个不无难处的抉择，就如国王伊俄巴忒斯选择让柏勒洛丰去大战危害吕喀亚的怪物，然后果断地跳出隐身冰洞，循着踪迹、气味以及扑进风中不肯落下的冰雾雪尘，向北面，向老冰洋不可预知的远处，奋力狂追。

　　老冰洋从来不喜欢那些长着两条腿的人随意踏入，哪怕是一步或是一个脚趾头，这从一千年、一万年或是更多万年以前，寒冷与狂风把它几乎弄成一个大冰坨子上就可以看得出来。狗的爪印、橇印和滑雪板的印痕凌乱了起来。那些凸起的冰的丘陵山脊，列着一排排鹿砦刀剑；那些凹下的雪的沟壑坑洞，就如猎人布下的夺命陷阱。更让人心惊胆战的是一条条冰裂缝，就像盘在老冰洋躯体上的黑蛇，寒风吹起的浪花是它吐出的充满诱惑又饱含毒液的信子。海水中泛着的煤炭或沥青般颜色的道道黑光，照亮的却是一条走向地狱的永不堵塞的通道。黑云彩从人与狗留下的曲折迂回的踪迹上，既看出了人的顽强执着，又看出了老冰洋的霸道蛮横。然而，这些由寒冷、狂风和海水联手打造的天堑，这些最后以冰的形态组成的危机四伏的障碍，对于它这样一个常年奔走其上的冰雪霸王来说，实在不值一提。在影子投射到它的前行方向，也就是太阳追着屁股照射的时候，黑云彩的视线中出现了雪橇和那些滑雪的人。一道很长的冰脊横在狗和那些人的前面。它看到穿蓝色极地服的于大河跳下雪橇，穿白色海豹皮大袄的老猎手爸爸也跳下了雪橇，然后滑雪的那些人围过去，再然后就是手台肩扛，将那笨重的大家伙弄上冰脊，狗们呜呜嗷嗷叫着，将雪橇一路拉下坡去。

　　黑云彩站在离他们并不太远的一个冰包上，就如天神朱庇特独坐山峰观看特洛伊城下的激战，静静地注视着人与狗的一举一动。它不能离得太远，那样什么都看不清也听不见；但也不能离得太近，太近了狗就会嗅到它的气味，尽管狗在使用鼻子上比自己差了不少，但这也马虎不得。

　　下午的时候，一直跑在自己前面的影子没有了，雾像潮水似的很快涨满了天空，离自己不远的那两架雪橇，就和浪里舢板似的忽隐忽现、时起时伏。有了雾这道幕帘挡着，它与他们的距离就又缩短了一些，滑雪板和狗橇摩擦冰雪的嚓嚓啦啦的声音，听上去和弹奏小夜曲一样悦耳。很快，嚓嚓啦啦的声音消失了，它们和他们的脚步都停了下来。它听到于大河和老猎手爸爸在说话，还有几个它不熟悉的声音也加了进来。"那条吐毒信子的黑蛇爬过来了，"黑云彩凭着它能穿云度雾的视觉和超乎寻常的感觉，知道前面出现了一道不易逾越的冰裂缝，嘴里自言自语说道，"呸，海水的味道，简直跟臭章鱼一样令人作呕。"

于大河和那些人从雪橇上取下利斧、锯子、铁钉、绳子之类的家什，大雾里传来锯刨海冰的动静，闷闷的，像什么人拿了把钝刀在劈橡皮墙。一拨人忙忙活活了大半天，搞下了好多的方形冰块，用铁钉钉着、绳子捆着拖拉进水里。这好像搭建了一座冰的浮桥。

于大河下到冰桥，踩着冰块来回走了走，觉得还算牢靠，就跳到冰上又鼓捣了一番，和老猎手爸爸说了几句话，接着向阿黄大喊："哈！哈！"

接到冲锋命令的阿黄半点不含糊，嘴里如杨二郎的哮天犬般怒吼一声，俯首蹬腿，猛地向前扑去。

十二条橇犬发了疯般跟着一阵呜嗷叫唤，橇板快速摩擦坚冰发出的咔嚓声，催得人周身血液往心脏急涌，狗爪和雪橇腾起的雪尘冲天而起，冰桥上溅起一串串水花，雾像被飓风吹过，疾速向两边分开。头橇在一眨也不眨的一双双眼睛的注视下，腾的一声，安安全全到达了对岸。

此后，老猎手爸爸也和于大河那样，将第二架雪橇赶过冰桥，冲上了对岸。

"哈利路亚！"有人高叫了一声。

"哈利路亚！"更多人齐声呼喊。

于大河和老猎手爸爸来到各自雪橇的头狗跟前，蹲下身搂过拉橇的首领，深情摸索、抚慰了好长一会。所有橇犬的眼里都滚动着兴奋的蓝光。

跨过冰缝的它们和他们并没往前走出多远,就在一处地势平缓、积雪厚实的隆冰区,扎下了一大一小两顶帐篷。于大河和老猎手爸爸牵着那些橇犬,用长长的钢钉和足够坚固的铁链将它们安置在雪地里。阿黄和它的同类一样,尽管拉橇时风光无限,此刻也只能被无情的铁链锁住,黑云彩不觉为阿黄难过起来。此后,两个人各拿着一个大布袋子,抓了里面的东西给狗们开饭。饥饿的狗吞吃食物发出的声响,比抢夺菲纽斯食物的妇人鸟进食更具撩拨性。虽然黑云彩临离开陆地前又饱餐了一顿海豹肉,但这会儿也被撩得馋虫和饿虫——那一万条毛毛虫一齐往上爬。

一股足可以把全世界饿鬼都一起勾来的蒸煮食物的香味,从那顶住人的橘红色帐篷里跑了出来。冰洋深处有一万条鱼儿浮上来,把大张着的嘴巴紧贴到厚厚海冰的下面。香味在三天后飘到了南方的苔原带,三十只饿狐狸和一百二十只野花颈鹬,无法抗拒地一齐伸长了贪吃的脖子。

黑云彩与它们和他们隔着一道冰缝住了一夜,它趴卧的眠床是两处相邻冰山之间形成的空洞。它总是选择最合适的地点来安顿自己,这里处在两顶帐篷的下风口,即使在睡眠中,人与狗浓浓的气味也会与它的美梦缠绕在一起,且绝不用担心那些警觉的狗,会因为闻到它的气味变得骚动不安。

夜里起了风,总想以缥缈水汽一手遮天的雾,被撕裂

X 断冰 / 275

开一道道口子。随着风势越来越大，雾像置于阳光底下的阴影，很快便不见踪迹了。晴朗的天气下，虽然风寒刺骨，但对于急着赶路的人和狗来说，却是大大的利好。它们和他们逆风北上，一道道冰障和冰裂缝，在滑板、雪橇和狗爪踩踏冰雪的嚓嚓声中被甩在身后。于人而言艰难跋涉老半天的坎坷之途，于黑云彩也只需打个盹儿或挠个痒痒的工夫便可轻松通过。它因而有大把时间可以从容消磨，甚至可以拐到一个很远的裂冰区域，看看有没有忍受不了水下寂寞的海狗、海狮或海豹之类，想爬上来观赏一下冰面风光和日朗云卷的天空；还可以进入随时都会遇到的乱冰丛，在迷宫般的水晶塔林中，捡拾小时候跟着妈妈或跟着于大河、尤尼塔他们玩游戏的乐趣。实际上，它也确实如此做了。每回碰到复杂的隆冰地形，那些堆砌起来的乱冰和乱冰下面形成的可以交通回旋的孔洞，总会让它产生花果山的猴子面对龙宫天庭那样的好奇，进去探究一番也再正常不过。这就更不用说那一道道水波涟涟的冰裂缝了，对人而言那是天堑畏途，避之犹恐不及；对黑云彩来说却是生活的宝藏、精神的家园，假如哪天老冰洋真的冻成了一个石葫芦，它和那些依托冰洋为生的精灵们，也就到了唱末日挽歌的时候了。如此，便不难看出黑云彩对这些冒着地狱冷气的冰缝的热爱以及由热爱产生的迷恋，由迷恋产生的遐想，由遐想产生的绝不会拖泥带水的行动……总之，它自始至终都期望能从海水里捞上那么一条半条海豹来——它这样想太自然了，哪只回洞的老鼠不会把顺路的豆荚含在嘴里？

黑云彩对冰缝的迷恋以及对一座座冰山和乱冰丛抱有的天生好奇，已经注定了它会在追随狗橇上冰后的第二天下午，遇上那两只令它无比惊讶的花斑飞蛾。那是在一道竖向冰岭下的乱冰丛里，逆风中漏出的一丝臊臭的氨水气味，诱使黑云彩好奇地穿行在由人头高冰墙夹成的甬道中，头上方传来一阵很是轻微的飞虫扇动翅翼的嗡嗡声，黑云彩仰脸一看，便发现了那两只在白熊谷及其东岸雪地里都出现过的花斑蛾子。沿着甬道继续前行，它又看到成群的蚊蚋、苍蝇、红蜂和牛虻，最后是五只远古时代的黑肚红翅蜉蝣。黑云彩非常纳闷这些神秘的飞虫，怎么又会现身这里？热心飞虫引导它走到甬道尽头的一个拐角，那一丝氨水气味在这里已经变成浓浓的一团刺鼻而来。黑云彩看到了拖着一条断腿的坎图曼，正浑身颤抖地趴卧在一个简陋冰洞的角落，骨瘦毛乍，羸弱不堪，恐惧、乞怜的目光里早没了往日神采。

"你赢了，"坎图曼看着一步步走近的黑云彩，说出来的话有气无力，"身上带着人腥味的朋友。我承认，你是白熊谷里从来没有过的一只白熊，你应该做白熊谷的王。"

黑云彩在离坎图曼两步远的地方停了下来。它打量了一眼这位昔日不可一世的雪谷一霸，说："有一点你也许永远不会明白，我从来也不想当什么王。我到白熊谷只是求一个安身的住处，能靠自己的本事活下去。"

坎图曼说："只要是白熊，哪个不想当王？只有当了王，才能想干什么就干什么，谁在你面前都得老老实实，这也就是当王的乐趣与快感。"

黑云彩说："为什么都要争着当王呢？打打杀杀，枉伤了那么多无辜。"

坎图曼吃力地挪动了一下那条断腿，喘着粗气说："或许，争王也是一种宿命。"

黑云彩走出坎图曼藏身的冰洞后，看到远处飞来一群翅尖带黑点、脖子上有紫箍的大王贼鸥，这些喜食腐肉又能预知死亡的鸟儿栖落在竖向冰岭上，头朝着坎图曼趴卧的冰洞耐心等待着。为了打发时光缓慢的无聊，有几只没事找事，低头梳理着自己并不凌乱的羽毛。上帝赋予了大王贼鸥这样一项特殊本领，它们知道这里早晚会发生什么事情。

傍晚，当橘红色帐篷里再次冒出烹饪香味的时候，黑云彩也在不远的一处无冰海域，轻松捉到一头睡朦胧了的花斑海豹，一顿大快朵颐之后，又将没吃完的大部分拖去了坎图曼那里。仿佛看到早晨的太阳从西地平线下爬出来，坎图曼不无怀疑地猛咬了下自己的舌头。过度吃惊的眼神和嘴里淋漓的鲜血，将那群蚊蚋、红蜂、牛虻、苍蝇，将那两只花斑飞蛾和五只远古时期的黑肚红翅蜉蟒，吓得乱纷纷逃出洞外。

早晨太阳冒红，卡门顶着凛冽的北风飞了过来。当看到冰岭上一字儿排着的大王贼鸥时，意识到即将有什么不祥的事情要发生，便对黑云彩说：

"这些脖子上戴着紫围巾的家伙到了哪里，恐怕哪里就要有谁去地府报到了。"

"是坎图曼在前边的冰洞里，一条腿断了，看来阎王老爷留给它的时间不会太多了。"黑云彩说。

"想不到它也有今天。"卡门低头啄了啄翅膀，又说，"要是法比奥和肯迪尔它们知道坎图曼有这样的下场，指不定会有多高兴呢。"

"只可惜咱们的朋友普里兹，那个让坎图曼祸害的可怜的海雀，再也看不到这一天了。"黑云彩心情沉重，话说得很慢。

卡门是在它们和他们重踏冰途之时才奋翻飞走的。

"今天不是个好日子，"卡门起飞前看了一眼半隐半现的太阳，满腹忧虑地说道，"看看这风，只怕太阳都要被它刮下来。"

一切都让卡门给说中了。人与狗启程不久，奇奇怪怪的云层便在风的催逼下，使出蚕虫吞吃桑叶那样的功夫，一点一点将露了大半截子脸的太阳吃掉了，连个麻点没剩。天上紫一块，青一块，黑一块，黄一块，云彩像烧糊了的锅巴，边都卷了起来，似乎随时会一张张脱落下来。最要命的还是越刮越猛的风，也不知带了对世间多少深仇大恨，

X 断冰 / 279

把地面能卷起来的一切尽揽怀中,由着性子玩耍够了,再抛掷到天上。地面积雪轻佻地在风中蹦迪、跳探戈,老冰洋恐惧得瑟瑟发抖,裂冰的爆响变成向老风婆子的告饶,生怕一不留神就被突然揭了盖儿。滑雪的人和拉橇的狗贪恋赶路,让风婆子很生气。他们和它们,虽然低头弓腰极力向冰洋、向大地表现出从来没有过的谦卑,虽然尽力与迎头刮来的风保持着三十度夹角,以为这样风就会慈悲些,但风婆子绝不买他们和它们的账。本是堆在地面的积雪,因为有风的抬举,这时更加得意忘形,在跳舞跳腻了的时候,借着风力拼命把自己的无耻强加到这些两条腿的人和四条腿的狗身上。他们和它们像喝醉了酒,摇摇晃晃,磕磕碰碰,常常是进三步退两步。天上那位本来就神经质的老风婆子,看到下界生灵被自己的完美蹂躏弄成这副滑稽样子,一时竟喜得失了正形,淫荡的大笑响彻四面八方。临近中午,这些不自量力的风雪中的跋涉者,才算服了软,于仓皇中极不情愿地收住腿脚,选择在一块冰脊的背风面扎下帐篷。老风婆子见这些人躲到一个壳子里,不和她玩了,恼得抓了一兜兜的雪,狠狠砸在他们的帐篷和帐篷外那些狗的身上。

大概是想诱使帐篷里的人出来,风婆子在下午忽然变得温柔了许多。她把方才密布的乌云拉开一道缝隙,让可怜的几束赭褐色光亮,像游丝一般挂在外面,飞扬在空中的积雪也被打回原形,狼狈地匍匐于地表。果然,那些没有远虑又容易满足的人,还有让人一哄就不知天高地厚的狗,被风婆子示弱的假象所蒙蔽,他们和它们又像早晨那样,雄赳赳地踏上了旅途。人们似乎想把上午因大风肆虐所耽误的路程撵回来,一路吆喝着狗们在崎岖冰面上蹚雪趑趄行,向北猛插。

潜行在不远处的黑云彩,在人们收起营帐准备赶路的一刹那,心里忽然万分不安。上帝在让它具备与其他白熊相同的本能之外,又赐予了它更多的同类所没有的灵慧与悟性。其实早在卡门离开前抱怨老天的时候,它就从云层颜色的明暗中,从气流的微妙渐变中,从足下由洋流涌动造成的冰裂中,从空气里弥漫着的一股烂罂粟花的古怪气味中,当然也从自己踏在雪窝里始终有种通电般感觉的爪子中,甚至从耳梢和头心毛毛的不停颤动中,已经感知到了灾难的到来。倘若早上那比平日更懒散的太阳直接掉到老冰洋里,永远不再上来,不,不,晚一天再爬上来,或许于大河和老猎手爸爸他们就会一直待在帐篷里,阿黄也会一直趴在雪窝里。至少,中午扎下营帐那会儿别走了,这样或许会和找上门来的魔鬼擦身躲过。可是他们和它们,仅仅因为老风婆子歇息一会儿打了个盹儿,就以为从此一切消停下来,天下就太平无事了。错了,错了,你们都中了老风婆子的奸计了,她才没有南海菩萨那样的好心肠呢!

怎么办啊?怎么办啊?黑云彩像人类思想家那样,在

X 断冰 / 281

冰上走来走去，不知道能有什么样的办法，让于大河和老猎手爸爸他们，让阿黄哥哥它们，赶紧停下迈动的脚步，再扎下宿营的帐篷，等候那场预感中的灾难过去。上帝啊，上帝啊，它在心里一遍遍呼唤着。雪地里黑云彩的足印踏成了一条光滑的小路，情急之下，它突然向着于大河他们的背影，大声吼叫了起来：

豁——

豁——

豁——

黑云彩的三声大吼引发了老冰洋持续不断的冰裂，比鞭炮更热闹也更瘆人的炸响经久不息。余音很快传到了白熊谷，旅鼠肯迪尔在深深的洞穴里听到熟悉的声音，连着打了六声响亮的喷嚏。近处一座又瘦又高的小冰山，经受不了吼声和冰崩声的超高分贝冲击，摇晃了几摇晃便轰然坍塌。

熊吼和冰崩声，在声音冲击波所能覆盖的范围内，穿过每一只耳朵的每一个耳廓。但并不是每一只耳廓都能将声音继续加工处理再传送到神经中枢，也不是传送到神经中枢的每一种声音信息，都能引起大脑足够的重视。很显然，在滑雪和狗橇队伍中，每一只耳朵都接收到了吼声和冰崩声的信息，所不同的只是人的反应显得犹疑、迟钝，狗们则狂躁地齐声吼叫，然后还是在人的吆喝下，奋力把沉重的雪橇拉向前去。

老风婆子前世一定是个阴险毒辣的盗马贼，或者是一个诡计多端的假药骗子，总之，她罪恶的图谋在他们和它们毫无觉察的情况下，竟然一点一点得逞。滑雪的和狗橇进入了一片平坦的冰面，行进速度加快带给人们的喜悦，刚像花儿那样在人们的脸上绽放出来，风便悄悄加强了。空气里烂罂粟花的味道越来越浓，天上的流云快马一般向南疾驰。一双无形巨手，用一块灰暗的脏不拉几的破布，把天整个的包了个严实，冰面上的积雪又得意地拉开了舞步。然而这还只是老风婆子唱的一个开场小曲，接下来便是大戏开幕。一场差不多能把海底刮漏的大风，像远古里的魔鬼海啸突袭而来，大地之根发出轻微的颤动，日月星辰即使还挂在天上，这会也不敢露面。

　　与风同样可怖的是比面粉还要细的雪粉，乘着一万匹野马同时狂奔才能产生的强大冲击力，像利箭一样，以一百八十度角，水平着直射过来。每一个人，每一条狗，每一个此时正在向北行走的生灵，都会当头迎面，遭逢一台全世界最大功率鼓风机的强劲鼓吹，此外，还要再加上一台吹送"面粉"的超强制冷机……

　　那些两条腿的人在老风婆子得意的狞笑中，抱着头，扎成一堆蹲在地上，狗也将身子缩进雪里。人们这一会大概看明白了老风婆子的真实企图，知道这既不是奥林匹斯山众神在开玩笑，也不是北欧神话中的洛奇在搞恶作剧。趁着这种叫白毛风的灾害性极地风雪稍一松劲，那些人忽地站了起来。老猎手爸爸带了人，跑到一边的雪地里，发疯似的往冰上钉拴狗的铁链；于大河、黄胡子汤姆还有红衣姑娘等另一些人，抱成团挖雪坑、扎帐篷。

风雪的松劲其实只是老风婆子刚才稍微走了一会儿神，等她再较起真来的时候，这些扎帐篷的人和他们拼命做出的种种举动，真的是特别滑稽可笑。如果这时候有个超人恰巧站在一边，会看到他们那扎帐篷的雪坑，一边下挖，一边回流，铲满雪的铁锹才打坑里提出来，风里就伸出一百只手上前撕掳。忙活了大半天，坑儿也不见大。支帐篷更像演杂耍。一顶住人的橘红色帐篷一打开，风婆子就抢着要抱走，七八个人连扯加摁才拢住，好不容易弄到雪坑里去，不是这个角要飞，就是那个角想跑，扎下一顶帐篷真比制作一百顶还要费劲儿。在这顶中军大帐勉强站立起来之后，他们又在拴狗的雪地上搭起另一顶小帐篷，将两架雪橇携带的几乎所有物资堆放在里面。

人们在风雪中赶路的窘态以及挖雪坑抢搭帐篷的种种狼狈，的确无一遗漏地被一个"超人"收在眼里。这个"超人"，当然就是一直盯在不远处的黑云彩。发出三声或出于本能或出于提醒的吼叫之后，它只有叹息着远远跟在狗橇后面，以一种无奈的心态消受着无奈带来的折磨。黑云彩忽然怀念起极夜里和它说话的那颗最亮的星星，怀念起引领它走向冰洋的老师安格卢。如果有星星在，或者有安格卢在，它们一定会告诉自己应该怎么去做，对于这一点,它深信不疑。可是现在,它只能悄无声息地远远跟着。它想,要是自己什么也不懂,也没有那么早失去妈妈,也没有见过于大河和尤尼塔他们这些人,或许现在就像哈利拉跟三只耳它们一样,吃饱了就趴在白熊谷洞府里昏天黑地睡大觉,想消化食儿就到冰岸或大石砬子那里溜溜弯儿,过着神仙般自由自在的日子。至于说碰到这样的天气,如果不是饿昏了头,任凭你摆上鲸鱼心肝或海豹肋排呢,只怕也没有谁愿意跑出来。

"奇怪,我怎么会有这样的想法呢?"黑云彩忽然觉得有点离了谱,不好意思地举起巴掌,挠了挠毛茸茸的脑袋。

尽管它自责不该胡思乱想,但还是不能不想——于大河、老猎手爸爸、黄胡子汤姆和红衣姑娘他们,为什么非要顶风冒雪往老冰洋肚子里钻呢?难道这里面还有比鲸鱼心肝或海豹肋排更好的东西吗?刚才经历过的白毛风,充其量只是让他们和它们多吃点苦头,多受点罪,但这还不是真正的灾难。凭着它一直忐忑的心跳和早就获得的预感,凭着空气中有血红色的烂罂粟花的味道,黑云彩相信这绝不是。

烂罂粟花的味道并没有因为白毛风的肆虐而稍有减少,相反,黑云彩倒从北面很远处的一道冰裂缝中,闻到了随风送来的更浓烈的烂罂粟花的酸腐味道。它隐隐约约记得,当年妈妈走失冰洋的那会,空气里就有这样一种古里古怪的味道,看上去这味道是风里带来,但它更愿意相信是从脚下十万丈的地心冒出。正是因为这种味道，这种带血红色的味道，它不停地在当时的雪地里嗅来嗅去，永难消弥的悲伤在嗅闻中郁结心头，烂罂粟花味道成了记忆深处最难挥去的气味。也就是从那个撕肝裂肺的上午（也许是下午），它有了对不幸的清晰预感。尽管从那以后它并没有遇到什么不幸，但冥冥中带着血红色的烂罂粟花的气味，就像和平时期钟鼓楼的报警器物那样，始终处于待警状态。关于这一点，极夜里最亮的那颗星星和老狐安格卢都可以作证。

　　黑云彩熟悉的和不熟悉的一张张面孔，都隐入了那顶橘红色帐篷。阿黄和那些狗们也自掏雪洞钻进临时庇护所，汹涌的雪为它们捂上了一床厚厚的被子。没有夜阳低照的夜，在暴风大雪中昏昏欲睡，世界在无法预知未来的癫狂中摇摇晃晃。满腹心事的黑云彩，本来也是掏挖了一个雪洞的，如果钻进去，即便睡不出白熊谷洞府里那样的酣畅，也一定会舒舒服服，一个长梦能随着太阳爬升上翌日早晨的东天。它钻进去，又爬出来，老是让血红的烂罂粟花味道搞得坐立难安。纠结了一会，最后索性趴卧在雪地里，瞪大两眼张望着飘来古怪气味的正北方向。这时候，就在这个方向的某一处奇妙位置，老冰洋深处正在发生着某种神秘而又可怕的变化。很难为人所觉察到的海冰断裂，正以灵魂摆脱肉体那样的自然和轻盈，神鬼难测地悄然进行。受狂风、洋流、月球引力、地壳运动、飞鸟扇翅、海豹交配、鳕鱼产卵、虾米弹腿等多重影响产生的某种强大势能，正在人们无法想象更无法预知的地方暗中汇聚。一座无形的火山就要爆发，海底很快会裂开能让飞云倒流的口子，将在下一个极夜出现的星星不忍直视，隔着遥遥天河闭上了眼睛。

噢——

噢——

噢——

黑云彩凄伤而又无奈地哀号着，风和雪花、雪粉、雪豆、雪块，把它的哭喊撕成一条一缕，抛撒在飞速滚涌的气流中。

远方的白熊谷也滑入了一个少有的躁动不安之夜。鸟儿卡门、萨沙、伊利、安诺、塔莉，雪狐摩西卡、桑巴、大长腿、细尾拉丁，雪兔法比奥，旅鼠肯迪尔，这些黑云彩的好朋友，都大睁两眼面北而立，心怀凄恻地等候那个它们并不想看到却能引发后来所有灾难的不祥时刻……

黢夜似乎总是所有作恶者最喜欢的首选作恶时间，老冰洋上的恶魔也不例外。在昨日便暗暗汇聚于大洋深处的强大势能，一旦选择好了它要伏击的对象，确定了伏击地点和时间之后，便将它的一小部分就如派遣侦察兵那样，通过刮来的风、飘来的云、落下的雪、袭来的雾，提前传送了过来。天空，地面，冰雪，自然便会呈现异象，先知先觉者会从最微妙的细枝末节，譬如一片云、一滴雨、一瓣雪花、一丝气味，譬如风向的渐变、光线的明暗、声音的强弱、温度的增减等等，捕捉、辨别出灾祸先兆，从而接受警示，深藏远遁，将一切化之于无形。至于凡凡之辈，不管是人是畜，是鸟是虫，则只有在浑然不觉中听天由命，任凭魔鬼那双无影黑手随意摆布。此刻，一切都契合了恶魔施展法术和身手的条件，上帝也借故把脸扭向旁边，帐篷里的人和盖着雪被子的狗，都还在酣梦中演绎或追寻着各自的欢乐故事呢，负载着他们和它们的身下厚厚的坚冰，却在洋流和那些神秘势能的威逼利诱下，开始了可耻的背叛。乾坤从此倒转，巨涌暗流当家做主。

其实一切来得并不是那么仓促和突兀。魔鬼在发出具有决定性的致命一击之前，暴虐的风雪早失去了先前的疯狂，阴冷、憋闷的空气中，烂罂粟花的味道空前浓烈，帐下的浮冰打摆子一般颤抖不已，水里的一万条毛鳞鱼儿，烦躁得以集体自杀的方式撞向头顶的坚冰，帐篷内壁冻结的冰花一朵朵飘飘而下，发出的细微声响引发了沼泽地所有的秋虫悲鸣。老冰洋上的异动惊扰了遥远南方苔原带上的那只红胸黑雁达吉。它的一群儿女哭哭啼啼，吵闹不已。达吉妈妈一直哼唱了一天一夜只有它们自己才能听懂的摇篮曲儿，孩子们才稍微平静下来。黑云彩和它白熊谷里的朋友们最忌惮的那一刻，还是到来了。

那一刻真的到来的时候，老冰洋上倒是出奇的宁静。风停雪住，折腾了一天又大半宿的风婆子到底还是疲惫了，不管是落雪还是积雪，九九归一，都匍匐着身子贴到了冰上。紧跟而来的另一个角色，却以迷离朦胧的方式，悄然登上了表演的舞台——这便是雾——它一出场，就先把全世界收在了一条面口袋里。正是借了这雾的遮盖掩护，魔鬼的动手就更具有了欺骗性和隐蔽性。所有工序都在不知不觉中，以流水作业的方式悄然完成。一道地府差役见了都要大吃一惊的冰缝，首先在两顶帐篷的中间形成，此后，几道纵横不一、锯切参差不齐的断痕，又分别将两顶帐篷所处的浮冰与大片浮冰完美分开。如此一来，在洋流的不断搅动下，两块断裂下来的浮冰，就如分好了工，一块驮着储存物资的帐篷和那些狗，一块驮着那些人，自此各走各路，越漂越远。

魔鬼做事从来不留后路。他们与它们的分开，人与吃食等物资的分开，竟然全是在人与狗的睡梦里，神不知鬼不觉地切割完成——真不能不说这是一件绝情的杰作！

站在雪地里的黑云彩，将魔鬼行径全都看在眼里，却无力回天，只有在漫天大雾里，替那些人顿足洒泪。它不敢想象当于大河、老猎手爸爸、红衣姑娘和那个黄胡子汤姆他们醒来的时候，看到可爱的狗和他们赖以生存的食品什么的随冰漂走，会是怎样的心情？它同样也不敢想象，当阿黄哥哥和它的二十多个同伴知道将和人类永远不再相见，又会是多么的悲伤绝望！天啊，如果它有参孙那样的力量，此时真想把时间的指针死死别住，不让它再往前滑动一分一秒。或者,干脆把时间拉向倒转,倒转向昨天、前天、大前天,倒转到人们最高兴快乐的那一天……

黑云彩最不想看到的场景还是出现了。在这个简直让上帝都会汗颜的早晨,世间一切都失去了颜色,太阳躲在雾里羞于露脸,惯有的冰崩寂寂无音,从帐篷里出来的那些人,遥望着驮载狗与仓储帐篷的浮冰渐行渐远,个个心慌意乱、痛心疾首。于大河站在浮冰边沿深深自责,捶胸顿足。老猎手爸爸趴在雪地里,两只没戴手套的像大雁爪子那样青筋暴突的手,狠狠拍打着雪地,一边拍打一边大声哭喊:"阿黄啊,阿黄啊,你们为什么要跑了,你们为什么要跑了,我到哪里去找你们啊……"红衣姑娘流着泪去搀扶老猎手爸爸,老猎手爸爸大概已经神经错乱,还是呼天抢地地哭,头一个劲往冰冰上碰,似乎这样便能减轻几分痛苦。

浮冰乘着洋流和风,在这个悲催的日子里慢慢向西北漂移。这像极了一条载满痛苦与怨愤的无人驾驶之舟,没有目的,也没有目标,一切随波逐流,命运完全被操控在性情乖戾的海神那里。黑色的海水闪着凄凄寒光,映照着看不见明亮的未来之途。可怜的那些浮冰上的人,有的蒙头缩脖钻进了帐篷,有的石柱子似的,一直傻傻地立在外面的雪地里,任凭寒风砂纸似的刮擦着麻木的脸庞,茫然四顾的无神双眼表明他们大脑里此时一片空白。黑云彩从远处很容易看清这块浮冰上的情形,一颗自昨日下午就极度不安的心,此时更加烦乱和沮丧。

没有了狗,它不需担心靠拢那些人会被提早发现,但四面临水的漂流浮冰却给它的接近造成了新的障碍。没有别的法子,只有利用那些就近的一块又一块的浮冰,七弯八拐,兜兜转转,才有可能实现自己的企图。不过在更多的时候,要接近或是跟上不规则浮冰的不规则漂移,黑云彩必须潜下冰海,用长距离的搏浪击水(有时会在顺路遇到的浮冰上歇息一会),来保证它不会被甩得太远,要是恰巧碰上一块距离合适又是顺水的浮冰,那就是它的幸运了。好在肩胛处的伤现在已经愈合得差不多了,长时间的海水浸泡没给它带来更多不适。

这天下午的时候,忽起的东南风似乎将雾从外面剥去了一层,天空微微透了点亮儿,海上有了很可怜的那么一点儿"能见度",对人来说,充其量也就能看出个十步二十几步。与此同时,人们还能得到另一种快慰:渐起的风与涌向西北的流,凑巧形成了一股合力,风催流涌,浮冰的漂移速度加快,只不过无法料想这块巨大的浮冰将会漂向哪里,人的命运又面临着一种怎样的安排。尽管此刻设想未来太过奢侈,但不管是黑云彩还是那些两条腿的人,依然希望浮冰能加快些漂移,最好能有打鱼小船那样的速度。如果一直停留在原地,估计所有人都会马上崩溃,真的,马上崩溃。

长时间在水里的浸泡、泅渡消耗了大量体能,黑云彩饿得总是回想尤尼塔杵到它嘴里的那块蘸了海豹油的鲸肉，也在想那只临上冰洋前丢弃在冰上的大半只冠海豹，甚至还想起数天前留给坎图曼的海豹肉——那一回，它吃下了这么多天来的最后一口饭。一小块漂在眼前的冰，让它有了上去休憩的机会，这样也可以更好地看到帐篷和那些站在冰上的人。一幕让它不得不产生许多猜想的情景出现在眼帘之内，它看到黄胡子汤姆和另一个它不认识的高个子男人，抓了地上的雪，一把一把按到自己的嘴里。黑云彩知道他们吃雪不是为了解渴，更不是出于对雪的好奇，而是因为那顶帐篷里，已经有一天没冒出熟悉的煮饭味道了。

黑云彩的掌心发痒，它想碰碰运气，看能不能碰巧逮到一条拉肚子正拉得游不动水的海豹上来。半夜时分，远处浮冰上有一个蠕动的黑点，它知道那一定是自己要找的宝贝。可还没等它游到近前，"黑点"噌地溜下水仓皇逃走，一直过了很长时间也没再露上头来。翌日早晨，成群结队、浩浩荡荡游来一群个头硕大的格陵兰海象，近旁浮冰被这群巨兽掀起的浪涛顶得左右摇晃，连不远处黑云彩所在的这块海冰，也在被海象冲击出的涟漪里微微打颤。它趴在冰上，对这些依靠个头大和数量多而惯于横冲直撞的过路者，根本就懒得瞅上一眼。肚里饥饿难耐，它学着黄胡子汤姆和那高个子男人的样子吃了几口雪，凉凉的雪滑下肚去，倒也把缺了食就闹债务纠纷的肠胃，具体来说是把那一万条毛毛虫儿，暂时给糊弄了过去。

这天傍晚，一股仿佛久违了的煨煮食物的味道，穿透重雾跑到了老冰洋上，遥远天空中的两只喜食腐肉的大王贼鸥，馋得流出了满口涎水。然而，黑云彩却从重浊的气味中闻出了与以往的不同，而且这气味在散发了很长时间之后，还在持续不停地散发。密密匝匝的味分子中，无法掩盖地透出了黄胡子汤姆的驯鹿皮手套、老猎手爸爸的海豹皮大袄气味！当然，是经过煮炖后产生的刺鼻的臊臭味道。黑云彩感到一阵阵的反胃。它慢慢回忆起在卢特吉尔的木屋中，在白熊谷两个大胡子蜗居的帐篷中，还有在昨天以前橘红色帐篷里散发出来的煮饭气味，都是香香的，甜甜的，或是清淡中带着微微的香甜。黑云彩给弄糊涂了。它低头吞吃了一口雪。

散发臊臭煮饭味道的次日上午，黑云彩猛听帐篷那边有人高声吆喝了一句什么。它从附近的一块冰上抬起头来，看到那块大海冰的边沿围满了人，大家激动地吵吵嚷嚷，还听到老猎手爸爸颤着声呼喊："是阿黄，是咱们的阿黄！"老猎手爸爸穿着一件黄色极地服（也不知是谁借给他的），脸上苍老的皱纹兴奋得像一条条蚯蚓在动，与断冰那天早晨简直判若两人。这时候，另一些人也一齐在喊："加油，阿黄！加油，阿黄！"停了一会儿，它看到于大河和老猎手爸爸同时把身子探到水里。仅眨了一下眼睛的工夫，老猎手爸爸就把一只浑身湿漉漉的狗紧紧抱在怀里。没错，这就是前天夜里被断冰拐跑了的阿黄，黑云彩从老

X 断冰 / 293

猎手爸爸超乎寻常的亲昵中和狗悲喜交并的呜呜声里弄明白了，这的确是它的阿黄哥哥。从远远的仅露出来的大半截身子上，它觉得阿黄突然间瘦了，骨架就像一把刀。黑云彩不由暗自神伤，眼睛跟着就湿了。

　　人们陆陆续续走进帐篷之后，老猎手爸爸还是和一开始那样，坐在浮冰的边沿上，怀里搂着阿黄，絮絮叨叨跟它说着话。这一点，黑云彩仅从老猎手爸爸嘴唇的一张一合上就能看得出来。黑云彩想，阿黄哥哥真了不起，长长的钢钉和牢固的铁链拴得那么结实，它是怎么挣脱又是怎么泅水过来找到大家的？心里不由对这只曾和自己一起生活和玩耍过两年的灵犬，产生了深深的敬意。黑云彩正信马由缰地想着，忽见老猎手爸爸脸贴着阿黄的脸亲了亲，然后摸出一把随身携带的利刃，举起来就向阿黄刺去——黑云彩惊得一下闭上了眼睛……

　　黑云彩再睁开眼睛的时候，却见于大河站在老猎手爸爸跟前，那把方才扎向阿黄的刀子，刀把朝上被远远撇在雪地里……

　　冰断后的第六天早上，驮载着橘红色帐篷和那些人（当然还有阿黄）的浮冰，在漫天大雾中，被一双无形之手推送到了一座无名岛礁的岸边。颇费一番周折之后，人们（还有那只死里逃生的可怜的阿黄）拖着疲惫的身子，有气无力地蹚过近岸一个连着一个的乱冰丛，带着一种劫后余生般的疑惧、茫然与侥幸，狼狈不堪地踏上了岛礁，并在一处平缓的雪地上,再次扎下了那顶橘红色帐篷。

阿黄被老猎手爸爸安置在外面的雪坑里。它再也不需要禁锢的钢钉和铁索了。

黑云彩悬着的一颗心暂时算落了地。它隐身在礁岸的一堆乱冰坨子间,刺刺拉拉撒了一泡热尿——某个冰坨子上的偌大一片白雪,被浇得瞬间化为乌有,灰褐色礁石露出了丑陋的原形。它忘了这泡尿憋了有多久了,释放后的轻松让它感到一种从未有过的舒坦。

"或许,"黑云彩想,"这就是坎图曼所说的当王的快感吧。"

XI 荒岛

那些逃离大海踩上坚实陆地的人们，带着连日漂泊遭受的心理重创和尚未完全摆脱危险的最后一丝惶恐，身心俱疲地钻进赖以庇身的帐篷。薄薄的三层尼龙绸，外加一件增厚篷衣，仅仅这样一重化学纤维做成的壁垒，就把他们与世界暂时隔成了两个彼此毫无关联的系统。上帝创世以来第一回有人登临的无名岛礁，就如什么也没发生一样，继续以地狱级的严酷保持着亘古以来岩石般的沉默。黑云彩隐身在岛礁滩涂上的一堆乱冰坨子中间，就如躺卧在自己的舒适洞府，上下眼皮你来我往掐了会架，很快被势不可挡的困倦粘连到了一起。漫漫迷雾像从天上垂挂下来的一道遮挡眠床的锦绣帷帐，浸润到梦境中的氤氲湿气，让它梦到的星星也滴着鲜亮的露珠。啊，仰望璀璨星空的时候，它的心里总是充满了激动。

躲在也许是四维空间里的某个宇宙超人，在黑云彩梦中安排了一个虚幻中也能忙活出通身大汗的激壮场景。无边黑暗的极夜中，它跟着老狐安格卢在跳动着诗句的雪野上奔跑，呼啸的寒风奏响美妙乐曲，晶莹的雪花飘荡出柔曼的舞姿，天上那颗最亮的星星，始终耐心地用灿灿辉光，给它们照亮着前行的道路。串满道道金线的雪原一马平川，脚掌子越跑越热，一颗心咚咚咚地跳着，大地微微颤动。

"吃吧，吃吧，"跑到一座似曾相识的雪山脚下，安格卢推开万年蓝冰做成的门扉，打开它香气馥郁的藏粮秘洞，说，"这个世界像是要疯了，在外面愣是找不到一点吃的。要想不饿肚子，继续在雪原上奔跑下去，只有让这些冰冻多年的宝贝发挥作用。"

黑云彩接过安格卢递过来的一条肥美的灰鳟鱼，鱼的两只眼睛骨骨碌碌看着黑云彩，一百年前的精气一点没散。黑云彩和鱼对视了一眼，迷惑不解地问安格卢："老师，我们为什么要在雪原上不停地奔跑啊？停下来不好吗？回到老冰洋，有的是吃的。"

"为了躲开人，躲开那些长两条腿的人。"

"您为什么总是这么说呢？我倒觉得没那么严重。"

"你要这样想，肯定会吃大亏。"

黑云彩琢磨着安格卢的话，又去看那鱼。它觉得这灰鳟鱼怪怪的，在洞里冰了那么多年，身子冻得像石头块似的梆梆硬，眼睛还和当初在水里游动时一样生动有神。也管不了这么多了，肚里饥饿难忍，它对着鱼的漂亮肚子来了一口，然后香喷喷地嚼着。

秘洞里各种肉和鱼都有，安格卢却什么也不吃，只是心事很重地看着黑云彩狼吞虎咽。

"世界上有些事你可能永远也不会明白。"它的语调忽然有些感伤，叹了一口气，说："唉，凡事总有定数，这些就不说了。很快你就会来到那个岛子上的，你不要怕登高，山顶上有我的最后一个藏粮秘洞，那是我早在一百年前就给你预备下的。没有那个洞里的蓝箭鳕鱼，休想抓到水里狡猾的海豹。"

黑云彩正吃得有滋有味，让安格卢一番没头没脑的话给整迷糊了。咽下一口肉才要问仔细，不防那条被啃了大半截身子的鱼，狠狠瞪了它一眼，猛地一个打挺，凌空蹦了起来。抖下的一堆鳞片，变成一只只绿翅红首蝴蝶，乱纷纷飞出了山洞。黑云彩慌得伸了两个巴掌去抓那鱼，却一下醒了过来，心里疑疑惑惑。看周边的那些乱冰坨子，俨然成了精的样子，一个个鬼头鬼脑，趁着有雾遮掩，不知畏惧地乱钻乱拱。"凡事总有定数。"有个冰坨子晃悠着死板的身子，重复了梦里安格卢说的一句话。毫无来由的不安，飞上黑云彩额头每一根粗毛的尖梢，它于无可奈何中发出一声闷闷的叹息。

前年那个被马先蒿花颜色的幸福深深浸润的寒冷极夜，它和维娜忽然心血来潮，便开始了一场令第二年夏季沼泽地里的大黄蜂和灰斑鸽都无法理解的环老冰洋漫游。那真是一个激情燃烧的好时节啊！幸运之神总用宽大的翅翼遮护着黑云彩，它刚刚用上帝赐予的禀赋、人类教给的德行、星星暗授的智慧、安格卢亲传的技能，在生死相拼的决斗中，将不知天高地厚的疯子坎图曼诱杀于海象山深渊，接着又拒绝了哈利拉一伙要扶持它做王的殷勤动议。吹向它的所有的风都亲切温馨，黑云彩浑身充满了能将大石砬子一把扳倒的无穷力量，发誓要带领才进入蜜月期的还没能真正成为成熟母熊的维娜，走遍天涯海角，见识冰洋全域风光。这简直就是一个今古罕见的壮举！卡门、伊利、安诺还有摩西卡、桑巴、细尾拉丁、法比奥、肯迪尔等，虽然搞不明白黑云彩这样做的真正意义，但又不能不深受震撼。它们集中在白熊谷与老冰洋交会的乱冰地带，集体为这对正坠入甜蜜爱情之谷的好朋友壮行。

"好客的老冰洋，一定会给你们满满的惊喜，"朋友们祝福说，"期待二位早日回到我们白熊谷！"

长达数月的环老冰洋旅行，潇洒、浪漫得让每一只遇见的鸟儿惊羡不已。它们在法兰士约瑟夫地群岛捉过困在冰缝里的白鲸，在亚欧大陆最北点因好奇捡拾过埋在雪地里的野果，在伊丽莎白女王群岛的艾萨克森忽然心血来潮舔食过北极柳上的冰雪，在斯瓦尔巴的东北地岛擦了这一生最过瘾的一次冰滑梯，还吃过格陵兰岛冰海中最鲜美的海豹肝和山溪中最香的鲑鱼。当然，这一路也穿越过许多白熊领地并发生过一些无法避免的打斗，在尤利卡和其他几个并不著名的地方，还遭遇过冰山猝不及防的崩裂，但这一切都有惊无险。旅程快接近尾声的时候，它们又顺腿跑到了现在卧伏的这座人类海图都未曾标注的无名岛礁。一路东踮西蹿的辛劳奔波和历险，并没把炽热的爱情之火浇灭，却遭到了一挂饥肠的强烈抗议。一对欢爱的情侣在无人打搅的小岛上疯狂地打闹嬉戏，无休无止地亲吻做爱，早忘了还有捕捉海豹这一最基本也是绝不可少的生存需要。在黑云彩从缠绵温软的维娜身体中分离出来的那个落雪黎明，它们几乎同时被饥饿唤醒，慌乱中要去冰海找早餐的时候，才知道这个寸草不生的荒凉岛礁，竟然是一座兔子不拉屎的死岛，怪不得它们在上面待了两三天，没见到一只飞鸟落足，连寻常最多见的雪燕、海鸥也没从上空经过。起初还以为这是鸟儿们怕打扰了它们欢爱的静谧，有意做出这样富有礼仪的友好规避，因此高兴得更加不知白天黑夜，只管将十二万分的激情燃烧到生命的极致。黑云彩和维娜由此开启了一场寻找食物和对这座无名岛礁的十分好奇的探险。结果使它们大失所望，即使黑云彩的嗅觉超级灵敏，也始终没闻到一丝其他生命的气息。看来上帝在造了这个小岛之后，又随手把它丢到了一边。

　　如果有一只飞翔在空中的极地燕鸥来看这座岛礁，它会觉得下面这小块突然在波涛中冒出来的陆地，更像卧在冰洋里的一个大冬瓜，南端高耸的赭色岩石状如倒扣的大海螺壳子，北头是一块光洁、平滑、颜色呈黑褐色的流线体礁石——如果从海上望过来不把它看成一条露脊鲸，那就太没有什么想象力了。连接着"露脊鲸"和"海螺壳"

的中间部分，则是一个篮球场大小的相对平缓地带。黑云彩和维娜从南走到北，冻成石葫芦的巴掌大岛礁，除了石头、沙子和冰雪，竟没有一点可食之物。对于光秃秃的岛礁，它们本来就没抱任何希望，最叫人精神崩溃的是，海里面没有它们寻常最擅长捕获也最愿意把它放在食谱首位的海豹。饥饿、倔强和好奇，迫使两位来自白熊谷的远方客人，站在稀冰区的一块浮冰上，痴狗望月般守候了一天一夜，最后只看见远处两头戏水的海豹也或者是海狮，不知道为什么，它们死活也不肯爬上冰面，更不肯游到岛礁附近，就好像这岛礁上住着阎罗殿里的索命无常。黑云彩和维娜越来越强烈的饥饿，打败了它们最后的一点好奇与倔强，终于在一场暴雪袭来之前，它们夹着瘪瘪的空腹，双双逃离了这座可怕岛礁，也结束了它们的环老冰洋之旅。

雾气朦胧中，黑云彩看到帐篷的门帘掀开，于大河、黄胡子汤姆还有老猎手爸爸几个人，一前一后走了出来。趴在雪坑里一直没见动一动的阿黄，闻到熟悉的气味并听见熟悉的动静，挣扎着想爬起来，却被于大河弯腰摁下。"躺着别动，阿黄，我们很快就回来。"于大河说。黑云彩听出来，那熟悉的洪亮又带磁性的声音，现在已经变得有些沙哑。他们沿着岛礁的外缘，一边走，一边时不时拿脚踢踏海滩上的冰冰，好像下面藏着什么宝贝。大概环岛绕了一大圈吧，因为黑云彩再见他们回到帐篷的时候，中间隔了好长一阵子，而且他们还是从帐篷的另一侧，也就是出发的相反方向转了过来。它看到，于大河和黄胡子·汤姆两人，一人怀里抱着一抱黑乎乎的大概是海草之类的东西，扯扯拉拉的，有些又宽又扁像皮腰带，有些就跟鞋带子那样又细又长，还带着一股令人作呕的海腥味，也不知要派什么用场。

帐篷的门帘再次被掀开，这回是先前见到过的高个子男人和另一个未曾注意的矮个子男人，他们提了水桶和饭盆子出来挖雪。他俩返回帐篷不久，一股煮什么的味道就让风给送过来了，无须细辨，这股味道和于大河他们抱进去的那些海草完全一样。黑云彩想，海草难道就是他们要吃的饭吗？自己在卢特吉尔住了两年，见过人吃驯鹿肉、麝牛肉、鲸鱼肉和海豹肉，吃鳕鱼、鲽鱼、鲑鱼、鲱鱼和灰鳟鱼，吃面包、比萨，吃菜和水果，有时也把一些肉呀菜呀啥的掺和在一块儿吃。至于吃这样的东西，却从未见到过。"这不就是些草嘛，而且还是海里的草，"它心里嘀咕，"人怎么可以吃这些东西呢？他们又不是雪兔法比奥，也不是旅鼠肯迪尔。"它想它是认识这些海草的。那年它和维娜在这座岛礁北面的海滩上，肚饥难耐，曾尝试着嚼了几口冲到岸边的海草，弄得肚子里面好一阵翻江倒海，差点没把肠子呕了出来。

黑云彩的判断很快得到证实，于大河他们的确是捞了海草来充当抵御饥饿的干粮。在又一阵浓烈的海腥味蹿出帐篷并扑进雾里的时候，它看到黄胡子汤姆和先前挖雪的高个子，一人端了一个饭碗蹲在雪地里，一边有一搭无一搭说着话，一边吃着各自碗里的东西——它看得明明白白，那冒着热气的像鞋带子或是皮腰带一样的食物，正是于大河他们此前抱回来的海草。这些长在海里的植物显然不怎么合胃口，他们嚼橡皮筋似的在嘴里嚼来嚼去，唉，嚼来嚼去，脸上的表情比演滑稽戏的演员更复杂。艰难困苦地磨研了老半天，那些"鞋带子"和"皮腰带"终是赖着不往下走。其实一点也不难想象，他们的肠胃对这些陌生的食物，是既渴望又恐惧，就连擅长咀嚼的牙齿、惯于搅拌的舌头、喜爱辨别的味蕾和帮助下咽的喉咙，都一概因强烈抵触而处于消极怠工甚或马上要罢工的无政府状态。最后就算经过各道工序、打通各个关卡到达迫切需要食物的肠胃，这些消化器官也会被洋辣子蜇了般上下翻腾，比对饥饿的忍受更加痛苦，如果不发生马上爆发的喷涌或者是像得了咽炎那样一下下长时间干呕，也就算冬瓜礁的山神显了灵。果然，费劲咽下一口饭之后，高个子咳咳地一阵干呕，样子十分痛苦，好在没有立即吐出来。黄胡子汤姆倒还好些，吹胡子瞪眼地硬挺了一会，居然没有狂喷，也没有干呕。他的肠胃在反复、审慎地痛苦抉择之后，居然接受了这些经过炖煮又经过牙齿咀嚼的糟糕海草。

帐篷里又有几个人端着碗走出来，像高个子似的咳咳地在雪地里呕吐。那个矮个子男人在干呕半天之后，干脆把手里的碗往雪地上一蹲，嘴里嘟囔了一句什么，便脸朝老天发起了呆，此后再也不理会碗里的食物。

黑云彩心里明白，于大河他们现在，和它当年与维娜遇到的情况一样，正在遭受饥饿卑鄙无耻的攻击。"这个该死的破岛子，"黑云彩愤愤地骂了一句，"咋可怜到了这个份儿上？连傻瓜蛋似的海豹都不愿意来。"肚子里那些讨厌的饿虫子，那一万条毛毛虫，又是不顾一切往上爬，它抓起一个鸡蛋大小的冰块塞进嘴里，像吃海豹软骨那样，嘎巴嘎巴嚼了起来。一连咽下几口冰凌，嘴里说道："我叫你们爬，我叫你们爬！"

帐篷那边好像有了点什么动静。黑云彩抬头看过去，见阿黄颤颤抖抖地从雪坑里爬了起来，大概是想走向帐篷门口，犹豫着刚迈出一条腿，身子接着又是一阵晃，最后还是倒在了雪坑里。阿黄当年是何等威风啊，它可是全卢特吉尔最了不起的橇犬！驾橇十几年，跑遍了冰洋苔原，曾独自一个击退八匹野狼的攻击，曾在冰窟中救过老猎手爸爸的性命，就在前些日子，还奋身扑倒埋汰的猎人，使自己从那管可恶又可怕的猎枪下死里逃生。这才几天工夫啊，矫健、聪明的阿黄就成了现在这副模样！黑云彩就像阿喀琉斯的母亲知道儿子必将死于天神的银箭一样，心生无限凄凉。它多么怀念曾经和阿黄一起待在卢特吉尔的日子啊！那是连鲸头顶山上的雪燕儿都要万分羡慕的事情。可它知道这一切再也回不去了。曾弥漫在老冰洋上的烂罂粟花味道，这时候依然在冬瓜礁上空飘散。魔鬼既然出招，就不会就此收手。黑云彩心里默念着那颗在极夜里出现的最亮的星星,祈祷灾难早点过去。

老冰洋飘在下午的雾总显得十分怪异,搅得人心神不定。刚才还一条条、一缕缕舞绸似的袅娜摆动,过了北极棉凫打盹那么长的工夫,又变成了一团团脏棉絮滚涌而来。早先那个发疯累瘫了的老风婆子,在貌似温和了几天之后,又在人们的不知不觉中,将原先的东南风旋转了九十度,改向朝西南吹。频道虽然切换了,风刮得也不大,但是腻腻歪歪,一副吐在地上的口香糖的样子,将那本就脏污灰暗的雾,一拱一拱往前推,弄得"海螺壳"顶上的"帽子",换了一顶又一顶,哪一顶都是飘忽不定,让神仙也不愿待见。黑云彩借着闹妖般的雾和冰石雪礁的遮挡,也和于大河他们一样,环小岛走了一遭。它尽量沿着环岛礁海冰最远的外侧走,避免与人们的可能外出,发生意想不到的交际。在岛礁北面,它发现"露脊鲸"下面有条狭长水道通向开阔海域,除此而外,其他三面包括他们和阿黄登岸的那片水域,现在全部被坚冰封裹,连一丝一毫的缝隙也没留下。老冰洋就是这么魔性,这么豪横,它要做的事情连冬瓜礁上的山神爷也琢磨不透。黑云彩凭着它能与极夜里天上那颗最亮的星星说话的灵慧和上帝给它的非同寻常的直觉,知道想捉到海豹的唯一一点可能,只能在那条水道以及与水道沟连的开阔水域。可这又是一片什么样的水域啊!与飘荡在岛礁上空不着调的大雾相比,"露脊鲸"

以北的水域总显得神秘玄奥。天上吹着同样的风，海里涌着同样的流，又同样经受着极昼极夜变化和日月星辰的照耀，只是因为中间插了弹丸大的一个无名小岛，为什么这边会有水道？而且还连着一片带给人丰富想象的无冰水域？更为扑朔迷离的还是近岸堆积的许多海草和漂木。海草或许还容易理解一些。那些一根根或长或短的木头，又是从哪里来的呢？老冰洋几乎终年都为厚冰覆盖，木头总不会是外星人到地球游玩时夹带过来的"私货"吧？黑云彩在开阔水域边缘的浮冰上，像中国神话中垂钓于渭水的姜太公，一直静静蹲守到傍晚，两眼紧盯水面，连海底的鱼儿都被它瞅得害了羞，还是没发现一头海豹的影子。

"有水就会有鱼虾，"黑云彩想，"有鱼虾怎么会没有吃鱼虾的海豹呢？"它满腹疑虑，却又是一万个不服气。

顶着一头雾水回到隐身地点，黑云彩心事重重。烂罂粟花的味道像野火过后的灰烬余烟，一股股从乱冰坨子间冒出来。远处冰原传来地下冻土融化的奇妙声响，有十二只苔原鼠，正在合力啃啮着一株千年北极柳粗壮的根。老冰洋上有一湾浮冰，在洋底暗流的推拉下发疯般打着摆子。黑云彩正惊讶着，风里送来谁在说话的声音，苍老，低沉，喑哑，就如因纽特老年妇女拿乌卢刀在刮熟好的海豹皮子。它听出来这是老猎手爸爸。黑云彩借着浓雾往前靠过去一程，看见帐篷外雪地上只有他一个人，怀里抱着羸弱不堪的阿黄。

"阿黄啊阿黄，说起来你来咱们家也有十多年了，风里雪里的跟着吃了多少累啊，功劳也立了不少，这些今儿就不说了，你的好处我们一辈子也忘不了。唉，唉，你就是咱们家里的一口人啊！"老猎手爸爸眼里的泪，流到了阿黄的脸上、身上，阿黄一眨不眨地看着他，眼睛里也流出泪水。

老猎手爸爸说的话，黑云彩虽然不能完全听懂，但话里要表达的意思，仅仅从他的神态和语气上也会弄个差不多，由此心里一阵发酸，不明白他为什么要跟阿黄说这些。

"阿黄啊，你大概也猜到我要做什么了。可是，可是大家伙儿吃完了剩下的最后一点食物，又吃完了身上穿的、戴的那些兽皮做的衣服、鞋帽、手套，现在只能吃无法吞咽下去的海草。阿黄啊，实在没有一点法子了啊！"老猎手爸爸抹了把泪，继续说道。

黑云彩又往前凑了凑。雾中有晶莹的光闪了闪，它知道那是老猎手爸爸和阿黄眼里流出来的泪。阿黄听懂了老猎手爸爸的话。老猎手爸爸紧紧搂着阿黄，眼泪吧嗒吧嗒往下滴。这些来自心灵深处的情感的结晶，这些最圣洁之水里的灵魂，滚落到阿黄脸上，又与阿黄的泪珠融合成一个个更大的泪滴，在阿黄脸和脖颈的毛毛上挂着，不肯离去……

"阿黄啊，真对不起你了，下辈子再托生到咱们家里来吧!"老猎手爸爸说完,举起手里的尖刀猛地插了下去……

那一刻,铮亮的尖刀分明捅向了自己的心脏,黑云彩惊诧得闭上了眼睛。

啊,老天没有了,大地没有了,一切一切都没有了,包括它的呼吸、它的饥饿,包括空气中的烂罂粟花味儿,也包括它对星星和安格卢的思念。老猎手爸爸杀死了整个世界。

它不知道老猎手爸爸为什么要这样做,心里乱得像戳了一把干海草。它在迷迷糊糊中回到那片藏身的乱冰坨子,听到一个苍老的声音反复在说:"实在没有一点法子了啊!""实在没有一点法子了啊!"睁开眼睛,什么人也没有,却只见漫天赤红,大雾泛着血的泡沫,海冰闪着血的亮光,皑皑白雪也被鲜血浸染,那些纯洁、晶莹的泪珠儿,不停地在血色的雪地里滚动,就像一群浑身洁白的天使鸟儿。极夜里那颗最亮的星星从浓雾中探出脸来,向这些"鸟儿"投下怜悯的目光。"你们飞吧,你们飞吧,"黑云彩流着眼泪,说,"星星也看到你们了,你们飞吧,穿过眼前的大雾,向着辽远的天外,飞吧!"那些人与动物融合在一起的晶莹的泪滴,凝结了生命中至高至贵至纯至圣的美好,吸足了天地灵气和日月精华,真的就化成了一群天使鸟儿,在冰冻坚实的沙滩上徘徊了一会,嘎嘎鸣叫了几声,然后鼓翼振翅,向着雾霭之外的辽远天空飞去……黑云彩看得真真切切,泪滴变成的鸟儿飞向了远方。

一股煮肉的味道和弥漫的雾气交融在了一起,雪地里咿咿咿的像孩子般的抽噎让人肝肠寸断。它听出来这是悲伤难抑的老猎手爸爸在哭泣,他舍不得心爱的阿黄。黑云彩一霎间理解并原谅了他。

如果不是这样,那又能怎样呢?老猎手爸爸啊,我懂得了您。我们愿阿黄的在天之灵安息!

雪地里有些人在说话,黑云彩听出里面有于大河和红衣姑娘,他们大概在劝说老猎手爸爸。过了一会,这些人和老猎手爸爸都走进了帐篷。雪地里一片宁静。

阿黄不愧是一条神勇之犬,它的肉体先是经历物理学意义上的分解与加热过程,再通过人体消化器官一系列复杂的深加工处理,能量很快转化成了他们身上的力气、精神和对未来的自信。登临冬瓜状岛礁的次日上午,突然从萎靡甚或瘫软状态中走出来的人们,如同注射了兴奋剂,男男女女又变得生龙活虎。他们开始到"露脊鲸"下面的海滩,捡拾和打捞那些不知怎么漂过来的木头,把它们扛到帐篷前空旷的雪地上,垒起三座人头高的木头垛子,黑云彩也不明白这是要干什么。此后,他们又抱回来更多的海草。黑云彩看到红衣姑娘和老猎手爸爸坐在雪地里,很细心地从一大堆海草中,把那些像皮腰带的宽大海草,一根根挑选出来,放在煮饭的锅和盆里。

黄胡子汤姆和矮个子几个人,拿着一些自制的钩钩和线线什么的,雄心勃勃跑去水边钓鱼。黑云彩在卢特吉尔时看见过人们钓鱼,而且看见过人们钓了很多的鱼,它觉得这真是个好法子,心里为他们预期中的收获暗自高兴。它数算着时间等待他们的满载而归。一直到很晚的时候,黄胡子汤姆几个才无精打采地走回来。他们辛劳大半天的全部渔获,只有矮个子手上拿着的两条没有巴掌大的小鱼儿。

"就这点儿东西,"矮个子男人把两条小鱼朝雪地上盛海草的饭锅里一扔,气呼呼地骂了一句,说,"他妹妹的,恐怕让海雀子吃了,也不会打下馋虫,更不用说这么多的人了。"

"看来也只有靠它们了。"黑云彩想到了开阔水域里偶见的海豹也或者是海狮一类的宝贝。可是,凭着它此前对这片神秘水域和狡猾海兽们的了解,要想将它们弄到冰岸或者是饭锅里,和以往打猎那样仅靠常规操作恐怕无济于事。这里的这些家伙个个精头怪脑,比天上的九头妖还难对付,黑云彩只是远远瞄了几眼,就把它们看到了骨头里。

"……你不要怕登高,山顶上有我的最后一个藏粮秘洞……没有那个洞里的蓝箭鳕鱼,休想抓到水里狡猾的海豹。"它想起昨日梦中安格卢说的话,忽然心有所动。虽然还是将信将疑,但万般无奈之下,倒也不妨去山顶找那秘洞看一看。

四维空间里的那个人,将不算高的"海螺壳"山顶安排得险峻难上。一座三四十米高的小山头，镀铬般裹了厚厚一层坚冰，即使大雾天也寒光逼人，这连最擅长攀登的岩羊看了也会四腿打战。黑云彩爬上去又滑下来地折腾了大半天，总算在山的东侧找到一条窄窄的罅隙——这其实是"那个人"在关掉一扇门的同时，又给打开了一扇窗户。黑云彩沿着登顶的唯一一道可落脚的石缝儿，腿蹬爪扒，蠖走蛇行，一点一点攀缘到顶部，果然看见一个不太大的山洞，山洞里也果然有一些蓝箭鳕鱼。这简直就跟在梦里一样！黑云彩惊讶得两眼放光，不禁对老师安格卢的远见与慷慨感佩不已。那些鱼儿已经在这里等了黑云彩一百多年，一见冰门被打开，一条条兴奋得甩头摆尾，挺着湿滑的身子蹦到它的跟前，黑亮的眼珠儿向黑云彩行着注目礼，就像等待检阅的士兵。黑云彩待在秘洞里想念了一会安格卢，默默祝愿它一切安好，然后将洞门按原样封好，才小心翼翼地从原路下了山。它没有太贪心，也没有饥不择食只顾自己先狂撮上一顿。它只是选取了一条三尺多长的蓝箭鳕鱼，来帮助它完成那项良心让它必须完成的使命。这让那些等了它一百多年的鱼儿们多少有些失望。那些暂时没被派上用场的蓝箭鳕鱼们，只好静静退回原处，用更恒久的耐心，等待百年难得一遇的再次出山机缘。

　　夜雾下的冰海似乎并不怎么有利于狩猎，寒冷将水面冻成一锅黏稠的粥，最耐寒的鱼儿也躲进水底。黑云彩带着它从安格卢最后一个藏粮秘洞中获取的蓝箭鳕鱼，沿着水域的冰际线走了几乎一个对圈,总算在离岛礁挺远的一处浮冰上,找到适合诱钓海豹的理想之角——这是离水线十几步远的一个人头高的冰台子,大小与白熊谷碾盘石前的雪地相仿。黑云彩夸张地将钓饵搭在冰台中央一个显眼的大冰块上,它则趴在冰台另一边的雪窝里,只露出两只眼睛盯着那片水域和漂亮的诱饵,耐心等待着幸运之神阿兰贝尔敲门。

蓝箭鳕鱼身上散发出的奇异香味随风四散飘扬,让远处的哪一头海兽闻到,都会像发了情的母狼,看到另一头荷尔蒙飙升的异性向自己发出求偶信号那样,一定兴奋得无法抗拒。当这些馋鬼循味而来并发现美食就在冰台之上时,便会毫不犹豫地爬上去,以掠食者的胜利姿态大过饕餮之瘾——这便是蓝箭鳕鱼做钓饵的精妙之处。然而,黑云彩在仔细挑选好的绝佳狩猎场蹲守了整整一夜,海水里没有荡起一丝因为海兽游动而激起的波纹,空气中也干净得闻不到素日打猎时海豹特有的气味。它一度怀疑这偌大一片无冰水域,是否真的就是海豹们不愿意光顾甚或望而生畏的夺命死海?有几回,在饥饿的无耻撩拨下,它甚至差一点儿将诱钓海豹的饵料,先填了自己一直闹腾不停的肚子。最终,它还是战胜了自己。当然,它不能不往肚子里塞上一些雪和冰块——这也是它和它的同类们,在对付干渴或者饥饿时的惯用办法。

一个难熬的白天又在焦虑与渴盼中被黑云彩送走,流逝的时间，总是一并将希望也剥茧抽丝般一点点带走。下午的时候，它看到于大河、黄胡子汤姆和小矮个子他们，在水域对面的冰上走来走去，一直逗留了很长的时间。他们大概还是在打钓鱼的主意，可全老冰洋的鱼儿就跟商量好了似的，没有一条能听他们的话。黑云彩看着他们沮丧离去的背影，心里像门徒看着耶稣被钉上十字架一样难受。

又一个夜晚在雾气氤氲中降临到了老冰洋上。多日未曾注意到的冰崩声从远处隆隆袭来。黑云彩根据声波的大小，悠闲地判断并盘算裂冰处距伏击点的远近，同时也盼望着那熟悉的气味能像冰崩声一样，早一点随风飘到眼前。此后却是史前般的沉寂，老冰洋一团死水，现实中的一切好像都不复存在。黑云彩依旧静静卧在雪窝里，它已经和周围环境融为一体，成了一堆雪，成了一块坚实的冰。半夜时分，湿冷的空气里隐隐飘来一种生海蛎子的腥甜气味，黑云彩耳尖上的毛毛忽闪着跳动了几下。随着味道渐浓，稠粥似的冰水微微震荡，一道道细长的波纹由远而近，由小到大，打着闪电挤过来，黏稠的冰碴纷纷向两边躲开。独特的气味和冰水里的波纹变化，出卖了自远处前来赴约的访客——黑云彩知道这是海象，而且还是一头落单的海象。它不明白靠家族群居在老冰洋里高调生活的这些庞然大物们，为什么竟抛下了这么一个可怜的家伙，让其孤苦伶仃地四处游走。也许，这是一个天生喜欢离群索居、特立独行的叛逆者，压根就不喜欢扎堆随大流。不管怎么样，它来了，这个单身汉，带着别人难以理解的孤独和对蓝箭鳕鱼的不可抵御的诱惑，划开冰水，划开雾，也划开黑云彩心头打着的结，向着发出香味的地方，那个高耸、阔大的冰台，像一个无敌王者那样来了。

这是一头年轻的雄性海象。在它离开海水爬上冰面的时候，黑云彩已经从它的体态、气味、獠牙、胡须，从它发出的鼻息和呼出的闷气里，做出了准确判断。遗传在基因里的本能警觉与严酷生存环境中积累的历险教训，让这头海象队里还年少的家伙，在爬上冰台之前突然变得格外谨慎。它先是趴在嶙峋的浮冰边缘，敛气屏息，小心倾听着周围动静，当确信这片冰海以及眼前的这块浮冰，除了因为风与洋流的作用而发出的自然声响之外，再没有其他任何可疑之处，便抬起它在冰海中最具典型性的脑袋，颤动着钢丝般的胡须，将两只视力并不算太好的小眼睛，向冰台及其四周狐疑地打量着。它看到了那条充满诱惑的蓝箭鳕鱼——此刻，就跟王母娘娘仙宴上的蟠桃之于美猴王那样，散发着能诱引灵魂出窍的香气。除此之外就是雪堆、冰块，还有一道道浅显可见的裂缝，视线范围内一切静好，和别处完全一样。与此同时，鼻子和胡须，也辅助耳朵与眼睛，把空气里所有的气味分子像筛米似的，又仔细筛过了一遍，实在没发现一粒"沙子"，也就是没发现一点能引起它不安的异常。听觉、嗅觉、视觉甚至触觉，几乎所有感官侦察后做出的全部结论，都在告诉它：香味诱人的美食是安全的,尽管放心大胆地享用吧!海象绷紧的神经放松下来,脸上盛开了一朵好看的珊瑚花。"哈哈,"海象笑着说,"我就知道海神爷爷不会亏待我,在这么穷的海里,还专门为我安排了一餐美食!"

没有什么可犹豫的了!年轻的海象用突出在外的两只巨大獠牙钩住冰台边缘,然后借力蠕动着肥胖的身子,攀上高耸的冰台,一路喷着响亮的鼻息,扑打着早就退化的鳍脚,迅速向早就使其馋涎欲滴的蓝箭鳕鱼爬了过去……

在海象彻底放松警惕扑向那鱼儿的时候,注定中的一切便开始了倒计时。黑云彩借着冰雪的掩护,悄悄绕到了它的背后——这头海象的确太年轻了,大概它永远也不会想到,对美食的贪欲会成为埋葬自己的坟墓。天上的那只眼睛看得清楚,在它将第一口鲜美的鱼肉吞下肚子的同时,凌空飞来的一击重掌,也不偏不倚落到了它的脑袋上。突然遭受重击的它虽然一阵发蒙,却很想抬起与庞大躯体相比实在难成比例的小小的脑袋,看一看不巧砸过来的是不是木星上的陨石。然而,接二连三的暴打雨点般飞来,每一下重击都直取其脆弱的命门。其实,像黑云彩这样霹雳般的突袭,是极少会有什么悬念的。其间,海象虽然以其个头庞大、獠牙尖长的优势做了凶猛、顽强的抵抗,甚或还在试图逃往冰海的途中,一度进行过并无多大实际意义的疯狂反扑。离水面仅仅十几步的冰路,忽然遥远得今生无法到达。出自求生本能所采取的种种自卫和反击,也都在黑云彩的凌厉攻击下显得苍白无力。事情的结局已经再清楚不过。挣扎似的纠缠，很快演化成对死亡的无奈默认，可怜这么大一只海兽，最终在血肉模糊中变作一堆摊在浮冰上的肥肉。那个被血水浸染的冰台子，也成为年轻海象了结生命的最后祭坛。海象的魂在惊恐中寻找着自己的归宿。

黑云彩从海象那道最致命的创口上抬起头来，长长地舒出了一口气。这时候，它看到了站在锥子山上的安格卢。老狐长着两道火红长眉的脑袋动了动，雾气朦胧，也没看清楚是点头还是摇头。一场策划周密的伏击取得完胜，黑云彩稍微松了一口气。它趴在冰台上歇息了一会，便开始不慌不忙地享用起用蓝箭鳕鱼换来的美味大餐。自从吃过那小半只花斑海豹，它已经有好多天没有进食了，过量吞咽进肚子里的雪和冰块，总唤起它对肉类的美好追忆与对下一顿美食的向往。饱饱吃过一餐之后，它便尝试着将这头重量几乎没见减掉多少的庞大海象，拖送到于大河他们那里。假如抵达帐篷前的雪地一直像冰面那样光滑、平坦，黑云彩即使非常吃力，要实现这一愿望也绝非难事。问题出在上岸后离帐篷不远的一道半人高石坎上，纵使它用出三头成年白熊加在一起的力气，也没办法把那个大家伙弄到上面去。黑云彩蹲坐在石坎上，想到安格卢，想到维娜，也想到摩西卡那帮白熊谷的朋友。它们当中哪怕只要有一个在，相信都会有办法帮它度过眼下这道关卡。其实，它也只不过是这样想想而已。起了大雾之后,就连卡门也没有再飞过来。

大雾中显而易见的光亮表明,新的一天已经将夜晚驱赶进往昔的史册。帐篷里的人们很快就要醒来了,不能再在这里继续磨蹭下去。黑云彩放弃了将海象拖到帐篷门前的打算,趁着雾色迷蒙,岛礁还沉睡在黎明前的最后一刻,贴着帐篷一侧,径直回到了栖身的那堆乱冰坨子中。虽然有些困倦,它的眼睛、耳朵和鼻子,它的全部注意力,却始终无法从放在石坎下的那头海象身上移开。

罩在小岛上的雾衣似乎掀开了一个角儿,雪地上的物体清晰可辨。帐篷帘子动了一下,黄胡子汤姆提着一个饭盆走出来,看样子是要挖些雪或冰块回去。他低着头在雪地里走了一会,看来是发现了什么不对劲的地方,忽然扔下饭盆,顺着黑云彩回乱冰坨子的相反方向,急步往海冰边缘蹚了过去。

"一定是看到了我的脚印,"黑云彩想,"他就要找到那海象了。"

黑云彩心里有些激动,同时也夹杂着一丝说不清楚的不安。

果然,黄胡子汤姆走到石坎,看到了那头黑云彩怎样努力也无法拖拽上去的海象。他蹲在那里愣了足足有半天工夫,突然着了魔般站起来,深一脚浅一脚向帐篷跑过去,嘴里兴奋地大声喊着于大河的名字,说:"天上掉馅饼了,天上掉馅饼了！"

黄胡子汤姆的粗门大嗓，震得帐篷上的雪簌簌下落，帐篷里的人闻声一齐钻了出来，呼呼啦啦跟着他跑到石坎下面。即使随断冰漂走的那些橇犬和食品突然从天而降，也不过让人们有如此的振奋了。大家伙儿围着那头来路不明的海象，惊讶、欣喜、疑惑，又充满了卖火柴小女孩那样的想象。

"这回不愁没吃的了，唉，要是再吃水里捞上来的那些破玩意儿，我就要变成海草了。"小矮个子男人说。

"这么大一个家伙，又是谁给弄来的呢？"高个子男人说。

"难道是你在白熊谷救下的黑云彩？"这是黄胡子汤姆的声音，看来他在和于大河说话，"你看这些脚印，好像是往那堆乱冰坨子里面去了。"

"走，汤姆，"静了好一会工夫，于大河沙哑的声音传了过来，"咱俩到那边看看。"

那些人和于大河说的话，黑云彩听得清清楚楚。但眼看着于大河和黄胡子汤姆顺着它留在雪地里的足印，一步步走过来，也不知是高兴、委屈、期待，还是别的什么，眼里含着泪，心里却咚咚地跳。

过来了，他过来了，在离它还有五六步远的地方，于大河弯下腰来，指着像狗一样趴在那里一动也不动的黑云彩，高兴地对黄胡子汤姆说：

"是黑云彩，没错，是我们的黑云彩！你来看，汤姆，它的额头正中有一撮黑毛毛儿，趴着的姿势也特别像阿黄，哈哈，这可都是在卢特吉尔跟阿黄学的呢。"

于大河说完，急步走到黑云彩跟前蹲了下来，摘下手套，用手摸着它的脑袋，亲切地说道："啊，黑云彩，咱们终于又见面了，而且还是在这荒岛上。啊啊，一眨眼你长这么大了，长成一只真正的大白熊了。"

黄胡子汤姆说道："啊，你瞧，于人河先生，黑云彩流泪了，它听懂了你说的话呢。"

黑云彩伸出舌头舔于大河的手，一下一下，就像最忠诚的狗儿在舔主人。

于大河给黑云彩抹去流出眼角的泪水，然后捧起它的脑袋，紧贴在自己脸上，嘴里只顾絮絮叨叨："在白熊谷的那个夜里，我们的帐篷受到一只白熊的攻击，是不是你跑来给我们解了围啊？其实在听到打斗的时候，我就已经猜到是你了，要是换作别的白熊，人家才不会那么傻呢！早晨出来，我们看到雪地上有那么多血迹，还有一团团脱落的毛毛，啊，你是不是也受了伤？来，我看看，你的伤在哪里。"

于大河抬起头，仔细察看着黑云彩的身上、腿上。

"啊，汤姆，咱们黑云彩真的是受了伤。你看，是肩胛这里，皮都撕开了，现在还没完全长好呢。"于大河轻抚着黑云彩的肩胛，心疼地说。

"黑云彩，还疼吗？"黄胡子汤姆也凑上来，脱下手套摸着黑云彩的脖颈，说。

"黑云彩啊，"于大河又喋喋不休地说起来，"其实从白熊谷的那个夜晚以后，我一直觉得身后总有个影子在跟着我们。在鲸头顶山下，在上老冰洋的途中，甚至漂流到这个荒岛上，这种感觉总是越来越强烈，而且，我们还在冰上和雪地里发现了你踩下的爪印。"

"所以我们一直猜想，这个影子，这些爪印，会不会和你有联系呢。哈哈，这一回呀，悬案终于真相大白了！"黄胡子汤姆哈哈大笑着，插嘴说道。

"这几天我就和汤姆他们几个在嘀咕，"于大河又开始唠叨了，"假如跟着的影子就是你，那么一定是知道我们遇到了危难，你也一定会现身的。到时候，就请你帮我们到鲸头顶山下，到卢特吉尔，去送一个信，这是很重要很重要、很紧急很紧急的一个信！现在你现身了，我的黑云彩，你愿意去吗？去送一个十万火急的信。"

黑云彩又在一下一下舔于大河的手。

"你看，汤姆，它在舔我呢！我说对了吧，黑云彩灵光着呢，它愿意去送信。我就知道它一定会去的。"于大河激动地抓着黄胡子汤姆的手摇了摇，接着又转向黑云彩："你说是吗，黑云彩？"

这时候，大伙儿也都围了过来。老猎手爸爸一见黑云彩，就喊着它的名字蹲下来，一把把它搂在怀里，声音颤颤地说:"三年多没见着你了,都长这么大了!唉唉,阿黄要是还在就好了。"

老猎手爸爸说着,又咿咿地哭了。黑云彩的脑袋,撒娇似的蹭着老猎手爸爸的胸膛。

于大河趁着老猎手爸爸和黑云彩说话,悄悄抽身出来,和黄胡子汤姆以及红衣姑娘几个商量了一会,三人又一起回到了帐篷。过了好长一阵子,三个人才走出来。红衣姑娘拿着一个缝制好的二四寸宽的海豹皮带子,径直走向黑云彩。黑云彩乖觉地站起来,把脑袋伸过去——这时候,它看到天上有道辉光闪了闪,接着便倏然而逝。红衣姑娘蹲下身来,把皮带子围在黑云彩脖子上试了试,觉得再合适不过,就从线帽上拔下早就纫好的针线,一针一针,细细密密地把连接处缝结实。一个上好的脖套顷刻而成。大伙儿看到,在海豹皮做成的脖套上,用红丝线绣了一些字,十分醒目。

看到一切准备妥当,于大河过来拽了拽黑云彩的脖套,牢牢固固,绣的字也明白无误,就对老猎手爸爸和大伙儿说:"时间不早了,让黑云彩启程吧!"老猎手爸爸和红衣姑娘等,连忙站起来闪到一边。

"黑云彩,我们可就全指望着你了。"于大河俯下身来,趴到黑云彩耳边,指着陆岸方向,一字一顿说道:"去吧,到鲸头顶,到卢特吉尔,找尤尼塔!找尤尼塔!!找尤尼塔!!!"

老猎手爸爸、黄胡子汤姆和红衣姑娘他们，也跟着大声重复：

　　"找尤尼塔！"

　　"找尤尼塔！！"

　　"找尤尼塔！！！"

　　黑云彩舔了舔于大河的手，又看了看老猎手爸爸、黄胡子汤姆和红衣姑娘，然后向着东南方向，撒开腿儿奔了过去……

# XII 漂亮的蓝烟

红衣姑娘拿着绣了字的海豹皮带子走向黑云彩的那一瞬间，它看到天上有道辉光闪了闪，虽然很快就消逝得无影无踪，但它知道，辉光正是极夜里才能出现的那颗最大最亮的星星向大地投下的关切目光。它觉得有些奇怪，现在是极昼，老冰洋上又阴雾漫漫，星星怎么会选择在这样一个时辰出来与它相见呢？她是不是有什么话要和自己说呀？这样想着的时候，红衣姑娘那双柔软丝滑的手，已经把海豹皮带子在它脖子上绕了一个圈儿，然后又飞针走线缝连得结结实实——这一切，都在人们凝重的目光注视下完成，就像弥赛亚在众人注视下分五个饼和两条鱼。没有什么比让人们在意自己，更令人高兴了。也就是从这个时候起，黑云彩便拥有了一个脖套。哦，这可不是一件普普通通的脖套，更不是围着脖子的一个什么皮革装饰。经过特殊加工处理的海豹皮子上面，是用红丝线绣了许多字的一封信，这是于大河要它送给尤尼塔的信！黑云彩从于大河千叮咛万嘱咐的话语里，从红衣姑娘、老猎手爸爸和黄胡子汤姆他们的神态和表情中，领悟到用脖套传递的这封信应该非常非常重要，重要得远远超过自己的生命——黑云彩坚信这一点。尽管它不可能听得懂人们说的每一句话，但凭着在卢特吉尔两年多和人类的一起生活，凭着源于上帝的灵慧和与星星说话的能力，凭着那块随波逐流的断冰和寸草不生的荒岛，凭着变成天使鸟飞向远方的阿黄与老猎手爸爸混合在一起的泪滴，凭着它和于大河脸与脸贴在一起的那种谁都无法体验的幸福，它领悟到了这个脖套的非同寻常。

　　戴着这样一个脖套踏上返回陆岸的旅途，黑云彩心里因兴奋激起的狂涛，即使五湖四海同时奔涌都不能与之相比。盼了这么多年，它终于如愿以偿见到了恩人于大河，而且，没想到自己居然还会有那么一点儿用处，能帮着他们去送这么重要的信，赶巧又是送给另一位恩人尤尼塔！啊，有这些就足够了，真的是足够了！活在天地间一辈子，到哪里去找这样传奇和美妙的事情呀！能在极昼时见到那颗最大最亮的星星的辉光，其实就什么都说明白了。作为一只白熊，一只很小就没了妈妈的白熊，是不是也太过幸运了呀！这要是让白熊谷的卡门、萨沙、伊利、安诺、摩西卡、法比奥和肯迪尔它们知道了，哎呀，它们该有多么羡慕啊！它不难想象朋友们看向它的新奇目光，更不难想象为它激动和欢呼的样子。没准，伊利和安诺这对老冰洋上最善于歌唱的雷鸟夫妇，还会即兴为它唱上一首歌子呢。

哈哈，一点问题也不会有，它们俩一定会为它唱一首歌！

> 黑云彩的幸运没有谁能和它相比，
> 因为它给两条腿的人啊当了信使。
> 吃多少苦受多少累一点也不可怕，
> 有人疼有人爱才是生活里的真谛。

如果伊利和安诺唱歌，它们一定会这么唱。它知道它俩懂得它的心。

当然，黑云彩也明白，这事如果让老师安格卢知道了，它一定不会像亚比米勒对亚伯拉罕那样宽容自己，因为它最反对的就是纠缠在人的事情里面。自从认识安格卢的那一天，这只得道老狐就一遍又一遍地告诫，一定要远离那些长着两条腿的人。"古往今来，"老狐说，"对我们动物界伤害最多也最大的，总是人，那些长着两条腿的人！而且这种伤害，现在和以后永远也不会停止。"安格卢举出许多许多动物受人类残害的例子，比如天上飞的，水里游的，地上跑的，土里钻的，没有什么动物能逃得过，以此来说明人是天之下地之上最坏、最恶的生物。总而言之，老狐要自己小心提防人类，无论什么时候也别和他们走得太近。说句心里话，在这一点上，它并不怎么赞同安格卢。从失去妈妈遇上人类的那一天，黑云彩觉得自己的生命才真正开始，因为它得到了一份无私的友爱——尽管这与基因密码以及此前获取的感知不相符,但事实就是如此,人们待它就和亲生的小宝宝一样,关切之情正如阳光垂照大地,温暖明亮,生活里没有一处没被照顾到的死角。吃块鲸肉得给抹上海豹油,甩给它一条鱼也要把里面的硬刺儿拿掉,擦冰滑梯怕它不小心摔了跟头,于大河和尤尼塔总是伸了手在两边护着。最难忘的一回是它吃坏了肚子,哦,那可是一件挺狼狈的事儿呢,七八天里于大河天天守着它,晚上睡觉还把它抱到他的床上——就是从这张人睡觉的床上,它真切地感受和体验到了人的体温,原来竟和自己的体温那么相近,人的心跳也和自己的心跳一样有着稳定的节拍……人类对自己的好,连阿黄也看出来了,这位仁兄甚至还由此生出了一点小小的嫉妒呢。嗨,那两年啊,它算是掉到了福窝里,甜美、快乐得不知道世界上还有忧和愁两个字。依偎在温暖母爱中的哪只小鸟儿都不愿意长大。在卢特吉尔的日子,它就是这样的一只小鸟儿,期盼时光永远停留在最暖心最惬意的那一刻。甚至,它都不愿意看到上午的阳光移到下午,更不愿意看到白天变成黑夜。如果不是于大河和尤尼塔在它两岁多的时候,生拉硬拽,还说了一大堆十架雪橇也装不下的好话,把它送到远方的白熊谷,它才不会离开那个做梦都会笑醒的小村子呢。

"哦,卢特吉尔,我永远也忘不了你!"黑云彩在心里说着,眼睛里涌出了泪水。

遥远中的卢特吉尔承载了黑云彩生命中很多美好的东西。那里的每一处海湾、每一座雪山、每一栋房屋、每一条冰沟，甚至每一缕冒出的炊烟和气味，一回回总是流连在它的梦里。就连天上那颗最亮的星星也知道，这种温馨的梦境在脑海里每闪现一回，它就神游了一趟卢特吉尔，对这个小村子的依恋和思念，不知不觉中就会加深一层。或许，正是在人类生活中的烙印太深又太难以忘却，它才会被造就为这样一只白熊：回归到茫茫野外，成了一粒落进撒哈拉沙漠里的沙子，在这个看似自由自在的自然王国里，和其他白熊一样，按照上帝制定的老冰洋法则，自动释放着其实早已经有了定数的生命能量，并藉此演绎着充满了血腥的适者生存的故事，或悲或欢，或善终或早夭，毫无二致地因循着所有动物都绕不开的优胜劣汰之路。在另一方面，因为受人类的熏染和影响，它的兽性中却又很自然地掺和进人性里的一些美好。这些亦善亦美的外来元素，对于一头猛兽而言无疑又是一种残忍和戕害，是根植于其心的致命绝症，黑云彩正是因此才有了和其他白熊不一样的地方，其另类的思维及行为方式，自然就不容易为兽类甚至也不容易为人类所理解。这其实是一个永远无法解开的戈迪亚斯之结，其最终的悲怆结局可想而知。

当镌刻在记忆之壁的往昔画面，幻灯片似的在脑海里频频闪过的时候，黑云彩心里如有和风拂过，温暖，幸福，通身舒泰，自信满满，眼前飘过的每一朵雪花都像被丹霞

XII 漂亮的蓝烟 / 333

染过，沼泽地里蝈蝈和蚂蚱交配的声音是那样迷人。正如同每一个硬币都会有正反两面一样，和风也带来了一片虽然不大却让它心犯嘀咕的阴云。它想起那年跟着安格卢在苔原带游历，躺在雪橇上的一头滴着鲜血的白熊，迎面闯进了它的眼帘并一时遮蔽了心里的光明。虽然见惯了死亡，闻惯了血腥味（它也是制造死亡和血腥的熊类高手），但这头白熊，它的从未谋面的同胞，被猎杀的惨象和血腥味，依然像无法醒来的噩梦，缠绕了它很长一些日子。由这头可怜的白熊，它自然而然又想起前不久回卢特吉尔，那些疯咬的土狗和柳叶疤猎人手中瓦蓝的枪管。

"离开了就再也回不去了，"安格卢那年在苔原带的小雪山上说，"更多人是想要我们的命，它们喜欢我们身上穿的衣服，能换好多好多的钱。"

现在想起老狐说的话，犹觉心惊肉跳。黑云彩停在一块棱角突出的冰凌上，四条腿儿突然像被冻在冰上似的迈不动了。

"进卢特吉尔的时候，假如再遇到那群狗和那个拿枪的猎人，"黑云彩不得不这样想，"我又该怎么办呢？阿黄哥哥再也帮不上我了，信只怕也送不成了……"

不过，这种极不自信中冒出的迟疑念头，像一只停留在风口中的刚学会飞翔的雏鸟，并没在它的心头盘桓多长时间。它觉得安格卢也许太怪罪了人，自己的所见所遇也不能完全说明问题。反正嘛，那些长着两条腿的人，总是有很多让自己不能不敬佩也不能不感动的理由：他们神秘，有趣，什么都会干，好多动物都听他们的话，天底下恐怕没有谁比人的本事更大，好像也没有谁比人的心眼儿更好了。比如于大河、尤尼塔、老猎手爸爸，比如黄胡子汤姆和红衣姑娘他们，不光待它好，就是对狗，对鸟儿，对其他的人，不都是一样亲切、一样友善吗？这样一想，它心头的结打开了，眼前亮了，身上立马有了大力神赫拉克勒斯那样的力量。它什么也不怕了。卢特吉尔还是以前的卢特吉尔，那里的人，都会像于大河跟尤尼塔一样善良可亲。天地日月无限美好，北极柳下深穴中的蝼蚁其乐融融。它一心只想着快点到达卢特吉尔，快点把信送给尤尼塔，脚下跟生了风一般，向南一路狂蹿，雪尘冰屑在身后乱飞。

通往陆岸的道路似乎比来时更显漫长。脖子上那个海豹皮做成的脖套，此刻就如上帝耶和华授予摩西的刻写着十条诫命的石版，它得一路小心保护，生怕在跃过某道冰坎或雪脊的时候碰到，下水游泳又得使劲昂起头来，避免溅起的海水把脖套弄湿。回程中就像过草地会遇到沼泽那样，时常要碰上一片片无法绕过的稀冰区，黑云彩得不断上冰入水，走一程往往又要游上一程。冰雪里的长时间奔走以及无冰水域里的奋力泅渡，使上一顿吃下的海象肉，早随着四条腿的快速跃动，变成了甩在身后越来越长的里程，变成了记忆里古怪的幻影。空空如也的肚子，就如趁火打劫的强盗，想方设法逼迫脑子一遍遍回味那些吃过的美好食物。其实，浮冰上或者是水里面，时不时总会冒出那么几头颜色灰黑的海豹，傻傻的样子怎么看都像是一块块放在砧板上的肉，散发出的气味会将沉睡在肠子里的所有馋虫都唤醒。有一个家伙居然爬到离水面挺远的浮冰上，异常嚣张地坦露着长有斑纹的膘肥脂满的肚皮，那傲慢的样子仿佛是在嘲笑它："来呀，有本事你就来捉我呀，哈哈，不敢了吧！"它嘴里咕噜了一声，使劲吞咽下一口口水。上帝知道，只要它愿意迁就和讨好自己的肠胃，或者说是迁就与讨好那一万条毛毛虫，那么，把这个不知道自己姓什么叫什么的狂妄家伙弄来变成口里的美味，也并不比人们称之为"渔夫"的北极海鹰，捕获上一条鲱鱼或毛鳞鱼更费劲儿。但它都忍住了。它知道要得到这些美食并安抚好一缺食儿就瞎闹腾的那一万条毛毛虫，肯定是会付出代价的，弄得不好，很可能就耽误了正经事情，甚至没法保证不打湿或不弄坏那个顶顶要紧的脖套。

"去你们的吧，这些无耻的混蛋，"黑云彩愤愤地骂了一句"毛毛虫"，又看着那些四仰八叉躺在浮冰上的海豹，心有不甘地说道，"老子今天还有好远的路程要赶呢，哼，才没有闲工夫搭理你呢！"

黑云彩低头吞下一口雪，眼睛便只盯着前面的路，再也不去看那些仿佛在故意戏弄自己的海豹。

在没有路的路上折腾了一天又一夜的黑云彩，第二天早上从稀冰区的水里爬上一片浮冰，还没来得及站稳脚跟并抖一抖湿漉漉的身子，一股令人不安又奇臭无比的气味突然钻进鼻子里，就像身边散落了一摊在臭水湾沤了一个夏季的烂鲸鱼肠子。气味来自前面不远处的一座椭圆形小冰山，冰山的四周堆着一大片不知怎样涌过来的高大冰块。黑云彩机警地卧在一个碾砣大小的冰疙瘩后面，瞪大眼睛观察着这堆瘆人的乱冰。臭鲸鱼肠子的味道越发浓烈，两头高大健硕、毛色肮脏的大白熊，一前一后从堆冰区里面晃悠了出来。前面那只个头更显高大的，一看就是公熊，后面略小一些的，不用猜也知道是它热恋中的女友。两头白熊走到一块平坦的雪地停了下来，似乎刚才在温馨的洞府里还没亲热够，意犹未尽的公熊将脑袋勾在母熊脖子上，不顾天寒地冻，伸出馋馋的一个大舌头，狂舔着母熊的耳朵、眼睛、鼻子、嘴巴和额头，嘴里呜呜噜噜，呼吸急促如汗牛喘息，流出的哈喇子抹了母熊一头一脸。大公熊的忘情亲吻，让母熊沉浸在人类之祖夏娃最早体验过的那种幸福里。它趋前一步紧贴公熊身子，恣意享受着冰冻世界里极为难得的深情爱抚，一股电流通遍全身。空气里热流滚滚，足下寒冰悄悄融化，水里的鱼儿深受感染，纷纷地求偶配对，扑腾起一片欢快的水花。

　　美美地秀了一会儿恩爱，母熊突然撤出身来。它好像觉察出有什么不对劲儿的地方，抬起头来，不无疑惑地看了看雾气渐趋稀薄的天空，又转过脸在纤尘不染的雪地上闻了闻。敏锐的嗅觉帮助它在芜杂中去伪存真，也帮助它印证着最初的判断。终于，它将鼻子朝向了黑云彩趴卧的方向。这一看上去漫不经心的随意之举，实际上却极为专业老到。那个永远也不会欺骗自己的最有效侦探器官，迅即以极高效率忠实执行主人下达的指令。结果证明，它果然没有辜负自己的主人——此时，纯净空气里哪怕夹杂一丝一毫可疑气味，在这里都会被成倍放大，何况两只白熊距离黑云彩的匿身之处并不太远，又是处在下风口，即便黑云彩才从水里爬上来，身上的气味被冲淡了很多，它们依然很容易发现不速之客的闯入。最先发现情况有异的母熊嘴里嘟囔了一句什么，或许是说："亲爱的老公你来闻闻，这是股子啥味道啊？"受到提醒的大公熊，多少有些不情愿地从纵辔驰骋的浪漫旷野，回到了吃喝拉撒的现实。它伸着鼻子，吭吭哧哧，进行了一番看似认真实则完全是出于应付的嗅闻辨识。即使再浮皮潦草的敷衍也不难搞清楚：的确有一个它们并不喜欢的同类，在它们并不喜欢的时间和并不喜欢的地点冒犯了它们。淡淡的气味似有而无，却准确地标定了冒犯者隐身的位置。

两头可爱的白熊几乎同时抬起呆萌的脑袋，就像处在深爱中的丘比特与普赛克那样对望着，眼神拥抱眼神，目光呼应目光，仅仅花了生物世界寿命非常短的蜉蝣完成一次交尾那么长的工夫，应对突发情况的一揽子解决方案，便通过"眼语"的交流制定完成。此后公熊在前，母熊在后，慢慢悠悠朝着黑云彩趴卧的大冰疙瘩走了过来。那般悠然自得和百年不遇的温和从容，更像是上帝先造出来的那对男女在四季如春的园子里惬意漫步，绝不似惯常里遇到入侵者的领主那样，血脉偾张，怒目相向。这种在猛兽中极为罕见的马上要与闯入领地者短兵相接的暧昧方式，向对手传递过去的信号，断断不会是纷争与流血。可见爱情真是一个绝妙的好东西，只要有幸被她的烛光照耀，凶神恶煞瞬间变得又绵又柔，冷酷世界也能呈现伊甸园式的恬静祥和。

　　黑云彩从一公一母这对白熊缠绵的样子和温和舒缓的走路神态上，已经大致搞明白了它们的身份、地位和相互关系。如果不出所料，大公熊应该是这一带冰洋领地的霸主，而那头母熊则为新宠的还没度过蜜月期的"压寨夫人"。当然，它同时也看懂或者是猜测到了它们的真实意图。如果是搁在平常，按照动物界的惯例和白熊们强烈的领地意识，大公熊一定会像每个冰洋霸主通常都会做到的那样，不惜使用暴力，不惜拼个你死我活，也要把胆敢闯进领地的入侵者或误入者赶跑。今天算是个良辰吉日，风从地底下刮上来，魔鬼被灌了迷魂汤，它竟碰上这样一对让热恋弄得黏黏糊糊的白熊。哈哈，只要瞧一眼大公熊魂不守舍的样子即可料想到，这位仁兄身体内急剧飙升的荷尔蒙，一定像烧到一百度的开水，把一个凡骨肉胎的身子，煎熬得从里到外着了火。此刻，美人自比江山重要，因而它一心只想把来犯者草草打发走，好赶快回到舒适的洞府，用各种动物繁育后代或制造快乐都离不开的最基本方式，也就是用性器官之间最深入最肆无忌惮的疯狂缠斗，来降下体内持续蹿高的温度和平息肾上腺素的不断攀升。白熊情侣熊熊燃烧的爱欲之火，恰恰消弭了一场可能引起流血的惨烈争斗，这也正好趁了黑云彩的心愿，它才不想在这个时候和任何同类拼拼杀杀呢，即使弄出些很轻微的摩擦，它也不愿意。

尽管黑云彩看出两头白熊并没有打斗的恶意，为万全起见，它还是选择了主动避让。在那两头大白熊迎面而来的同时，它的身子和吃树叶的某种虫子那样，也在一屈一屈，悄悄往浮冰边缘退缩——还没等它们看清黑云彩的模样，它屁股往下一坐，滑到水里，只露出脖套以上的脑袋部分，鱼儿般慢慢朝另一个方向游了过去。

两头白熊一看来犯者已识趣地从水路遁去，也算是给足了面子，便站在浮冰边沿上，以胜利者的姿态欣赏着知难而退者身后荡开的一圈圈扫把状水纹，目送了一会黑云彩。直到涟漪平复如初，墨黑发亮的水面只剩下它们一大一小两个笨拙的身影，这才急不可耐地回到了那个椭圆形冰山下的洞府里，将刚才不战而屈人之兵的御敌插曲，作为一场寻欢的美妙前奏，然后开始了让老冰洋都感受到剧烈震颤的癫狂做爱。漫漫时光在无边幸福中，合着加快的脉息在有节奏流逝，不远处有只红嘴鸥用放荡煽情的歌声，作了它们尽情欢爱的助兴伴唱。

多日未开的浓雾,被第四天下午刮起的北风冲淡了许多,老冰洋上的景物已经不像先前置放于牛奶中那样混沌不清,天空时不时透出的一点还嫌模糊的亮色,一如暗夜里扫帚星划过时散落的残辉,引发人们一些不着边际的联想。黑云彩在闯过又一片半是浮冰半是海水的稀冰区之后,踏上了到达路岸再也不会出现开阔甚或稀冰水域的厚冰区。海水浸泡脖套的担心没有了,行进的速度比前两天明显加快。

"要是再走上一天,"黑云彩嘴里说道,"或许就可以闻到岸上的烟火味道了。"

它舔了一口雪,在凉爽湿润中想象着几天后大步进入卢特吉尔时的情景。那时候,一定会有好多好多的人从房子里面跑出来,面带惊异之色,就像看一个归家浪子那样看着它,狗们不咬也不叫,胆大的小孩子甚至还想骑到它的脊背上玩骑大马的游戏呢(小时候它见过小孩骑在阿黄背上玩这种游戏)。至于尤尼塔见到它,会不会和观音菩萨收了金毛犼一样高兴?它想一定会的。她会首先取下于大河送给她的脖套儿,看了上面那些字,夸奖道:"真了不起呀,我们的黑云彩宝宝,你送过来一封非常非常重要的信!"然后就如当年那样,一只柔软光滑的手,亲切地抚摸着它的脑袋,另一只手拿了鲸鱼肉(也可能是驯鹿肉),蘸了香喷喷的海豹油往它的嘴里喂——黑云彩就如真的一步踏进了卢特吉尔,脑海里曾经时常闪动的画面,这会儿

XII 漂亮的蓝烟 / 341

又清晰地浮现上来。一股煮肉的香味，从并不遥远的昨天飘了过来。

黑云彩从深夜时分的一个碎冰窝子，走到凌晨中一道竖向的长长冰岭，周围的乱冰丛如刀似剑，阴森可怖。它正在为似曾相识的冰雪地貌感到暗自诧异，忽见两只花斑飞蛾在头上绕来绕去，很认真地追逐着不小心误入老冰洋的一群来自苔原的蚜虫。蛾子翅膀扇起来的一股冷风，吹得它眼睫毛来回摆动。黑云彩恍然大悟，原来它又绕到了坎图曼藏身的那个地方！这真有些意思。只是不知道许多天过去，这个受伤的可怜家伙，是不是还能挺得过去？它突然生出一些好奇，就顺着并不陌生的路径，一直走向乱冰丛里面的洞穴。

再也没有什么比眼前一幕更让人触目惊心的了。坎图曼就躺在冰洞的外面——那个曾经横行雪谷冰洋的霸王，所有的不可一世都被埋进昨天的荒尘，而今只剩下一个干瘪的脑袋、一堆没有一丝皮肉的白骨和满地脱落的毛。最终的悲惨和无尽的黑暗，将成为它抵达不了彼岸的永恒。早已离去的戴着紫围巾的那群大王贼鸥，在冰洞附近的雪地上，留下的一摊摊坎图曼血肉筋膜在被完美消化后所变成的灰褐色粪便，证明并宣示着这些老冰洋上强健的猛禽，的确有着超强的生存能力和卓越不凡的饕餮战绩。但有一点尚不清楚，坎图曼肮脏的灵魂，会不会也蛰伏在这些污物中？最落寞也最痛心的当属曾围着坎图曼飞来飞去的五只远古时代的黑肚红翅蜉蝣,还有成群的蚊蚋、苍蝇、红蜂和牛虻,此时可怜兮兮地趴附在清冷的洞壁上,迷茫失意,无精打采,一个个神秘难测地做着回到往昔的悲情之梦。一个生前多么狂妄残暴的家伙,也落得个如此下场!如果海雀普里兹地下有知,不知会作何感想。此外还有受到它祸害的法比奥以及肯迪尔它们,要是知道坎图曼是以这种方式谢幕退出生世,一定会高兴得在雪地里一蹦三尺高。报应即使迟了些,也终归是报应。黑云彩叹息了一会,便把坎图曼一副不忍直视的残躯,对付着弄进了雪洞里,然后从外面奋力打破坚冰,用坍塌下来的冰块和积雪,将它严严实实掩埋了,免得暴尸冰上,再受到什么动物的侵扰,这也不枉它们同在白熊谷一场。尽管如此,它一点也不怀疑,坎图曼残存的遗骨皮毛,早晚会沉入冰洋之底,再供虾蟹蚌贝们做最后一番噬啮嗑舐的终极检验。

曾追随过乌拉里斯又跟随着坎图曼的那一群蚊蚋、苍蝇、红蜂和牛虻,那两只花斑飞蛾,还有五只远古时代的黑肚红翅蜉蝣,这些神秘又有灵性的虫儿,在老冰洋上守候多日,等待的就是这一时刻。它们看到黑云彩开始往洞里移动并安葬坎图曼的遗体,便放心地结伴飞走,留在身后的一阵嗡嗡声,成了它们献给坎图曼最动情的安魂曲。

此后的跋涉黑云彩依然不敢懈怠,饥渴难耐时嚼冰舔雪,疲劳了就地卧在雪里歇息上一会。正如它先前判断的那样,又经过一天多的冰路奔波,在这天的早晨,它闻到

XII 漂亮的蓝烟 / 343

了一缕久违了的炊烟味道，这就和取经的唐僧师徒遥望到西土的灵山之巅一样，心情莫名振奋。它知道离卢特吉尔已经不太远了。不过，它精疲力竭的邋遢样子，又招来了一个麻烦——一头大概是饿昏了筋的外地流浪过来的大公熊，不知什么时候盯上了它，一直悄悄尾随在身后，想瞅个方便机会，把它收拾了打发辘辘饥肠。黑云彩觉得非常可笑。"也不掂量一下自己几斤几两。"它在心里说。它也不想招惹这个克里特岛上疯狂而又愚蠢的公牛，只是暗里加快了奔走的速度，顷刻之间，那个饿急眼的流浪汉，便被甩得没了踪影。

　　一线阳光带着多日未曾抵达冰洋与大地的愧疚，柔和地穿过了下午的云层和雾幔，黑云彩已经远远看到隆起的岸线，巨蟒般横亘在陆地与冰海之间。脚下的冰层明显增厚，雪岭重叠，沟壑密布，龇牙咧嘴的冰脊直指岸线之上银白色的山峦。黑云彩不由加快了脚步。再也没有什么能够阻挡得住它了。从这儿上去，沿着起伏蜿蜒的冰岸往东南方向走，用不了多久，就会到达尤尼塔所在的卢特吉尔。啊，它的四只爪儿已经踩到将沙石和冰雪冻结成一个整体的陆地了！冰洋被它甩在了身后，雪山，冰川，渐渐晴朗的天空，越来越浓的人间烟火味，这一切，多么温馨、多么亲切啊！

　　它的前方出现了一个移动的小黑点儿，它知道，那是人，一个长着两条腿的人。黑云彩心里注满了阳光，快乐从最深处往外溢出。啊，奔波了这么多天，终于见到和于大河、尤尼塔他们一样的人了，于大河托付的那么要紧的事，眼看着就要大功告成了！黑云彩一阵热血沸腾，迎着渐大的黑点，就像虔诚门徒看到圣殿那样，快步奔了过去。

一切来得总是那样突然，天使还没转过身去，躲在后面的魔鬼就迫不及待地发出末日大笑。在天堂与地狱间最微妙也是最尴尬的一段距离上，黑云彩看清了来人那对因酒精过量而依旧充血的眼睛，看清了左脸颊斜着的柳叶疤，也看清了他正在向它举起的瓦蓝的枪管——时间和血液都在同时凝固。它停住了脚步，就像耶稣面对审判他的罪人那样，平静地面对着拿枪的人——从容恬淡，一如新出生的婴儿。

地球在这一刻停止旋转，世界上所有的心脏都没有了跳动。随着一声黑云彩其实并未听真切的爆响，瓦蓝枪管里冒出了一股奇妙的蓝烟——如果仅仅就枪法而言，这确实是一个无懈可击的称职猎手，他的右手食指只是那么轻轻一勾所打出的第一枪，便正中黑云彩额心那个绝无仅有的黑点——一道黑宝石般晶莹的黑光直透云霄。它确切地感受到脑袋被什么东西重重撞击了一下，或许就像小时候在木屋前的雪坡上溜冰，被顽皮小童飞来的雪团或冰块打中……随之而来，它看到了天上的星星在欢快地旋转，眼里也跑出去很多的星星，这些星星交叠混杂，也分不出哪颗是天上的，哪颗是从眼里跑出去的，反正亮闪闪一大片，都在大幅度旋转着、跳跃着。它定定地站着,眼睛一眨不眨地看着这些星星。啊啊,哪一颗是极夜中和它说话的最大最亮的星星啊?此刻它多么想看到她啊。它努力地在找,在找。

第二枪又响了。这一枪来得真及时啊。黑云彩觉得惯常蹦蹦跳的人们都叫它心脏的那个部位,像被什么戳了一下,胸口呼呼地漏风,前胸和后背的毛毛都被刮了起来。那些方才还在旋转的星星忽然散落一地,她们在沙石上和冰雪里痛苦地翻滚着,哀号着。地上的山岭沟壑,冰雪,石头,沙土,随着身体里透出的风被卷到天上。天旋地转和狂风呼啸中,它看到了被卷到半空里卢特吉尔的房屋和雪坡,看到了有两个犄角的鹿角山和堆满冰雪的东北沟子,看到了飘浮的白熊谷里的大石砬子,看到了在云里行走的海象山,看到了狗橇和滑雪板后面扑向冰洋的蔽日雪尘,看到了挂在头上的漂流断冰和冰雪覆盖的荒岛,脑子里同时浮现出五年前被抱回卢特吉尔和三年前那个早晨被送回白熊谷的情景……黑云彩出神地凝望着枪口冒出的蓝烟,真漂亮啊,第一股和第二股头尾相接,游龙似的袅袅而升,像极光,像彩虹,又像一朵朵飘动的流云。

美丽蓝烟与意识中凝固的画面叠印在了一起,它们翩若惊鸿,飞逝在邈邈天宇。

它已经不知道还会不会有第三股蓝烟了。两只眼睛直直地瞪着。啊,它看见老狐安格卢、摩西卡、细尾拉丁和大长腿来了，卡门、萨沙、伊利和安诺那些鸟儿来了，土狼弗里特来了，法比奥和肯迪尔也来了，更让它惊奇的是连死去的阿黄哥哥和海雀普里兹，环绕过乌拉里斯又环绕过坎图曼的两只花斑飞蛾、五只远古时代的黑肚红翅蜉蝣，还有成群的蚊蚋、苍蝇、红蜂和牛虻，也都闹闹哄哄地来了。这些兽、兔、鼠、鸟和令人敬爱的虫儿，就像发了疯似的，不分天上地下，只顾围着黑云彩转圈圈，一圈又一圈，不停地转，转得它头晕眼花，仿佛自己成了一个永远停不下来的陀螺，朋友们和那些虫儿都是抽打它的鞭子。它不明白它们为什么要这样做。其实，这是朋友们跳给它的最深情的舞蹈。黑云彩好像要睡着，也不知道朋友们跳了多久，耳朵里隐隐有歌声响起，欢快热烈，饱含深情，无须细听，就知道那是伊利和安诺唱的《黑云彩之歌》：

　　黑云彩，黑云彩，
　　冰洋上面飘起来。
　　天生地养日月久，
　　快快活活好自在。

　　黑云彩的眼前飞动着一片浓浓的红雾，像朝霞又像夜阳，还带着那种在冰洋上老是闻到却永远无法挥去的烂罂粟花味道。哦，烂罂粟花的味道，有血红颜色的烂罂粟花的味道！它努力想抬起头来，看看天上那颗最大最亮的星星,但脖子上如同坠着一座锥子山,头颅沉重无比,一次、两次,都失败了。

"对不起,星星。"它想说出这句话,却连吐出一个字的力气也没有了。

云像一道幕布合上来,天底下再没有一星亮光。

数日后,鲸头顶山下、老冰洋岸边立起了一座晶莹的冰墓,这是白熊黑云彩最后的归宿。冰墓是于大河、尤尼塔还有从荒岛回来的那些人,凿了老冰洋的海冰建造的。墓前的一块亮晶晶的海冰上,雕上了这样一些字:

> 人的碑立在地上
> 你的碑立在人的心里

一个风狂雪猛的夜里,老狐安格卢和摩西卡、桑巴、大长腿、细尾拉丁几个来了。祭奠完好友黑云彩,安格卢心事重重地对摩西卡它们说:"最需要小心提防的,就是那些长着两条腿的人。"

那一年,冰墓前来了一雌二雄三只白熊,这是维娜带着它和黑云彩的两个儿子来看望黑云彩。这时候,黑云彩的一对双胞胎后代,已经长到它当年与坎图曼决斗时那样的个头了,也同样的高大壮硕、威猛异常。但它们坚定的眼神中,永远带着一种来自远祖的对人类的天然警觉与戒备。这一点，非常不随它们的父亲。

自从鲸头顶山下有了这座冰墓，周围几乎天天都会栖居着一些鸟儿，还会来一些雪兔和旅鼠。有些是黑云彩曾经的朋友，但更多的却是一些新面孔。

多少年过去，鲸头顶山下那些红色的大铁盒子不见了。因为气候变暖，冰墓化得只留下一块不到人头高的大冰疙瘩。人不来了。鸟、狐、兔、鼠也不来了。好像没有谁还记得有过这么一个真实发生又感天动地的故事，因此传说便大行其道，但都驴唇不对马嘴，甚至成了地点和年月不详、事实也无从稽考的神话。

日月如旧，一切归于永恒的沉寂。

但是，极夜和极昼从来没有爽约过。每一年里，这里依然是半年白天、半年黑夜。极夜时，天上唯有极光与星月相伴，黑暗似乎窒息、绞杀了所有生灵；极昼期间，即便是夜晚，也会有个大火球儿搁在地平线上，冰洋上一片晶莹的血红。

又是一个极夜到来。天上极光流彩，清雪飞飞，满天的星星辉映着黑暗的大地。那颗最大最亮的星星，将一束最强的光投到黑云彩的冰墓上。冷寂的冰墓熠熠生辉。星星问：

"你还没告诉我呢，你为什么叫黑云彩？"

满天的繁星都好奇，一齐跟着问——

"是呀，你为什么要叫黑云彩？"

星星的话让冰墓前一只灵慧的鸟儿听到了。鸟儿飞遍北极广袤的冰洋与苔原，也不管是极昼还是极夜，借助着风，到处传播着星星的问话——

"你为什么要叫黑云彩？"

2022年冬至日完稿于青岛浮山脚下

图书在版编目（CIP）数据

黑云彩 / 一也著. —青岛：青岛出版社，2023.9
ISBN 978-7-5736-1075-1

Ⅰ.①黑… Ⅱ.①一… Ⅲ.①长篇小说—中国—当代 Ⅳ.①I247.5

中国国家版本馆 CIP 数据核字（2023）第 058846 号

	HEI YUNCAI
书　　名	黑云彩
著　　者	一　也
出版发行	青岛出版社（青岛市崂山区海尔路182号，266061）
本社网址	http://www.qdpub.com
邮购电话	0532-68068091
责任编辑	刘　坤
内文排版	戊戌同文
印　　刷	青岛国彩印刷股份有限公司
出版日期	2023年9月第1版　2023年9月第1次印刷
开　　本	32开
印　　张	11.25
字　　数	220千
书　　号	ISBN 978-7-5736-1075-1
定　　价	58.00元

编校印装质量、盗版监督服务电话　4006532017　0532-68068050